VALENTIA

SÉRIE QUANTUM — LIVRO 02

MARIE FORCE

Valentia

Série Quantum — Livro 02

Marie Force

Tradução: Andréia Barboza

Publicado por HTJB, INC

ISBN: 978-1946136886

A melhor maneira de manter contato é assinar minha newsletter. Acesse marieforce.com e se inscreva na caixa na parte superior da tela que pede seu nome e-mail. Se não receber mensagens regulares, verifique seu filtro de spam e configure seu e-mail para permitir o recebimento dos meus e-mails, assim você não irá perder lançamentos, a chance de participar de sorteios ou, quem sabe, uma possível visita minha em sua região.

Assine o meu blog para receber novidade, incluindo sorteio de brindes e outros ótimos prêmios. Vá até o blog e insira seu endereço de e-mail no lado superior direito.

Série Quantum

Livro 1: Virtude (Flynn & Natalie, parte 1)
Livro 2: Valentia (Flynn & Natalie, parte 2)
Livro 3: Vitória (Flynn & Natalie, parte 3)
Livro 4: Arrebatador (Hayden & Addie)
Livro 5: Voraz (Jasper & Ellie)
Livro 6: Delirante (Kristian & Aileen)
Livro 7: Escandaloso (Emmett & Leah)
Livro 8: Fama (Marlowe)

SINOPSE

Ele é todo errado para ela, mas nada nunca pareceu tão certo...

Ele é um dominador sexual. Ela desistiu do sexo. Não há como fazerem um relacionamento dar certo... ou há?

Depois de colidir com seu destino, Natalie descobre que ele pode ser uma faca de dois gumes quando inclui o maior astro de cinema do mundo... será que o amor de Flynn e Natalie pode sobreviver ao escrutínio incessante, entre outros desafios que irão enfrentar?

De Hollywood a Las Vegas, o romance de Flynn e Natalie tem tudo... romance, paixão, sexo gostoso, paparazzi implacáveis e um assassinato que pode ser a ruína do casal. Flynn é um mocinho incrível que coloca tudo em risco pela mulher que ama. Ele não deixa de realizar seus desejos e fará o que for preciso para proteger o que é seu...

Série Quantum

Livro 1: Virtude (Flynn & Natalie, parte 1)
Livro 2: Valentia (Flynn & Natalie, parte 2)

Livro 3: Vitoria (Flynn & Natalie, parte 3)
Livro 4: Arrebatadora (Hayden & Addie)
Livro 5: Voraz (Jasper & Ellie)
Livro 6: Delirante (Kristian & Aileen)
Livro 7: Escandalosa (Emmett & Leah)

Flynn

Ela está em choque. É a única explicação possível para o olhar vidrado em seus lindos olhos castanhos, assim como o silêncio incomum e penetrante entre nós. Natalie está tremendo tão violentamente que quero chamar um médico para receitar algo para acalmá-la. Estou completamente perdido, sem saber como confortá- -la.

Eu a trouxe para a minha casa na esperança de protegê-la do frenesi que está acontecendo do lado de fora. Todos os meus piores pesadelos vieram à tona, mas eles não se comparam aos dela. Com seu passado doloroso se tornando público para ser dissecado pelo mundo, ela perdeu o emprego e o anonimato, o que é culpa minha.

Quero ligar para a minha equipe: advogados, relações públicas, qualquer um que possa me conseguir o sangue do homem que a magoou. Quero trazer Leah para cá, porque Natalie precisa de uma amiga. Mas tenho medo de deixá-la sozinha até pelo breve tempo necessário para fazer ligações que possam ajudá-la. Seu silêncio está me assustando. Eu gostava mais quando ela chorava. Com isso eu sabia lidar. O silêncio estranho... me assusta.

Então me lembro de como ela admirou a grande banheira do apartamento — a que nunca usei nos 10 anos em que sou dono deste lugar.

Deixando-a na cama, vou ao banheiro e preparo o banho. Embaixo do balcão, encontro um vidro de espuma. Mantendo um olho nela e outro na banheira, espero até completar três quartos antes de desligar a água e voltar para ela.

Sentado na beira do colchão, beijo sua bochecha, que está fria sob meus lábios.

— Ei, Nat, preparei um banho. Pode ser bom para te aquecer.

Ela não protesta, então eu a ajudo a se levantar e tirar a roupa e depois a levo para o banheiro, onde a banheira cheia de água fumegante e bolhas a espera. Há duas noites, fizemos amor pela primeira vez, mas essa situação não tem nada de sexual. Acabo com as mangas molhadas por colocá-la na água, então tiro a camisa e me sento ao lado da banheira.

— Linda, fala comigo.

— Não tenho nada para falar. — Sua voz é inexpressiva, assim como seus olhos. As lágrimas que deslizam silenciosamente por suas bochechas partem meu coração e ameaçam minha própria compostura. Tenho que fazer alguma coisa — qualquer coisa — para ajudá-la.

— Já volto. — Me levanto para ir até o quarto pegar o telefone e uma camisa seca. Tenho trinta e duas ligações perdidas e quarenta e seis mensagens de texto. Ignoro tudo e ligo para Gabe, na Quantum. Ele gerencia nosso clube de BDSM e atua como chefe de segurança da Quantum em Nova York.

— Flynn — ele me atende —, você está bem?

— Já tive dias melhores. Preciso de um médico para Natalie. Você conhece alguém que possa vir aqui e que seja discreto?

— Minha prima. Vou ligar e arranjar tudo.

— Obrigado, Gabe.

— Me avise se houver algo mais que eu possa fazer. Todos nós queremos ajudar.

— Pode deixar. Mais uma vez, obrigado.

Volto para o banheiro, onde vejo que Natalie não se mexeu. As lágrimas continuam deslizando dos seus olhos, cada uma delas esfaqueando o meu coração.

— Flynn — ela sussurra.

— O que foi, querida? — Eu me ajoelho ao lado da banheira. — Estou bem aqui. O que você precisa?

— Vou vomitar.

Pego a lata de lixo do chão e entrego a ela a tempo de segurar seu cabelo comprido e escuro enquanto ela vomita violentamente.

— Preciso da Fluff — ela fala, ofegante por estar passando mal.

— Vou pedir a Leah para trazê-la aqui. Não se preocupe com nada. — Coloco suas costas contra a toalha que enrolei como um travesseiro na banheira. Molho outra toalha com água fria e me ajoelho ao seu lado para limpar seu rosto e boca. — Vou pegar seu telefone para que possamos enviar uma mensagem para ela.

As lágrimas continuam descendo por suas bochechas pálidas sem controle.

Em meus 33 anos nunca me senti tão desamparado como agora. Não quero deixá-la nem mesmo pelo pouco tempo que levo para buscar seu telefone na sala de estar, onde o deixamos com sua bolsa.

— Já volto, tá?

Ela assente e a resignação que sinto nesse pequeno gesto me esmaga. Isso é culpa minha e vou fazer de tudo para consertar. Levo o telefone até o banheiro.

— Pode digitar a senha de acesso?

— Digite você — ela fala. — É zero, um, um, oito.

Estou estranhamente comovido por ela me confiar a senha. O que posso dizer? Sou um desastre no que se refere a ela. Depois de digitar os números, vejo que o telefone está repleto de notificações de mensagens e correios de voz. Ignorando tudo, digito uma mensagem para Leah.

Oi, é o Flynn. A Natalie está pedindo a Fluff. Você se importaria de trazê-la até a minha casa?

Ela responde imediatamente.

Que bom ter notícias de vocês. Como ela está? Claro que levo a Fluff. Conte comigo para o que precisar.

Obrigado. Não está tão bem... a presença da Fluff deve ajudar.

Envio outra mensagem de texto com informações sobre como entrar na garagem do prédio, o que não é algo que eu costume dar a qualquer um. Mas agora não posso me incomodar com coisas sobre as quais normalmente sou obcecado, como proteger minha privacidade. Tudo o que me interessa é a Natalie e o que posso fazer por ela.

A campainha do elevador toca e fico arrasado de ter que deixá-la sozinha de novo, mesmo que seja por um minuto.

— Leah está a caminho com Fluff. Vou atender a porta. Volto logo.

Ela não responde. As lágrimas continuam a deslizar pelas suas bochechas, mas ela está completamente absorta. O olhar vago me apavora.

Corro para o elevador.

— Sim?

— Sou eu, Addie.

Sem hesitar, aperto o botão para deixar minha fiel assistente entrar. Um minuto depois, ela sai do elevador, deixa a bolsa no *foyer* e me abraça.

— O que posso fazer? — Ela se tornou uma espécie de irmã nos 5 anos em que trabalha para mim. Não há nada que nenhum de nós não faça pelo outro, o que ela acaba de provar mais uma vez.

— Nem sei o que preciso agora.

— Seja o que for, estou aqui para vocês dois.

— Como chegou tão rápido?

— Peguei um avião uma hora depois que a notícia foi publicada na internet. A Liza também está vindo — ela falou, se referindo à minha assessora de imprensa —, mas pedi que ela não viesse para cá hoje à noite. Amanhã será melhor.

— Ótima iniciativa, obrigado. Preciso voltar para Natalie. Ela está na banheira. A prima do Gabe, que é médica, está vindo.

— Vou fazer um chá.

— Ela gosta de chocolate quente.

— Vou fazer isso então. — Ela segura meu braço. — Você não está sozinho nisso. Todo o exército da Quantum está circulando e em busca de sangue.

— Obrigado por vir, Addie.

— Só estou fazendo o meu trabalho.

— Você está fazendo muito mais do que isso e sabe muito bem.

— Vá ficar com ela. Tudo vai ficar bem.

Embora eu me acalme com as garantias de Addie, uma olhada no rosto pálido e manchado de lágrimas de Natalie me diz que vai demorar muito tempo — ou a vida toda — até que as coisas fiquem bem novamente.

— Vamos tirá-la daí, linda.

Como se ela fosse uma criança, eu a ajudo a se levantar e sair da banheira. Enxugo-a e a envolvo em um roupão felpudo. Em seguida, seco e penteio o seu cabelo.

O tempo todo, ela olha fixamente para a parede, sequer piscando direito, mesmo quando as lágrimas continuam caindo. *Onde é que está essa médica?*

— Vamos para a cama. — Ela não pisca quando a carrego para a minha cama. Depois que ela está debaixo do grosso edredom de plumas, me sento ao seu lado, segurando sua mão e desejando saber o que fazer por ela.

Addie chega com uma caneca de chocolate quente e, em silêncio, a coloca na mesa de cabeceira antes de nos deixar sozinhos.

— Addie fez chocolate quente.

— O que ela está fazendo aqui?

Sinto um grande alívio com a pergunta.

— Veio para nos ajudar.

— Não há nada que ela possa fazer.

A desolação absoluta em sua voz é outra flechada no meu coração partido.

— Há muitas coisas que podemos e vamos fazer depois de cuidarmos de você. Você é a única coisa que importa.

— A sua carreira... o que a imprensa deve estar dizendo...

— Que se dane. Não me importo com a minha carreira agora. Me preocupo com você. Eu te amo e odeio que isso esteja acontecendo por minha causa.

— Eu só... não entendo... por quê? Por que ele faria isso?

Enxugo suas lágrimas enquanto seguro as minhas. Não me lembro da última vez que chorei por qualquer coisa, mas temo que se começar agora, não vou parar mais.

— Quem fez isso, Nat?

— Só pode ser o advogado que conheci em Lincoln. Paguei muito dinheiro a ele para me ajudar a trocar de nome depois de tudo o que aconteceu. Por que ele faria isso?

— Dinheiro. — Meu estômago se aperta quando as peças se encaixam. — Depois que você foi vista comigo, ele viu uma chance de ganhar dinheiro.

— Eu era cliente dele — ela fala com um soluço. — Ele não tem permissão para falar a meu respeito.

— Tem razão, ele não pode. Vou fazer com que ele seja expulso da Ordem dos Advogados e acusado criminalmente pelo que fez com você. Sem mencionar que vamos processá-lo.

— É como se aquilo estivesse acontecendo de novo... parece exatamente como antes.

Ela está se referindo ao fato de ter sido violentada aos 15 anos, algo que o mundo inteiro agora sabe, graças a um advogado de Lincoln, Nebraska, que vendeu sua história para ganhar dinheiro — provavelmente muito.

Quase não consigo respirar por causa da raiva. Quero chorar com ela por saber que a fiz ser vitimada novamente. Eu a arrastei para um pesadelo que ela havia deixado para trás há muito tempo. Se tivesse alguma ideia de que algo assim poderia acontecer, nunca teria insistido para ser visto em público com ela.

— A culpa não é sua — ela fala baixinho.

Embora eu esteja aliviado por ver uma centelha de vida em seus olhos, normalmente luminescentes, me recuso a ser liberado da culpa.

— Claro que é. Você foi vista comigo e a imprensa quis saber mais a seu respeito, então buscaram até encontrarem alguém disposto a falar por um preço.

— Não te culpo. Culpo a ele.

Eu a adoro por estar preocupada comigo em um momento como este.

— Qual é o nome dele, linda?

— David Rogers. Até hoje, ele é o único que me conhecia pelos dois nomes. Só pode ser ele.

— Você nunca contou a ninguém, nem a sua família?

Ela balança a cabeça.

— Não vejo nem falo com minha da família há 8 anos.

Me sinto triste por lembrar de como ela esteve sozinha por todos esses anos. Bem, não está mais. Quero saber cada detalhe do que aconteceu, mas pedir isso agora não é o que ela precisa. Então me sento ao seu lado segurando sua mão e oferecendo goles de chocolate quente até que uma batida na porta anuncia a chegada da médica.

É um alívio que a prima de Gabe seja mulher. Fico mais aliviado quando ela parece não fazer ideia de quem sou. Em vez disso, a mulher concentra toda a sua atenção em Natalie.

— Olá, sou a dra. Janelle Richmond. — Ela tem os mesmos cabelos, olhos e pele morena, além de uma grande semelhança, da família de Gabe.

Me levanto para apertar sua mão.

— Muito obrigado por ter vindo.

Natalie me olha com apreensão palpável.

— Você chamou uma médica?

— Achei que ela poderia te ajudar a conseguir algo para dormir.

— Posso ter um momento a sós com a Natalie? — Janelle pergunta.

Não quero sair, mas deixo a decisão para ela.

— Tudo bem para você? — pergunto a Natalie.

Ela segura o edredom.

— Acho que sim.

— Estarei ali fora. Me chame se precisar de mim. — Eu me inclino para beijar sua testa antes de sair do quarto, fechando a porta.

Addie me encontra no corredor.

— Como ela está?

— Um pouco melhor do que antes. — Passo os dedos pelo cabelo várias vezes. — Pode ligar para o Emmett para mim?

— Claro. — Ela vai até a sala pegar o telefone e volta para o meu posto, do lado de fora do quarto. — Aqui está.

Pego o telefone da sua mão.

— Emmett.

— O que posso fazer, Flynn? — Como diretor jurídico da Quantum, Emmett Burke é um amigo e também colega de trabalho. Além disso, é membro do Club Quantum, nosso clube secreto de BDSM. — Não posso nem imaginar o quanto você deve estar chateado.

— Mudei de chateado direto para enfurecido. Um advogado chamado David Rogers em Lincoln, Nebraska, cuidou das questões legais da mudança do nome da Natalie. Ela disse que ele é a única pessoa que a conhece pelos dois nomes. Quero acabar com ele.

— Vou resolver isso. — Depois de uma pausa, ele fala — Flynn... sei que você está cuidando da Natalie, mas o que estão publicando sobre o que aconteceu com ela... você... hum... você precisa se preparar antes de ler. É bem p-pesado, cara.

Em 10 anos trabalhando juntos e sendo amigos muito próximos, nunca ouvi o extremamente confiante Emmett Burke gaguejar ou balbuciar. O fato de ele estar fazendo as duas coisas agora só aumenta minha ansiedade.

— Me dê um resumo. — Me preparo para o que estou prestes a ouvir.

Seu suspiro profundo soa alto e claro através do telefone, me deixando saber como é difícil para ele me contar essas coisas.

— O pai dela foi um dos principais assessores do ex-governador de Nebraska, Oren Stone. Foram melhores amigos ao longo da vida. As famílias eram próximas e Natalie – ou April, como era conhecida naquela época – cuidava das crianças do Stone de vez em quando. Ela viajou com eles nas férias em família e passou muitas noites na mansão do governador.

Meu estômago se contorce de tensão enquanto a história se desenrola. Seu nome era April...

— Aparentemente, Stone providenciou para que Natalie fosse

chamada para cuidar das crianças em um fim de semana em que a esposa e os filhos ficariam fora da cidade. Ele a manteve lá por todo o fim de semana, a estuprou repetidamente e ameaçou sua família se ela contasse a alguém.

Sinto que levei um soco.

— Filho da puta do caralho.

— Ela foi direto para a polícia.

Fecho os olhos, sentindo admiração pela força e valentia da jovem de 15 anos que foi brutalizada e teve coragem de derrubar aquele cretino.

Então Emmett solta a próxima bomba.

— Os pais dela ficaram do lado de Stone.

— Você está *brincando* comigo?

— Gostaria de estar. O caso teve repercussão nacional. Stone fez uma série de inimigos durante a vida. Um grupo de pessoas se preparou para apoiá-la durante o julgamento. Ela pediu e conseguiu a emancipação dos pais. Testemunhou contra Stone e o testemunho muito bem detalhado selou o destino dele. O homem foi condenado a 25 anos de prisão. Cerca de quatro semanas depois que ele foi preso, foi estuprado e assassinado no chuveiro por outro condenado.

Sinto um prazer perverso em saber que ele sofreu uma fração do que infligiu a ela.

— Após o julgamento, ela desapareceu. Não há menção ao seu nome em lugar algum depois do dia em que Stone foi condenado.

— Deve ter sido quando ela mudou de nome.

— Natalie Bryant apareceu alguns anos depois como caloura na Universidade de Nebraska. Não há menção de como ou onde ela passou os anos entre o julgamento e a faculdade. Ela se formou em quatro anos e depois se mudou para Nova York para se tornar professora.

— Me diga que há algo que possamos fazer quanto a esse tal de Rogers.

— Ah, podemos fazer muitas coisas. Vou começar a preparar um processo civil, além de exigir que sejam apresentadas acusações criminais contra ele. Ele vai se arrepender muito de ter mexido com vocês.

— O que quer que façamos, não podemos piorar mais as coisas para ela.

— Odeio dizer, mas é provável que fique pior antes de melhorar.

Pensar nisso me deixa doente. Eu me inclino contra a parede, fechando os olhos quando eles se enchem de lágrimas. Ouvir os detalhes do que aconteceu com Natalie me destrói. Minhas emoções estão descontroladas.

— Quero protegê-la, mas não sei como.

— A coisa mais importante que você pode fazer é mantê-la longe da internet e da TV. Ela sabe o que aconteceu. Não precisa ver isso sendo contado para o mundo. Falei com a Liza e vamos resolver o problema. Cuide dela e tente não se preocupar. Vai acabar em alguns dias.

Pode ser verdade, mas será que Natalie vai ser a mesma pessoa doce e alegre que era antes da sua vida e seu passado doloroso serem expostos ao mundo?

Quando a porta do quarto se abre, aviso a Emmett que tenho que ir.

— Te ligo amanhã.

— Nos falamos depois.

Guardo o celular de Addie no bolso.

— Como ela está?

— Ela me deu permissão para dizer que, definitivamente, está em choque e tendo uma reação física aos acontecimentos, por isso o tremor e o choro. Dei um sedativo muito leve para ajudá-la a descansar um pouco. — Ela me entrega seu cartão de visita. — Se ela ainda estiver ansiosa ou com problemas para dormir, me ligue amanhã e eu prescrevo alguma coisa.

— Ela vai... ficar bem?

— Mais cedo ou mais tarde, mas vai levar um tempo para processar o que aconteceu. Você precisa ser paciente e deixar que ela lide com as coisas de acordo com o seu próprio tempo.

Paciência não é exatamente a minha melhor qualidade, mas vou me tornar o homem mais paciente do mundo se for o que Natalie precisa de mim.

— Por favor, me ligue se eu puder ajudá-los novamente.

— Muito obrigado por ter vindo.

— Claro. Gabe fala com muito carinho de você e dos outros da Quantum. Sei o quanto significam para ele.

— Ele é um dos bons, com certeza.

— Vou sair para que você possa voltar para Natalie.

— Obrigado novamente. — Entro no quarto, onde a única luz acesa é a do banheiro. Os olhos de Natalie estão fechados, mas suas bochechas ainda estão molhadas de lágrimas. Quando me aproximo da cama, ela abre os olhos. Mesmo em meio ao desespero, sinto a conexão que nos uniu desde o dia em que nos conhecemos. E agora essa conexão arruinou a vida dela.

— Posso fazer alguma coisa para você?

Ela assente.

— Você... você pode...

— O que, linda? Qualquer coisa.

— Pode me abraçar? — Sua voz falha com um soluço. — Por favor?

— Não há mais nada neste mundo que eu prefira fazer. — Me sinto grato e ao mesmo tempo arrasado que ela ainda me queira por perto depois da confusão que eu fiz. Tiro a camisa e a calça jeans, deixando as peças em uma pilha no chão e me deito na cama ao seu lado.

Soltando um gemido angustiado, ela se vira em minha direção e pressiona o rosto no meu peito.

Lágrimas enchem meus olhos e escorrem pelo meu rosto. Não suporto sua dor. É como se alguém estivesse enfiando uma faca no meu coração.

— Está tudo bem, baby. Estou bem aqui e tudo vai ficar bem. Eu prometo.

Passo a mão por suas costas, que está coberta pelo roupão grosso. Seus ombros tremem com o poder dos seus soluços.

— Todo mundo vai saber — ela diz tão baixinho que quase não a ouço. — O mundo inteiro vai saber o que aconteceu comigo.

— E eles saberão que você sobreviveu e prosperou apesar do que aconteceu. Também vão saber disso.

— Não queria que ninguém soubesse. Nem você.

— Baby, nada poderia mudar o que sinto por você. Se possível, te amo ainda mais do que amava de manhã e não teria pensado que isso era possível.

— É humilhante.

— Se lembra do que você me disse uma vez? Que levou anos de terapia para compreender que fizeram isso com você? Que não foi sua culpa? É a mesma coisa agora. Você não fez nada. Alguém fez e o faremos pagar. Te prometo.

— O que importa se ele pagar? Todo mundo ainda vai saber. Você saberá.

— Natalie, querida, isso não muda nada para mim. Ainda escolho você mil vezes. Um milhão de vezes.

Ela enterra o rosto na curva entre o meu pescoço e ombro, e eu a abraço o mais apertado que consigo. Ficamos assim enquanto ela soluça baixinho, até ouvirmos um latido revelador no corredor.

— Fluff!

A animação que ouço em sua voz me enche de esperança.

— Fique bem aqui. Vou pegá-la para você. — Beijo sua testa e me levanto da cama, parando um instante para vestir a calça jeans antes de abrir a porta para Leah e Addie, que estão prestes a bater.

Fluff me vê e me mostra os dez dentes que tem na boca.

— Fluff — Natalie chama. — Vem com a mamãe.

A pequena bola branca de pelos entra no meu quarto e sobe na cama, onde se deita com Natalie.

— Obrigado, Leah. — A companheira de apartamento de Natalie está tentando não olhar para o meu peito nu.

— Hum, claro. Posso falar com a Nat? Só por um minuto?

— Claro. Vá em frente. — Eu me afasto para deixá-la entrar no quarto.

— Tem um cachorro na sua cama — Addie fala, trazendo um pouco de leveza ao momento.

— É o que parece. — Uma manada de elefantes pode invadir meu quarto se isso fizer Natalie feliz. — E não é sorte minha que Fluff seja imune aos meus muitos encantos?

Addie reprime uma risada.

— Então você, finalmente, encontrou a única mulher na Terra que não é afetada por Flynn Godfrey?

— É o que parece. Ela me mordeu no dia em que conheci Natalie.

— Fiquei sabendo.

— Hayden tem feito fofoca novamente, né?

— Nunca vou revelar minhas fontes.

Meu melhor amigo e parceiro de negócios é louco por Addie, não que ele admita isso para si ou para ela. Suspeito que a atração seja mútua, mas Addie não fala sobre isso para mim, e eu não pergunto.

Passo os dedos pelo cabelo repetidamente, até ter certeza de que ele deve estar em pé.

— Me diga o que fazer, Addie. Estou totalmente perdido.

— Só fique ao lado dela. Ela precisa saber que nada mudou para você por causa do que aconteceu hoje.

— Já falei isso a ela. Mas não sei se ela acredita em mim.

— Continue dizendo até que não haja dúvidas.

— Nunca imaginei me sentir assim com ninguém.

Addie sorri perante a minha confissão.

— Acontece com os melhores.

— Não posso perdê-la. Simplesmente não posso.

— Você não vai perdê-la. Quando a poeira baixar, ela vai se lembrar que você esteve ao seu lado durante todo o tempo. Isso vai importar.

Embora eu aprecie o voto de confiança de Addie, gostaria de ter mais certeza de que Natalie e eu passaremos por isso intactos. Quanto tempo vai demorar para ela me culpar por arruinar tudo?

2

Natalie

Algumas vezes eu me perguntava como seria se meus segredos fossem revelados, mas nada poderia me preparar para que a casca das minhas feridas fosse arrancada tão de repente e com tanta violência.

Me sinto violada de novo.

Fluff imediatamente entra em modo de guarda, lambendo minhas lágrimas do jeito que ela costumava fazer desde o início do meu pesadelo. Fico feliz em ver Leah, minha amiga e colega de apartamento, mas percebo que ela não faz ideia do que me dizer.

— Eu... hum... todo mundo está chateado com a sra. Heffernan por ter te demitido — Leah fala. — Meu telefone tem tocado sem parar com mensagens dos nossos colegas da escola. A Sue até ameaçou se demitir a menos que ela te contrate de volta. — Sue é a assistente administrativa que cuida do escritório da *Emerson School*, onde Leah e eu somos professoras.

Ou eu era até hoje cedo, quando fui demitida por mentir na verificação de antecedentes e por causar tumulto na escola. Como se eu tivesse convidado o bando de repórteres para vigiar o local esperando por um vislumbre do meu estado de humilhação.

— Sei que você não quer falar sobre isso, e eu respeito — Leah fala, hesitante. —, mas quero que saiba que sinto muito por tudo que você passou e por ter zombado por você ser tão virtuosa esse tempo todo. Eu não sabia, Nat.

Sua voz falha e vejo que ela está à beira das lágrimas.

Seguro sua mão.

— Por favor, não se desculpe. Você não sabia, porque não contei a você nem a ninguém. Queria esquecer o que aconteceu, mas hoje descobri com que facilidade o passado pode nos alcançar.

— O Flynn deve estar morrendo por isso.

— Ele está se culpando. Mas não é culpa dele.

— É nítido o motivo de ele pensar assim. Afinal, antes de você conhecê-lo, ninguém se importaria com o seu passado.

— Ainda assim, não é culpa dele. Ele está quase tão chateado quanto eu.

— Continue a dizer isso a ele.

Estou muito cansada. Seja lá o que a médica me deu para me ajudar a dormir, me faz sentir dificuldades de manter os olhos abertos.

— Vou embora e te deixar dormir. Posso te ligar amanhã?

— Adoraria que ligasse. — Aperto a sua mão. — Obrigada por trazer a Fluff.

— Fiquei feliz por poder fazer algo por você.

— Leah... — Me forço a manter os olhos abertos para olhá-la. — Você tem sido a minha melhor amiga desde que a minha vida se desfez. Só quero te agradecer por isso.

— Ah, Deus, Nat, tenho sido uma amiga *terrível* para você, sempre te pressionando para sair da sua zona de conforto...

— Não, você tem sido maravilhosa e a maior parte do que me disse é verdade. É real entre nós, apesar das nossas diferenças. Você não tem ideia do quanto eu amo a nossa vida normal e comum naquele apartamento.

Leah enxuga as lágrimas do rosto.

— Você não vai poder voltar agora, né?

— Não tenho ideia do que vou fazer. Está tudo muito confuso. Não sei se vou conseguir bancar o aluguel sem emprego.

— O aluguel foi pago para vocês duas pelo resto do ano — Flynn diz da porta. — Também providenciei segurança para Leah até que as coisas acabem.

Não posso acreditar no que estou ouvindo.

— Você... pagou nosso aluguel por um ano?

— Sim, paguei, e não tente me dizer que eu não deveria. Nada disso estaria acontecendo se você não tivesse me conhecido. Pagar seu aluguel e facilitar as coisas para vocês duas é o mínimo que posso fazer em função do problema que te causei.

Estendo a mão para Flynn.

— Venha aqui.

Leah se levanta para dar espaço para que ele se sente ao meu lado na cama.

— Não é culpa sua. Você não fez isso comigo.

Leah limpa a garganta.

— Eu vou, hum, dar um tempo para vocês ficarem sozinhos. Te ligo amanhã, ok?

— Combinado. Se você encontrar com meus alunos... diga a eles que eu os amo. — Pensar em nunca mais vê-los é a pior parte de um dia de partir o coração.

— Pode deixar. Vou pegar suas coisas na sala de aula também. — Ela começa a sair, mas se vira. — Espero que saiba que ser demitida por isso é motivo para um processo judicial. Ela não tinha razão.

— Confie em mim — Flynn responde —, minha equipe jurídica está cuidando de tudo. Se houver alguma maneira, vamos recuperar o emprego da Natalie.

— Que bom. Tente dormir um pouco. Nos falamos amanhã.

— Obrigada novamente por trazer Fluff. — Ao som do seu nome, minha cachorra amada levanta a cabeça para ver o que está acontecendo antes de voltar a roncar contente em meus braços.

Depois que Leah vai embora, volto minha atenção para Flynn.

— Obrigado por me deixar ficar aqui com a Fluff.

— Você pode ter o que quiser. Não sabe disso?

— Mesmo assim... ela não é muito gentil com você e agora está na sua cama.

— Assim como você. Se eu tiver que suportar o mal com o bem...

Apesar da tentativa de humor, ele parece muito triste e arrasado. Odeio ser a causa disso. Seguro sua mão e entrelaço nossos dedos.

— Não é tão ruim quanto antes.

— Do que está falando?

— De tudo isso. A última vez que minha vida explodiu na minha cara, eu estava muito sozinha. Agora, tenho você, a Leah, a Addie e todos que você chamou para nos ajudar.

— Você está longe de estar sozinha — ele diz com ferocidade, seus olhos castanhos brilhando de amor e intensidade. — Eu mataria por você, Natalie.

— Por favor, não faça isso. Preciso de você aqui comigo, não preso.

Ele leva nossas mãos unidas aos lábios e beija meus dedos. Adoro a sensação da sua barba contra a minha pele. Ele é tão forte, bonito e demonstra o quanto me ama pela consideração comigo esta noite.

— Venha para a cama comigo.

O rosnado baixo de Fluff é cheio de aviso e não posso deixar de rir do quanto ela é ridícula.

— É tão bom te ouvir rir.

Pego Fluff e a movo para o lado que ele está ocupando atualmente.

— Acho que é seguro.

Ele se levanta, dá a volta, tira a calça jeans e retorna para a cama.

Fluff começa a latir freneticamente quando ele se aconchega a mim.

Acho a coisa toda engraçada e não consigo parar de rir. Em seguida, estou chorando de novo ao me lembrar que não tenho para onde ir amanhã, que meus alunos não compreenderão por que não estarei lá, que o mundo inteiro vai saber a respeito do meu passado e que isso vai arrastar o nome de Flynn pela lama também.

— Nat — ele me chama com um suspiro. — Venha aqui.

Deixo Fluff enfurecida e me viro para Flynn. Por mais que eu ame a cachorra, preciso mais do conforto de Flynn agora. Ele envolve seus braços ao meu redor e me sinto confortável em seu abraço.

Então ele estremece e solta um grito de dor.

— *Merda!*

— O que houve?

— Ela me mordeu. De novo. — Ele levanta a mão para me mostrar as marcas vermelhas, mas felizmente não há sangue desta vez.

— Fluff! Não! Sem morder! — Eu me sento e viro para a minha cachorrinha obstinada. — Não, *não*! — Ela me dá um olhar que me diz que não sente muito e que vai fazer de novo se tiver outra oportunidade. — Sinto muito. — Ao me virar para Flynn, eu o encontro rindo.

— O que é tão engraçado?

— Ela te deu um olhar de *desprezo infinito*.

Sua avaliação precisa me faz rir também.

— Ela é horrível! Você não deveria ter que se preocupar em ser mordido na sua própria cama.

— Eu poderia dizer tanta coisa a esse respeito...

— Flynn! Estou falando sério. Ela está fora de controle.

— Ela te protege. Respeito isso. — Ele estende os braços para mim. — Volte para cá.

Apontando um dedo para Fluff, uso minha voz mais severa quando falo com ela:

— *Sem morder*. Ou qualquer coisa do tipo.

— Estou incrivelmente excitado agora. Você vai me castigar algum dia?

Sua irreverência me faz rir e esqueço, por um momento, do pesadelo que minha vida se tornou.

De volta aos seus braços, tento acalmar o tumulto dentro de mim para que eu possa descansar. Em algum momento nos últimos dias, seu perfume se tornou o cheiro de casa para mim. Seu peito se tornou meu lugar favorito para deitar a cabeça, e presa em seus braços, encontro o meu lugar feliz. Mesmo em meio ao meu pior pesadelo, me sinto segura e amada por ele.

A medicação começa a fazer efeito, mas não consigo dormir até que ele saiba como me sinto.

— Flynn?

— O que foi, linda?

— Só quero que você saiba... faz tanto tempo que sinto medo disso acontecer que nem me lembro de não sentir. Mas estar aqui com você... eu ficaria louca se não fosse por você estar ao meu lado me dizendo que vai ficar tudo bem.

— *Vai* ficar bem. Prometo. Não quero que você se preocupe com nada. Feche os olhos e durma. Estarei bem aqui.

Quero falar com ele. Estar com ele. Mas não posso mais lutar contra os efeitos do remédio.

— Eu te amo — sussurro.

— Também te amo. Mais do que tudo neste mundo.

~

Flynn

QUERO ENCONTRAR o cretino que fez isso com Natalie e acabar com ele com minhas próprias mãos, mas não até que eu o faça sofrer. Estou tão irado que nem sei o que fazer. E com Natalie dormindo em meus braços e sua cachorra selvagem roncando do outro lado, não há nada que eu possa fazer além de me exasperar.

Fico acordado a maior parte da noite pensando sobre o que precisa ser feito. Quando meu cérebro cansado não aguenta outro segundo revivendo o inferno que causei à mulher que amo, deixo minha mente vagar e repasso os momentos que passamos juntos. Desde o primeiro encontro no parque, em Greenwich Village, até o fim de semana passado em Los Angeles, tem sido um turbilhão de romance, paixão e desejo.

Nunca esperei me apaixonar assim. Depois que meu casamento terminou, eu estava satisfeito em ser um playboy indiferente e cínico que trocava de mulher como outros homens trocam de cerveja. Trabalhei duro, trepei ainda mais — tanto e sempre que pude. Os fins de semana no Club Quantum eram a minha recompensa por todo trabalho. O clube de BDSM que abri com quatro dos meus melhores amigos era o centro da minha vida até que conheci Natalie e decidi que preciso mais dela do que desse estilo de vida.

No último fim de semana, ela me contou que foi estuprada. Ao ouvir isso, soube que não havia chance de introduzir meu lado dominador a ela. Então, eu tinha que fazer uma escolha: ela ou o estilo de vida. Eu a escolhi. E a escolheria sempre. Preciso dela. É simples assim.

Ela é tudo que eu não sabia que precisava até que, literalmente, trombou em mim e virou minha vida de cabeça para baixo. E agora, retribuí o favor arruinando a vida que ela se esforçou tão arduamente para construir.

No momento em que o sol aparece, continuo sem saber o que fazer para consertar isso. Natalie ainda está dormindo, mas preciso fazer alguma coisa — qualquer coisa — então me levanto, tomo um banho e visto moletom e uma camiseta de manga comprida.

Addie, que passou a noite no sofá do meu escritório, já está de pé e com o café pronto. Ela me entrega uma caneca com creme e um pouco de açúcar, do jeito que eu gosto.

— Você precisa ver isso. — Ela me entrega seu telefone.

Estou com medo de olhar.

— Não me diga que piorou durante a noite.

— Apenas leia.

É um tweet do meu melhor amigo e sócio, Hayden Roth:

Algumas coisas não são da nossa conta. #TeamNatalie #NãoÉDaNossaConta

Estou incrivelmente comovido com o gesto do meu amigo. Ele não é o maior fã de Natalie, porque tem medo que eu me envolva com uma mulher cujo estilo de vida é tão diferente do meu. Ele viveu o fim do meu casamento depois que minha esposa descobriu minhas preferências sexuais e teve um caso com o diretor que trabalhava conosco para se vingar do marido "depravado". As consequências foram terríveis, e eu evitei compromissos desde então.

Até agora. Até Natalie.

— Clique na *hashtag* — Addie fala. — Tem mais.

Da minha amiga íntima, Marlowe Sloane:

Mandando amor e abraços aos meus queridos amigos @FlynnGodfrey e Natalie. #TeamNatalie #NãoÉDaNossaConta

Da minha irmã, Ellie:

Muito amor para @FlynnGodfrey e seu amor, Natalie. #TeamNatalie #NãoÉDaNossaConta

De um dos meus sócios na Quantum, Jasper Autry:

O paparazzi de merda ultrapassou os limites. Vá se ferrar! #TeamNatalie #NãoÉDaNossaConta

Outro sócio da Quantum, Kristian Bowen, twittou:

É um absurdo fazer isso com alguém que já foi vitimado uma vez. Chega! #TeamNatalie #NãoÉDaNossaConta

Estou impressionado com a demonstração de apoio da minha família e amigos. Muitas outras pessoas que não conheço também postaram, acusando a imprensa de ir longe demais ao publicar a história de Natalie.

— As pessoas estão indignadas — Addie fala sem rodeios. — A hashtag *#TeamNatalie* está no *trending*.

— Que bom. As pessoas deveriam mesmo estar se sentindo assim. Tudo isso é ultrajante.

— O Emmett ligou tarde na noite passada. Ele entrou em contato com o advogado da escola da Natalie. Receio que as notícias não sejam boas. O contrato dela estipula que ela pode ser liberada "por justa causa" a qualquer momento e não há chance de recurso.

— Só pode ser brincadeira.

— Queria que fosse. Achei que vocês não precisavam ouvir isso ontem à noite.

— O que eles estão chamando de "justa causa"?

— Tecnicamente, ela mentiu na checagem de antecedentes quando disse que nunca foi conhecida por nenhum outro nome.

— Ela fez isso por um bom motivo!

— Você e eu sabemos, e o Emmett disse que o advogado reconheceu que ela tinha um bom motivo, mas a diretora não está disposta a ceder.

— Não posso acreditar nisso. A Natalie nunca vai me perdoar.

— Flynn... vamos lá. Ela sabe que não é culpa sua.

— *Como* não é culpa minha? Se eu não a tivesse levado para o Globo de Ouro, nada disso estaria acontecendo.

— Você sabia sobre o que aconteceu com ela? Antes do último fim de semana?

Balanço a cabeça.

— Sabia que ela havia sido violentada quando adolescente, mas não o resto.

— Então como você poderia protegê-la de algo que nem sabia? — Antes que eu possa formar uma resposta, ela continua. — Não tinha como. Não é culpa sua. A culpa é do homem que a atacou. A culpa é da pessoa que vendeu a história para ganhar dinheiro. A culpa não é *sua*.

— Você deveria ouvi-la, Flynn — Natalie diz atrás de mim.

Me viro e lá está ela, usando meu roupão e segurando Fluff contra o peito. Seu rosto está pálido de um jeito incomum e círculos escuros ao redor dos olhos marcam sua pele impecável.

— Ei, linda. — Estendo a mão para ela.

Ela vem em minha direção.

— A Addie está certa. Nada disso é culpa sua. Fui com você na semana passada sabendo o que estava em jogo. Confiei em alguém que não merecia essa confiança. Se ele tivesse feito seu trabalho e mantido a boca fechada, nada disso estaria acontecendo.

— Que tal eu levar a Fluff para passear? — Addie pergunta.

— Obrigada, Addie. — Natalie vê a coleira no balcão com alguns dos brinquedos de Fluff e a prende na cadela.

Felizmente, Fluff não parece se importar por estar saindo com alguém que não seja sua amada Natalie. Dou um sorriso grato para

Addie. Levar o cachorro da minha namorada para passear, definitivamente, não faz parte das suas atribuições.

— Se você não tivesse sido visto comigo — digo a Natalie quando estamos sozinhos —, sua história não seria vendida.

— Mais uma vez, não é culpa sua. Semana passada, fiz uma pesquisa na internet em busca do meu nome e não encontrei nada além de onde fiz a faculdade e o meu trabalho aqui. Por isso, me senti confiante em sair em público com você. — Ela vem até mim e coloca as mãos no meu peito. — Não é culpa sua. Quero que você diga isso.

Forço um sorriso por ela.

— Não é culpa sua.

— Flynn...

Suspirando, dou o que ela precisa.

— Não é minha culpa.

— Continue dizendo isso para si mesmo até acreditar. — Natalie fica na ponta dos pés para me beijar. — Eu não trocaria um minuto do nosso final de semana mágico. Foi o melhor momento da minha vida.

Coloco os braços ao seu redor, para mantê-la perto.

— O meu também, linda, e ganhar o Globo de Ouro foi o menos importante daquele fim de semana. — A noite em que ganhei o maior prêmio da minha carreira e fiz amor com Natalie pela primeira vez parece ter acontecido há meses em vez de apenas alguns dias. Depois de aproveitar o prazer de abraçá-la por um momento, recuo para que eu possa ver seu lindo rosto. — Você parece um pouco melhor.

Ela dá de ombros.

— Acho que estou.

— O Hayden publicou a *hashtag TeamNatalie* no Twitter e está no *trending.*

— É mesmo?

— Aham. A rede de apoio tem sido incrível. Todo mundo está furioso com o que fizeram com você.

— É legal da parte dele, especialmente porque ele nem gosta de mim.

— Isso não é verdade. Ele não te conhece. Vocês tiveram um começo difícil no dia em que nos conhecemos. Vai ficar tudo bem quando vocês se conhecerem. — Como ela parece muito melhor do que na noite passada, odeio ter que contar o que Emmett descobriu sobre seu emprego.

Como sempre, ela está sintonizada comigo de uma maneira que ninguém jamais esteve.

— Seja o que for, apenas fale.

— Meu advogado analisou sua situação na escola.

— E...

— O contrato é bem sólido. Eles podem te desligar por "justa causa". Não está definido o que constitui essa "justa causa". Aparentemente, fica a critério da diretoria.

— Então, a *mosca morta* da sra. Heffernan pode se livrar de mim e não há nada que eu possa fazer?

— Basicamente — falo com cuidado, porque não quero aborrecê-la novamente. — Você sabia disso quando assinou o contrato?

Ela morde o lábio inferior e concorda.

— Nunca imaginei que eu faria algo para que ela me demitisse. — Seus olhos se enchem de lágrimas. — Vou sentir falta das crianças.

Enquanto enxugo suas lágrimas, uma ideia me ocorre. Vou precisar do seu celular para que isso aconteça.

— Que tal um pouco de café?

— Sim, por favor. — Preparo seu café exatamente do jeito que gosto do meu. É uma das muitas coisas que temos em comum quando se trata de alimentos e bebidas. — Então o que eu faço agora? Todo mundo sabe a meu respeito, perdi o emprego e não posso ir para o meu apartamento porque está cercado pela imprensa.

— Tenho uma ideia do que podemos fazer.

— Estou ouvindo.

— Vamos voltar para Los Angeles e ficar na praia até que essa merda acabe.

— Está falando sério?

— Com certeza. O Hayden tem uma casa na mesma rua da de Marlowe, em Malibu. Sei que ele nos deixaria ficar lá pelo tempo que precisarmos. Ninguém pensaria em nos procurar lá.

— Então vamos pegar um avião e ir para a Califórnia?

— Por que não? Se ficarmos em Nova York, vamos ficar presos aqui dentro. Se formos para lá, pelo menos podemos aproveitar o sol quente e a praia.

— É estranho não ter o que fazer.

— Eu sei, linda. Vou fazer o que você quiser. A decisão é toda sua.

Ela me olha, aqueles olhos castanhos me matando do jeito que sempre fazem.

— Posso levar a Fluff?

— Claro que pode.

— É muito legal da sua parte, especialmente depois que ela te mordeu na sua própria cama.

— Ela não me assusta. — Com as mãos em seus ombros, olho em seus olhos. — A única coisa que realmente me assusta é te perder agora que te encontrei.

— Você não vai me perder, Flynn. Lembre-se, você está se culpando por tudo isso. Eu, não.

Muito grato, apoio a testa contra a dela.

— Então, L.A. Certo?

— Sim, vamos nessa.

3

Natalie

Me sinto profundamente triste por deixar a cidade que aprendi a amar, mas Flynn me convenceu de que é o melhor. Ele pergunta se pode pegar meu telefone emprestado para conversar com Leah sobre o apartamento. Entrego o aparelho a ele.

— Quer que eu verifique a caixa postal e as mensagens de texto?

— Não precisa. Farei isso quando estiver bem.

— Nat... é melhor não acessar a internet.

— Confie em mim, não tenho nenhuma vontade de ler sobre o meu inferno na internet. Já passei por isso há oito anos. Uma vez foi mais que suficiente.

— Odeio que isso esteja acontecendo com você de novo. Odeio muito.

— Sei que odeia, mas, de certa forma... é um alívio. Agora todo mundo sabe. Não há mais segredos a serem guardados.

— Deveria ser uma escolha sua contar ou não e no momento em que achasse oportuno. Não deveria ter acontecido assim.

— Talvez não, mas me recuso a dar mais da minha vida àquele monstro do que ele já roubou. Se eu me enrolar em uma bola derrotada, ele vence. Isso não pode acontecer.

— Estou maravilhado. — Ele emoldura meu rosto em suas mãos. — Você é a pessoa mais forte que já conheci.

— Não sou, não.

— Sim, você *é*. Essa coisa horrível que te aconteceu quando era nova demais para entender e depois ter que lidar com isso sozinha...

— Eu não estava completamente sozinha. Tive sorte que quando ele me atacou, Stone havia feito muitos inimigos. Eles ficaram felizes em me apoiar se isso ajudasse a derrubá-lo.

— Seus pais viraram mesmo as costas para você?

Dando de ombros, eu o observo quando fica obvio que ele sabe os detalhes do que me aconteceu.

— Stone era quem pagava o salário do meu pai. Ele era seu empregado. Eles disseram que eu precisava me preocupar mais com a minha família do que comigo mesma.

— Que loucura.

— O que eles nunca entenderam é que fiz isso pelas minhas irmãs. Candace é 4 anos mais nova que eu. Se eu mantivesse a boca fechada, ele poderia ter ido atrás dela depois.

— Quanta coragem.

— Eu estava muito assustada. Ele disse que me mataria se eu contasse a alguém.

Quando Flynn me abraça com seus braços fortes, posso senti-lo tremendo.

— Desde que tudo aconteceu, não me senti segura de verdade. Até que te encontrei.

— Natalie... — Ele enterra o rosto no meu cabelo. — Ninguém nunca vai te machucar novamente. Juro por Deus.

Me agarro a ele e às suas garantias enquanto meu coração se rompe com a perda da minha nova vida feliz em Nova York.

MAIS TARDE, no caminho para o aeroporto em Teterboro, Nova Jersey, Flynn me diz que vamos ter que fazer uma parada antes de deixarmos a cidade. Estamos em um dos dois SUVs cheios da equipe de segurança que ele contratou para me manter segura. Fico surpresa ao ouvir que vamos parar em algum lugar quando ele está tão ansioso para me tirar de Nova York, onde repórteres raivosos acamparam na sua casa e na minha.

Addie está viajando conosco e vai voar de volta para Los Angeles no avião que Flynn fretou para a viagem. Ela ficou em silêncio o dia inteiro, trabalhando nos telefones e cuidando dos detalhes, como mandar buscar as malas que Leah arrumou para mim no nosso apartamento.

É um alívio não ter que considerar a logística em um momento como este.

— Obrigada por tudo que você fez hoje, Addie. — Fluff se contorce em meus braços, mas mantenho uma forte pressão para que ela não cause problemas.

— Fiquei feliz em ajudar.

A assessora de imprensa de Flynn, Liza, queria vir conversar conosco, mas ele a dispensou por enquanto. Ele passou uma hora ao telefone com ela mais cedo, durante o qual gritou muito. Odeio saber que ele está chateado e que ainda esteja se culpando.

Paramos em uma rua que não reconheço. Flynn segura a minha mão e me tira do carro. Os seguranças estão à postos quando entramos no que parece ser um restaurante de estilo familiar que está praticamente vazio antes do jantar. Seguimos Addie pelo salão, até um cômodo nos fundos.

Estou prestes a perguntar a Flynn o que está acontecendo quando me vejo frente a frente com meus alunos da terceira série. Todas as crianças falam ao mesmo tempo enquanto me abraçam. Leah está aqui, assim como vários outros professores da nossa escola. Também vejo Sue, do escritório, e os pais das crianças, incluindo minha boa amiga Aileen. Seu filho, Logan, é um dos meus alunos favoritos.

Ela me abraça no minuto em que consegue se aproximar. Estamos chorando enquanto nos abraçamos.

— Isso é um *absurdo* — ela sussurra. Seu corpo está magro e esquelético em decorrência da batalha que está travando contra o câncer de mama, mas sua voz é feroz.

— Não posso acreditar que vocês estão todos aqui — de alguma forma, consigo dizer. Estou tão emocionada que mal posso respirar.

— Foi ideia do Flynn. Addie e a Leah organizaram tudo para que você pudesse ver as crianças antes de viajar.

Olho para Flynn tão cheia de amor e gratidão que não sei como vou expressar esses sentimentos para ele corretamente.

Ele sorri para mim, mas posso ver a inquietação que permanece dentro dele, porque esse encontro é necessário, em primeiro lugar. Meus alunos querem toda a minha atenção, o que dou a eles, sem saber quanto tempo vai levar até que eu os veja novamente. Eles têm muitas perguntas para as quais não há respostas fáceis.

— Por que você não pode mais ser nossa professora? — Clarissa pergunta.

Meus olhos se enchem de lágrimas, mas estou determinada a deixá-los com lembranças felizes minhas, não chorosas.

— É muito complicado, querida, mas não é por minha vontade. Quero isso mais do que tudo, mas nem sempre a gente pode ter o que deseja.

— Como no Natal — Micha fala — quando o Papai Noel traz alguns brinquedos da lista, mas não todos.

— Exatamente. Mas quero que todos me façam um favor: se esforcem muito com o novo professor, mostrando o quanto já aprendemos este ano. Sei que vão se comportar muito bem, porque vocês sempre se comportam.

— Estou triste por não poder mais te ver todos os dias — Logan fala.

Meu coração se parte com o pensamento de não vê-lo também. O pobre garoto já tem mais do que o suficiente para se preocupar com a mãe. Eu o abraço com força, sabendo que provavelmente voltarei a vê-lo, pois pretendo permanecer em contato com Aileen.

Flynn providenciou um jantar para as crianças e os pais e, como todos nos sentamos ao redor da mesa para comer, parece uma grande reunião familiar. Se eu não estivesse segurando o choro o tempo todo, poderia acreditar que esta é só mais uma noite e que amanhã eu iria voltar à sala de aula. Em vez disso, ficarei em uma casa na praia de Malibu, esperando que a imprensa perca o interesse em mim.

A mão de Flynn nas minhas costas me acalma e estabiliza. Ele está ao meu lado, me fazendo lembrar que não estou sozinha e que sou amada. Sinto seu amor em cada olhar, cada toque, cada palavra que ele fala para e sobre mim. Eu o conheço há 12 dias e minha vida mudou de todas as maneiras possíveis desde então — principalmente para melhor.

Eu poderia viver sem o frenesi das revistas e sites de fofoca, mas Liza nos garantiu que a história não tem para onde crescer. Ela falou que a maioria das pessoas está horrorizada com a violação da minha privacidade.

A *hashtag* de Hayden, aparentemente, se tornou viral e todo mundo em Hollywood está protestando contra a imprensa. Estou ansiosa pela oportunidade de agradecer a ele por seu apoio quando estivermos em L.A.

— O que vai fazer agora? — Aileen me pergunta baixinho.

— Vamos para L.A. hoje à noite. Um amigo do Flynn tem uma casa na praia. O plano é nos esconder por um tempo. E acho que então veremos o que acontece.

— Sei que isso é um pesadelo, mas espero que você tente aproveitar o tempo livre e a escapada com esse seu homem incrível.

Forço um sorriso para agradá-la.

— Ele faz o copo parece meio cheio, não é?

— Hum, sim, com certeza — Aileen responde com uma risada maliciosa que me faz rir junto. Ela segura a minha mão. — Quero te dar uns conselhos não solicitados: você tem saúde, Natalie. Tem um homem que é louco por você e amigos que se importam profundamente. Por favor, não deixe que esse revés atrapalhe sua vida. Me promete?

— Não vou deixar. Prometo.

— Lembre-se do que é mais importante.

Apreciando as oportunas palavras de sabedoria, eu a abraço com força.

— Promete que vai manter contato?

— Sempre. Só para você saber: muitos de nós, pais, vamos nos reunir com o conselho da *Emerson School* amanhã à noite. Não vamos deixar isso passar sem uma briga.

Estou atordoada e sem palavras.

— Vocês... vocês vão...

— Vamos lutar por você, Nat. Professores como você, que se importam com as crianças, devem receber o benefício da dúvida, especialmente diante do que você já passou. Você deve ser tratada como a heroína que é, não difamada por ter construído uma nova vida para si mesma. E, a propósito, como sua amiga, estou realmente orgulhosa por você ter enfrentado aquele monstro daquele jeito.

Enxugo as lágrimas que me cegam. Não chorei tanto em oito anos.

— Nem sei o que dizer.

— Não precisa dizer nada. Estamos do seu lado e não ficaremos felizes até que devolvam seu emprego.

Eu a abraço novamente.

— Faz muito tempo desde que tive amigos de verdade.

— Tem muitas pessoas ao seu lado. Não fique muito confortável lá na Califórnia.

Rindo através das lágrimas, fico maravilhada com a demonstração de apoio dos pais dos meus alunos.

Depois de bolinhos de chocolate e sorvete de sobremesa, as crianças começam a se despedir. Passo alguns minutos com cada um deles e estou aos prantos quando me despeço de Logan, Aileen e sua filha, Maddie.

— Muito obrigada por tudo que fez por nós este ano, Natalie — Aileen fala enquanto me abraça. — Apesar do que aconteceu, quero que saiba que você e Flynn fizeram uma diferença muito grande para nossa família.

— Isso significa o mundo. Obrigada.

Aileen também abraça Flynn e agradece a ele profusamente pela enorme doação ao fundo que montamos na escola para sua família.

— Não sei do que você está falando — ele fala com um sorriso e uma piscadela. Flynn negou ter feito a doação de meio milhão de dólares, mas todos nós sabemos que veio dele.

— Claro que não sabe. Você nunca saberá o quanto isso significa para mim. — Ela me olha. — Cuide bem da nossa garota. Ela é muito importante para nós.

Ele coloca o braço ao meu redor.

— Vai ser um prazer cuidar bem dela.

Aileen abana o rosto de forma dramática e nos deixa rindo enquanto acompanha os filhos para fora da sala.

Sue, a administradora do escritório, me abraça.

— Aguente aí, garota. Saiba que todo o corpo docente e a maioria dos funcionários estão chateados com a sra. Heffernan por causa disso. Todos nós achamos a situação ridícula.

— Obrigada por isso e por estar aqui. Fico muito feliz.

Ela sussurra em meu ouvido:

— Achei que você gostaria de saber que seu amigo sexy pagou pelo café da manhã e o almoço de todas as crianças da escola pelo resto do ano.

Fico atordoada com a informação quando Sue aperta meu braço e me deixa cambaleando.

Leah é a última a sair.

— Odeio isso — ela fala com sua franqueza habitual.

— Eu também.

— Vou sentir tanto a sua falta e de Fluff.

— Também sentiremos. Quem sabe você possa nos visitar em L.A.?

— Eu adoraria. — Ela faz uma pausa e limpa a garganta. — Quero que saiba... a forma como você está lidando com tudo é admirável. Eu estaria enrolada em posição fetal se alguma dessas merdas acontecesse comigo, mas você... você é incrível, Nat. Todos nós pensamos assim, e eu só queria que você soubesse.

Eu a abraço com força.

— Você tem sido a melhor amiga que tive em anos. Obrigada por ter me proporcionado uma vida "normal" no nosso apartamento acolhedor. Nunca vou me esquecer disso.

— Eu também não. Mas não vai se livrar de mim assim tão fácil. Vou te deixar louca mandando mensagens todos os dias.

— Por favor, mande mesmo.

Eu a solto, e ela abraça Flynn.

— Você é o melhor astro de cinema que já conheci e se eu não amasse tanto a Nat, ficaria roxa de inveja.

Rindo da sua típica audácia, ele fala:

— Obrigado por tudo hoje e por ser uma boa amiga para Natalie. Nos vemos em breve.

— Vou esperar por isso. — Ela me dá mais um abraço antes de sair.

Addie levou Fluff para fazer xixi, então Flynn e eu ficamos sozinhos. Coloco as mãos em seu peito e olho para ele.

— Muito obrigada por esse evento. É a coisa mais gentil que alguém já fez por mim.

— Pelo menos eu pude fazer.

— Você não está mais se culpando, está? — pergunto com um sorriso provocante.

O profundo suspiro que escapa enquanto ele me abraça diz tudo.

— Queria que você tivesse um encerramento com as crianças se as coisas não derem certo com a escola.

— Estou muito feliz por poder vê-los e tentar explicar o que está acontecendo. Odiaria que eles achassem que fui embora por algo que fizeram.

— Você foi ótima com eles. Nunca vão te esquecer.

— Espero que não. E você... pagou pelo café da manhã e o almoço de todas as crianças da escola... Flynn, meu Deus!

Ele dá de ombros.

— Você sabe como me sinto sobre crianças com fome — ele fala com rispidez.

Eu o abraço.

— Você é incrível. De verdade. Te amo muito por fazer isso.

Envolvida em seus braços com a testa dele descansando no meu ombro, sinto o seu corpo tenso. Ele é como um fio que está solto em um espaço apertado. Me preocupo com o que vai acontecer quando a raiva dele acabar. Mas nem por um segundo sinto medo por mim mesma. Meu medo é, principalmente, por ele.

Addie retorna com Fluff.

— Vocês estão prontos para ir?

Flynn me olha.

Observo ao redor da sala que estava repleta de pessoas que significam muito para mim e, em seguida, dou a mão ao homem que passou a significar tudo.

— Sim, vamos lá. — Além de alguns amigos próximos com quem vou manter contato, não há mais nada em Nova York para mim.

~

Flynn

VER Natalie com seus alunos fortalece minha decisão de consertar as coisas de alguma forma. Não estou acostumado a me dizerem que não há nada que eu possa fazer. Sempre há algo que pode ser feito, e vou lutar contra a injustiça que foi cometida contra ela com todas as forças. Tenho certeza de que vou dar, pelo menos, uns vinte telefonemas em busca de atualizações que demoram a chegar ao meu amigo e advogado, Emmett.

Ele está em contato com a Ordem dos Advogados de Nebraska, conversando a respeito do advogado David Rogers. Emmett também tem um investigador particular trabalhando nesse caso e até agora descobriram que o homem estava muito endividado até que um grande depósito caiu na sua conta.

Provavelmente, ele viu Natalie comigo no Globo de Ouro e achou que tinha encontrado uma saída para sua crise financeira. Bem, ele mexeu com o astro de cinema errado se acha que vai se safar arruinando a vida dela para enriquecer a sua. Vou destruí-lo.

O gemido de dor de Natalie me faz perceber que estou apertando sua mão com muita força.

Aconchegada em uma bola no colo dela, Fluff levanta a cabeça e me mostra os dentes.

— Desculpe, linda.

Natalie inclina a cabeça no meu ombro enquanto somos levados para o aeroporto por um dos seguranças. Addie está vindo em outro carro para nos dar um pouco de privacidade.

— Você está rígido de tensão.

Como dirigir é uma das poucas liberdades que minha fama permite, não suporto ser levado a lugar nenhum, mas até sairmos de Nova York, vou fazer o que é necessário para garantir sua segurança. Levando em conta sua observação, faço um esforço para relaxar, mesmo quando meu corpo vibra com o tipo de estresse que raramente tenho vivenciado.

— Flynn...

— Oi, querida?

— Posso sentir que você está prestes a explodir.

— Não consigo evitar. Sinto que meu corpo está muito tenso. — Não tenho as palavras para transmitir corretamente o que está acontecendo dentro de mim. No entanto, parece que quanto mais tenso fico, mais calma ela está. Dito isso, prefiro muito mais sua serenidade ao choque da noite anterior. Nunca mais quero vê-la assim.

— Odeio que você esteja se culpando.

— Não consigo evitar.

— Está fazendo tudo ao seu alcance para lidar com isso?

— Você sabe que sim.

— Então deixe que sua equipe trabalhe nisso. Você fez tudo o que podia por mim e muito mais. — Ela envolve meu braço direito com os dela. — Aileen me deu alguns bons conselhos esta noite.

Aperto sua perna.

— Quais foram?

— Que eu não me esquecesse de que tenho saúde e um cara que é louco por mim. Pelo menos, acho que ele é...

— Você sabe que sim.

— Ela disse que devemos aproveitar esta pequena fuga da realidade enquanto podemos e tentar nos concentrar nos aspectos positivos.

— Ela tem razão.

— É muito difícil para mim te ver tão chateado.

— É muito difícil para mim ver sua vida desfeita porque se envolveu comigo.

— Não é por isso que a minha vida se desfez. Isso aconteceu porque alguém em quem confiei se tornou ganancioso.

— O que não teria acontecido se eu não tivesse te arrastado para o meu mundo.

Ela me surpreende ao mover Fluff para o assento ao seu lado e tirando o cinto de segurança para que possa se sentar no meu colo. Fluff fica aborrecida pelo afastamento e rosna para mostrar seu descontentamento.

Quero gemer de prazer quando Natalie me abraça sentada no meu colo e me força a olhar para ela.

— Posso dizer algo e você vai me ouvir? Me ouça mesmo e acredite quando digo que se alguém tivesse me dito que eu ia perder meu emprego, minha casa e meu anonimato, mas que em troca teria o amor do homem mais extraordinário que existe, eu escolheria o amor sobre tudo mais. Sabe quanto tempo passou desde que alguém me amou?

Envolvo os braços ao redor dela e a abraço o mais forte que posso.

— Meu Deus, Nat.

Quero dar as estrelas, a lua e o universo inteiro a ela — tudo e qualquer coisa que eu possa para compensar todos os anos em que ela esteve sozinha.

— O que você fez por mim esta noite ao trazer meus alunos, sabendo o quanto eu precisava revê-los... ninguém nunca fez nada assim antes. Sei que você quer consertar tudo, mas nem mesmo você pode colocar o gênio de volta na garrafa. Meus segredos foram expostos e agora vou ter que descobrir como viver com isso. Mas sabendo que você está aqui comigo e que não tenho que passar por isso sozinha... é demais. Isso poderia ter acontecido a qualquer momento. Alguém poderia somar dois e dois e me associar com a garota que denunciou o governador de Nebraska. Não posso imaginar como teria sido passar por tudo sozinha. Sem você, Addie e seu exército de pessoas em busca de vingança em meu nome. Você já está melhorando tudo com o apoio dos seus amigos, estando aqui, me abraçando e me amando.

Ela me deixa de joelhos. Me faz querer ser um homem melhor, assim vou merecer cada centímetro da sua doçura e da confiança que ela colocou em minhas mãos. Eu a abraço, sentindo o cheiro viciante do seu cabelo enquanto ele passa pelo meu rosto. Pela primeira vez desde que Addie enviou a mensagem de emergência ontem e eu soube o que estava acontecendo com Natalie, respiro fundo e começo a relaxar um pouco.

Natalie não me culpar pelo que aconteceu me torna o cretino mais sortudo da terra. Ao invés de me afastar como eu temia que ela fizesse, ela se virou na minha direção e me puxou para mais perto.

— Eu te amo muito, Nat. Mais do que jamais pensei que pudesse amar alguém.

— Também te amo. Toda vez que acho que te conheci completamente, você me surpreende fazendo coisas como organizar um jantar para os meus alunos e pagando para que todos eles tenham alimentos garantidos pelo resto do ano!

— Tecnicamente, foi a Addie quem fez os arranjos.

— De quem foi a ideia?

— Minha. Acho.

— Viu? É isso. Meu namorado é o homem mais atencioso e maravilhoso do mundo. — Ela emoldura meu rosto com suas mãozinhas e me força a olhá-la enquanto me beija. Ouvi-la me chamando de namorado me deixa em nós que não têm nada a ver com estresse e tudo a ver com o desejo. Depois do passo enorme que demos juntos na outra noite, não esperava passar esses últimos dias lidando com seu pior pesadelo. Esperava passar abraçado a ela, fazendo amor sem parar.

Nada aconteceu de acordo com o planejado desde que chegamos de Los Angeles na noite de segunda-feira.

Chegamos à Teterboro e somos levados para a pista onde o *Learjet* nos espera. Solicitei um avião com cama para esta viagem, mas não pelas razões óbvias. Quero que Natalie tenha uma boa noite de sono enquanto voamos. Se outras coisas acontecerem também, que assim seja. Nossa equipe de segurança nos deseja boa viagem e nos embarca em um avião em que uma comissária de bordo chamada Miranda nos cumprimenta.

Posso dizer que ela está tentando ser profissional, mas quer surtar como as mulheres fazem quando me conhecem. Felizmente, ela consegue conter o desejo. Natalie, Addie e eu entramos e assim que estamos no ar, me levanto e estendo a mão para Nat.

— Vamos dormir um pouco — digo a Addie. — Você vai ficar bem aqui fora?

— Vou, sim. Tenho muito trabalho a fazer e depois vou me deitar no sofá. Vejo vocês em L.A.

— Não trabalhe demais.

Ela me dá um sorrisinho cheio de simpatia pelo que estamos passando. Está quase tão chateada quanto nós e em busca de sangue em nosso nome.

Levo Natalie para os fundos da cabine, até o quarto.

— Puta merda — ela fala ao ver a grande cama. — Que vida.

— Estou feliz que pense assim, porque é a sua vida a partir de agora.

— Ainda estou tentando me acostumar com isso.

Dou um beijo rápido em seus lábios.

— Leve o tempo necessário para se acostumar. Quer usar o banheiro primeiro?

— Claro, obrigada. — Ela leva sua bolsa para o pequeno banheiro que fica ao lado do quarto.

Enquanto ela está lá, desabotoo a camisa, tirando-a e à camiseta embaixo dela. Tiro o jeans e os pego do chão para que Natalie não tropece. Alguns minutos depois, ela sai do banheiro usando só uma camiseta. Seu cabelo foi escovado e o cheiro de menta da pasta de dente a segue.

Vou ao banheiro e escovo os dentes. Então levo um minuto para me lembrar que preciso ser gentil com ela esta noite e esconder a raiva que está me tirando da nossa cama. Isso não tem lugar ali, especialmente diante do que aconteceu com ela no passado.

Quando me sinto calmo o suficiente para ser o que ela precisa, saio do banheiro e me deito na cama ao seu lado.

— Esse está se tornando o meu lugar favorito.

— A cama de um avião?

— Não, a cama com você. — Eu a alcanço e sou saudado por um grunhido e um latido que me lembram que não estamos completamente sozinhos. — Fluff, você e eu precisamos chegar a um entendimento.

A danadinha me mostra suas presas patéticas.

— Talvez façamos isso amanhã.

Natalie ri como uma garotinha, o que me ajuda muito a relaxar. Se ela pode rir assim, talvez eu possa relaxar até amanhã, quando vou voltar à guerra já em andamento. Natalie se senta para ajeitar Fluff aos pés da cama.

O cachorro reage choramingando em protesto. Não posso dizer que a culpo por querer dormir abraçada a Natalie.

— Fique aí. — O tom severo de Natalie me excita. Droga, tudo nela me provoca essa reação.

Satisfeita que Fluff ficou parada, ela se vira de lado para ficar de frente para mim.

— Como você está?

Acaricio sua bochecha e deixo seu cabelo sedoso deslizar pelos meus dedos.

— Eu que deveria estar perguntando isso a você.

— Não sou a única que está prestes a entrar em combustão espontânea de estresse e raiva, além de uma série de outras emoções desagradáveis.

— Como você consegue se manter tão calma?

— Não sei exatamente. — Ela mordisca o lábio inferior, o que é adorável. — Acho que quando seu maior medo se concretiza, você não precisa mais se preocupar com isso. Faz algum sentido?

— Faz muito sentido. É quase um alívio pela preocupação ter ido embora.

— Sim, exatamente.

— Sinto muito que você tenha perdido seu emprego e seus alunos. Não sei se vou conseguir superar isso ter acontecido por minha causa.

Ela me dá aquele olhar severo que normalmente reserva para Fluff.

— A culpa não é sua. Vou continuar dizendo até você acreditar também.

— Isso pode demorar um pouco, linda.

— Bem, aparentemente, não temos nada além de tempo para passarmos juntos.

Tenho um milhão de coisas para fazer com o novo filme indo para a pós-produção, decisões a serem tomadas sobre os próximos projetos e muitas reuniões sobre o projeto de caridade contra a fome que estou começando. Mas nada é mais importante do que ela e suas necessidades.

Vou colocar tudo mais em espera até que essa crise tenha passado, e eu me certifique de que ela está bem, não apenas fingindo por minha causa.

Sua mão no meu peito exige toda a minha atenção. Ela a desliza para baixo, na frente do meu corpo, descansando a palma em meu estômago.

— O que você está fazendo?

— Te tocando. Tudo bem?

— Puta merda, sim, tudo bem.

Sorrindo, ela se ajoelha e se inclina sobre mim, deixando beijos e mordidinhas no meu peito. Fico duro como uma pedra em cerca de dois segundos.

— Nat... o que você está fazendo?

— Te tocando.

— *Puta merda...*

Ela ri, e meu coração, literalmente, se contrai no peito, porque o amor é forte assim. Estou disposto a suportar qualquer tortura que ela tenha em mente se isso significar que ela vai rir e sorrir. Então ela mordisca meu mamilo e minha mente fica vazia. Seguro um punhado do seu cabelo, tentando manter algum controle, mas ela não será controlada.

Puta que pariu...

Ela beija o meu abdômen e usa a língua para delinear cada músculo. Agradeço em silêncio por cada segundo que passei na academia. Está valendo a pena aqui e agora. Seu queixo roça meu pau através da cueca boxer e quase perco o controle. Isso é o que preciso para me colocar no limite.

— Eu posso... posso...

Solto um gemido alto.

— *Nat.*

Ela apoia o rosto no meu estômago trêmulo, seu cabelo macio contra a minha pele febril.

— Sou péssima nisso.

— Caramba, não é, não! Você está prestes a me fazer gozar só de *pensar* no que quer fazer.

Ela se vira, apoia o queixo na mão e me olha.

— Estou? É mesmo?

— *Sim* — respondo com os dentes cerrados.

Seu sorriso se estende pelo rosto, fazendo seus olhos brilharem de alegria. Estou inundado de amor por ela.

— Você está muito satisfeita consigo mesma, não está, linda? — pergunto com uma risada. Ela é adorável.

— Você tem que admitir que fazer um cara como você tremer proporciona certa emoção.

— Um cara como eu... o que isso quer dizer?

— Forte — ela fala, beijando meu peitoral. — Sexy. — Mais beijos, lambidas e puta merda... mordidas. — Dominante. — Ela se aconchega ao meu caminho da felicidade e meu pau surge, querendo seu toque agora. Não sei o que preciso mais: que ela me toque onde preciso ou ouvir mais palavras que me descrevam do seu ponto de vista.

Tocar. Definitivamente, quero que ela me toque bem agora.

— Natalie... tenha um pouco de piedade, por favor.

Ela prende os dedos no cós da cueca e a puxa lentamente para baixo. Quase me faz gozar só de arrastar o elástico sobre a minha rígida ereção. Nunca estive tão duro na vida.

Pego a bainha da sua camiseta e a puxo para cima.

— Podemos tirar isso?

Ela hesita, mas só por um segundo, até que tira a camiseta e a joga no chão. Seus seios lindos e cheios se encaixam em minhas mãos.

Ela os afasta do meu alcance.

— Não! Você não vai assumir o meu show.

— O quê? — Por uma fração de segundo, esqueço de quem sou com ela e quase a lembro de quem está no comando aqui. Felizmente, me contenho antes que eu possa cometer esse erro crítico, mas essa falta me desanima.

— Relaxe e me deixe te amar.

Respiro fundo e forço a me controlar sem controlá-la também. Não me rendo a ninguém. Mas Natalie não é qualquer uma. Ela se tornou minha vida e se quiser me controlar, de forma breve, vou permitir. De algum jeito.

Ela mordisca o lábio inferior enquanto envolve a mão ao redor da base do meu pau e começa a me acariciar. Ela observa com fascinação quando uma gota de umidade aparece na ponta. Então, na cena mais erótica que já presenciei, ela inclina a cabeça e me lambe.

— Nat — falo em um suspiro. — Espere um segundo.

Ela me olha.

— A última vez que fizemos isso... não faça se não quiser. — Não posso esquecer o *flashback* que a atingiu sem avisar na primeira vez que tentou me levar à boca.

— Estou bem. — Seus lábios alcançam a ponta e sua língua me faz parar de falar.

É tudo que posso fazer para evitar puxar a cabeça dela para o meu pau. Isso é o que eu faria com qualquer outra mulher, mas Natalie não é outra. Ela é *a* mulher. Então, em vez de pegá-la, seguro o edredom e me esforço para aguentar enquanto ela me deixa louco com sua experimentação.

— Isso é bom? — ela pergunta.

— Sim. É incrível.

Ouvir isso a agrada e ela volta para mais, me levando mais longe desta vez. Quero dizer a ela o que fazer. Quero mandá-la me chupar, apertar minhas bolas e me acariciar com força. Tenho que morder a língua para não grunhir ordens quando é muito mais importante que ela se acostume a mim na sua boca do que ela faça isso exatamente do jeito que eu quero.

Além disso, não importa o que ela faça, porque ela vai me fazer perder o controle em pouco tempo.

— Linda. — A visão de seus lábios exuberantes esticados para acomodar meu pau me leva direto ao limite. — *Natalie.*

Não parecendo entender minha urgência, ela se afasta de forma lenta e torturante.

Seguro meu pau e afasto os quadris para evitar empurrá-los em seu rosto.

— *Puta merda.* — O orgasmo me atravessa com intensidade poderosa. Fico ofegante e tremendo enquanto Natalie me olha com uma expressão de satisfação que pode até superar a minha. — Caramba.

— Foi bom? — ela pergunta.

— Sim. — Solto uma gargalhada enquanto respiro profundamente. — Mas bom pode não ser uma palavra suficientemente significativa para descrever o que senti.

— Mesmo?

Quero abraçá-la, tocá-la e beijá-la em todos os lugares.

— Pode me passar minha camisa? — Uso a camisa para limpar a sujeira que fiz no estômago e peito e, em seguida, a jogo de lado. — Venha cá. — Abrindo os braços para ela, eu a aconchego perto de mim. A pressão dos seus seios contra o meu peito é tudo o que preciso para começar a me excitar de novo.

Fluff solta um ronco que nos faz rir.

— Não posso acreditar que ela não tentou morder meu pau enquanto você estava me dando atenção.

— Eu nunca a deixaria te morder lá.

— Graças a Deus pelos pequenos favores.

— Não há nada de pequeno nisso.

— Se eu já não estivesse loucamente apaixonado por você, estaria agora.

— Flynn?

— Humm?

— Você vai fazer amor comigo? Do jeito que fez na outra noite?

— Não está mais dolorida?

— Não — ela fala enquanto arrasta a ponta do dedo no meu abdômen —, mas estou doendo.

Sinto que fui eletrocutado. O jeito que ela me olha e me toca... isso não pode ser real. Me inclino para acariciar seu rosto antes de puxá-la para um beijo.

— O que aconteceu com minha Natalie tímida e reservada?

— Ela sentiu o gosto do paraíso em seus braços e agora quer mais.

— Tem certeza? Com tudo...

— Tenho.

— Tenho muito medo de fazer algo para te assustar.

— Não vai. Você não tem nada em comum com o homem que me machucou.

Quero lembrá-la que tenho uma coisa em comum com ele e que essa parte minha, em especial, quer estar dentro dela mais do que já quis qualquer coisa.

— Você tem que prometer que vai me parar se sentir medo, preo-cupação ou...

Ela me leva a um beijo que começa doce e se torna algo completa-mente diferente em questão de segundos. Seus braços envolvem meu pescoço, me mantendo exatamente onde ela me quer. Esta Natalie ativa e apaixonada me cativa. Talvez eu pudesse, talvez poderíamos... visões dela amarrada na cabeceira da cama, sua bunda erguida, surgem na minha cabeça como o melhor filme que já vi. Não. Isso não vai acontecer. Tenho que me lembrar de controlar meus impulsos mais básicos com ela.

Eu a viro debaixo de mim e a olho. Ela está corada, de olhos arre-galados e linda. Seus lábios estão inchados do sexo oral. Linda pra cacete.

— O que foi? — ela pergunta. — Tem algo errado?

— Não, amor, está tudo certo. — Eu a beijo antes de me levantar da cama para pegar um preservativo. — Merda, os preservativos estão na bolsa que deixei lá fora. — Pego a calça jeans e, de alguma forma, consigo colocá-la em cima da minha ereção desenfreada. — Volto logo.

— Se apresse.

Sua excitação e urgência só me deixam mais duro. No cômodo principal, Addie trabalha duro em seu laptop. A taça de vinho tinto apoiada ao lado do seu computador me diz que ela está tentando relaxar. Ela me olha enquanto pego a mochila que deixei em uma das cadeiras.

— Você deveria estar dormindo — digo a ela.

— Assim como você.

— Não fique acordada até tarde.

— Ei, Flynn...

— Sim? — Quando me viro para encará-la, seguro a mochila na minha frente.

— Estive conversando com a Liza por e-mail. Ela quer marcar uma entrevista para que Natalie possa contar sua história...

— Não vai acontecer. — Me enfureço só de pensar nisso.

— A teoria da Liza é que se a Natalie contar sua história, o frenesi da imprensa vai terminar mais rápido.

— Não. Vai. Acontecer. Sinta-se à vontade para dizer isso a Liza.

Addie me dá um olhar desafiador que reconheço muito bem.

Solto um suspiro profundo enquanto a minha ereção desaparece à lembrança da nossa situação.

— O que você quer dizer? — Addie sempre fala comigo, e eu sempre a encorajo a fazê-lo, porque ela é extremamente experiente e sempre pensa no mais importante para mim.

— Na minha opinião, acho que você deveria considerar o conselho de Liza. Você paga muito dinheiro a ela para te dizer o que fazer nessas situações. Concordo com ela. Se a Natalie contar a história com suas próprias palavras, torna impossível para qualquer outra pessoa contar. Isso acabaria com as insinuações picantes que publicam na internet.

— Sabe o que mais odeio sobre isso?

— O quê?

— Toda vez que o nome dela for mencionado, pelo resto da vida, essa história estará ligada a ela. É por isso que ela trocou de nome.

— Também me sinto assim. Todos nós sentimos. Mas isso já não é mais segredo. Não dá para fingir que não está acontecendo, ainda que você queira.

Ela está certa, assim como Liza, mas tudo em que consigo pensar é em Natalie e pedir que ela apareça na TV, em rede nacional, para falar sobre a coisa mais dolorosa da sua vida. Só de pensar nisso, me sinto nauseado.

— Durma um pouco, Addie.

— Boa noite, Flynn. E boa sorte de manhã, não que você precise.

— Obrigado. — O comentário dela me lembra que as indicações ao Oscar sairão de manhã, algo que normalmente seria a coisa mais importante na minha cabeça. Mas não tenho condições de me importar com nada além do que está acontecendo com Natalie agora.

Volto para o quarto onde ela está deitada, apoiando a cabeça na mão e esperando por mim. A visão do seu ombro nu me lembra o que estava prestes a acontecer antes de eu sair do quarto. Pegando a caixa de preservativos, deixo a calça jeans cair no chão e volto para a cama.

— O que há de errado?

Forço um sorriso e seguro a caixa de preservativos para ela ver.

— Agora, nada.

— Não minta para mim, Flynn. Algo aconteceu enquanto você estava lá fora. Posso dizer só de te olhar.

— Como você me conhece tão bem e tão rápido?

— Da mesma forma que você me conhece. — Ela acaricia meu rosto e seu toque suave me faz derreter por dentro.

Eu a amo tanto e quero protegê-la de qualquer coisa que possa machucá-la.

— A Addie conversou com a Liza. Elas acham que deveríamos conceder uma entrevista para te dar a chance de contar a história com suas próprias palavras para pôr fim a toda especulação. — Vejo a luz em seus olhos diminuir.

— Ah.

— Disse a elas que isso não vai acontecer. Jamais pediria que você falasse sobre algo tão doloroso na TV. Só de pensar nisso, me sinto mal. Nem posso imaginar como você deve se sentir.

— Se déssemos essa entrevista... elas acham que as pessoas pariam de falar a meu respeito? Sobre nós?

— Isso pode fazer as pessoas pararem de falar sobre o que te aconteceu há anos. Mas é seguro dizer que continuarão falando sobre nós.

— Vou dar a entrevista.

— O quê? Não. Você não vai fazer isso, está decidido. Já avisei a elas.

— Flynn. — Ela usa a mão que está apoiada em meu rosto para me virar para ela.

— Você não vai fazer isso.

— Vou, sim.

— Não! De jeito nenhum. Assunto encerrado.

Ela sorri para mim! O sorriso angelical e lindo que me mata todas as vezes.

— Por que você está sorrindo como uma boba?

Seu sorriso fica maior.

— Você é muito fofo quando está sendo mandão.

Ela não começou a ver a extensão do quanto eu posso ser mandão. O pensamento de mostrar meu lado dominador a ela reaviva meu pau.

— Vou fazer a entrevista.

— Não vai, não.

— Vou, sim.

Eu a beijo para fazê-la parar de falar, tomando posse dos seus lábios no beijo mais intenso que já compartilhamos. Envolve lábios, línguas e dentes. Continuo esperando que ela me afaste, chocada que eu esteja me atrevendo a beijá-la assim, mas em vez disso, ela retribui cada toque da minha língua com a sua. Nat me deixa louco de desejo e com a necessidade mais intensa que já experimentei.

Interrompo o beijo e desço, segurando seus seios e sugando os mamilos. Enquanto continuo esperando que me pare, ela me encoraja, arqueando as costas e envolvendo as pernas ao redor dos meus quadris.

Estou perdido, completamente *perdido* por ela.

4

Natalie

lgo está diferente. Ele está mais selvagem, indomável e voraz. Será por que eu o desafiei com a entrevista? Seja qual for o motivo, não vou reclamar. Gosto dele assim, um pouco desequilibrado e tomado pelo desejo. Enquanto seus dentes mordiscam meu mamilo esquerdo, quero implorar para que ele se apresse, que me tome e alivie a pressão dolorida entre minhas pernas, mas parece que não consigo encontrar as palavras. Ele as roubou, junto com o ar dos meus pulmões.

Estou pegando fogo por ele. Ele solta meus mamilos duros e doloridos para beijar meu corpo. Suas mãos estão em toda parte, tocando, acariciando e persuadindo. Não consigo me aproximar o suficiente do seu corpo.

Flynn se acomoda entre minhas pernas, seus ombros largos as empurram o máximo que podem.

Todas as células do meu corpo estão em alerta máximo, antecipando o que está prestes a acontecer. A primeira vez que ele fez isso, quase perdi a cabeça. Mesmo sabendo o que esperar, não posso me preparar adequadamente para o primeiro toque da sua língua ou o deslizar dos seus dedos em mim.

— Caramba, adoro o gosto da sua doce boceta — ele fala em um

48

grunhido baixo, provocando uma explosão de calor em mim. — Eu poderia viver aqui e nunca querer mais nada. — Seus dedos me penetram mais profundamente. — Tão quente e tão apertada.

Não tenho certeza do que tem um efeito maior: suas palavras ou ações. Mas a combinação é incendiária. Estou à beira de um clímax poderoso, e ele mal começou.

— Flynn...

— O que foi, amor? Fale comigo. Me diga o que você quer.

— Eu... — Não tenho palavras.

Ele atinge meu núcleo, e o orgasmo rasga meu corpo, me fazendo queimar por dentro. Ele fica comigo durante todo o tempo, me conduzindo ao clímax e depois me trazendo de volta.

Em seguida, está pressionando em mim, me esticando para acomodar sua ereção grossa. É a sensação mais indescritível que já senti, seu corpo se unindo ao meu de forma tão intima, enquanto ele paira sobre mim, me observando em busca de qualquer sinal de angústia.

Minhas mãos descem por suas costas, pelas costelas até o traseiro firme.

Com um grunhido baixo, ele me penetra, me fazendo suspirar pelo encaixe perfeito.

Ele congela.

— Caramba, Nat. Sinto muito. Estou sendo duro demais com você.

Eu o puxo para mais perto e envolvo as pernas ao redor dos seus quadris para impedi-lo de se retirar.

— Não pare. Por favor, não pare. Isso é muito bom.

Ele me alcança por baixo, segura meu traseiro e nos vira, me colocando em cima dele, olhando para o seu rosto excepcionalmente bonito enquanto me olha com aqueles olhos castanhos suaves.

— Você é tão gostosa.

— Eu... não sei o que fazer. Me diga o que fazer.

— Monte em mim, baby. Mova seus quadris. *Sim* — ele sussurra por entre os dentes cerrados. — Bem desse jeito. *Puta merda.*

É a coisa mais incrível que já senti. Ele está muito profundo dentro de mim, e estou esticada até o limite absoluto pelo seu tamanho. Até que ele toca em um ponto que aciona algo... ah, nossa... seus dedos pressionam entre as minhas pernas e a combinação provoca outro orgasmo. Desta vez, ele goza comigo, empurrando mais fundo enquanto atinge o orgasmo também.

Mordo o lábio para não gritar.

Ele me puxa para baixo e nossas bocas capturam meu grito e seu gemido.

— Puta que pariu — ele sussurra contra meus lábios. Seus braços me envolvem, me apoiando nele.

Com a cabeça em seu peito, posso ouvir as batidas fortes do seu coração. Seus dedos se enterram no meu cabelo, fazendo meu couro cabeludo formigar. Nunca me ocorreu antes que essa pudesse ser uma zona erógena. Enquanto ele continua a pulsar sem parar dentro de mim, estremeço com o clímax explosivo.

Sem perder a conexão, Flynn puxa as cobertas sobre nós.

As lembranças do homem que me feriu nunca estão longe da minha consciência, mas Flynn não deixa espaço para elas. Quando estamos juntos dessa maneira, não há tempo ou espaço para pensar em algo diferente do que está acontecendo aqui e agora.

— É sempre assim? — pergunto depois de um longo período de silêncio. — Do jeito que é com a gente?

— Nunca é assim. Nunca.

Sua resposta feroz me faz sorrir enquanto o pelo em seu peito faz cócegas no meu nariz.

— Vou conceder a entrevista.

— Não, não vai.

— Vou, sim.

Ele dá uma puxada suave no meu cabelo.

— Você está sendo teimosa.

— E você está sendo obstinado. Cuidei da minha vida por bastante tempo. Isso não vai parar só porque você é parte dela agora.

— Isto é diferente. Tenho muito mais experiência com esse tipo de coisa que você e sei de todas as formas que isso pode dar muito, muito errado.

— Como pode dar mais errado do que já deu?

Ele começa a dizer alguma coisa, mas parece pensar melhor.

— Você ficaria surpresa com o que pode acontecer.

— Não quero passar a vida me escondendo ou me preocupando com o que há mais adiante. Quero enfrentar isso e seguir em frente.

— Sei que já disse isso antes, mas sua força realmente me surpreende, Nat. — Ele gira uma mecha do meu cabelo ao redor do seu dedo.

— Seu amor e apoio me fazem mais forte do que nunca.

— De alguma forma, duvido disso.

— Então, vou conceder a entrevista.

Ele suspira profundamente.

— Vamos falar sobre isso amanhã. Vá dormir.

— É o que vou fazer.

Ouço uma risada balançar seu peito e adormeço com um sorriso no rosto.

ACORDO muito mais tarde com uma intensa pressão entre as pernas e a mão de Flynn na minha barriga, me segurando enquanto me penetra por trás. Puta merda, que gostoso!

— Dói? — ele pergunta.

— Não, caramba, não. É incrível.

— Temos que fazer alguma coisa para que possamos parar de usar esses preservativos. Quero sentir sua boceta quente e apertada sem nada entre nós.

— Flynn... — Cubro a mão que está segurando meu mamilo.

— Você não gosta quando falo coisas assim?

— Não... essa nunca foi a minha palavra favorita, mas quando você diz...

— Você fica muito, muito molhada quando falo sacanagem para você.

Sinto uma onda de calor de constrangimento pelo meu rosto e seios.

— Sim, assim. — Ele empurra com mais força e sinto o pelo grosso que envolve seu pênis esfregar contra o meu traseiro – outra parte minha que parece ser uma zona erógena. Caramba, todo o meu corpo é erógeno quando ele está me tocando.

Como se pudesse ler meus pensamentos, ele move a mão que estava na barriga para o meu traseiro e o aperta e acaricia. Seus dedos deslizam entre minha bunda para pressionar contra a entrada de trás, me surpreendendo com choque e prazer.

— Demais? — ele pergunta.

— Não. — Minha voz soa alta e estridente.

Ele move os dedos para onde estamos unidos e, em seguida, volta para o meu ânus, escorregadios com a umidade. Caramba... a combinação de seu pau grosso me esticando e os dedos me provocando é quase mais do que posso suportar. Então ele move a outra mão entre as minhas pernas e me faz gozar com tanta força que tenho que morder o travesseiro para não gritar com o prazer.

Ao me recuperar do clímax incrível, descubro que seu dedo está dentro de mim, não dentro o suficiente para causar dor, mas para me forçar a confrontar o prazer oculto de outra parte do meu corpo que foi despertada para a paixão.

— Quero te comer aqui — ele rosna no meu ouvido quando empurra o dedo mais fundo dentro de mim.

Não consigo entender como ele poderia se encaixar lá, mas confio nele para me mostrar como isso pode ser incrível. Quero dar tudo a ele, cada parte de mim.

Totalmente encaixado em mim, me esticando até os limites físicos e emocionais, ele não move nada além do dedo para dentro e fora do meu traseiro.

— Tão quente, tão apertado... mal posso esperar para sentir sua bunda segurando meu pau.

Estou perdendo a cabeça. Ele me toca como um maestro, sintonizado apenas em mim. Então gozo de novo, mais forte e intenso do que antes. Ele está ali comigo, ofegando no meu ouvido enquanto me penetra com o dedo e o pau ao mesmo tempo.

Fico completamente trêmula. Meu coração bate tão rápido que me pergunto se vai sair do peito.

Um anúncio do piloto me traz de volta à realidade e me lembra que estamos em um avião.

— Bom dia, sr. Godfrey e srta. Bryant. Esperamos que vocês tenham dormido bem.

Flynn ri e aperta meu peito suavemente.

— Dormimos muito bem — ele sussurra no meu ouvido.

— Estamos a cerca de quarenta e cinco minutos da chegada ao aeroporto LAX e esperamos um pouso suave. Passa um pouco das onze da noite em Los Angeles. Pousaremos em breve.

— Preciso de um banho — Flynn fala. — Vem comigo?

— É muito pequeno para nós dois. Vá primeiro.

— Tem certeza?

— Sim, pode ir.

Ele beija meu ombro e se afasta de mim devagar e com cuidado.

Os músculos entre minhas pernas se contraem e estremecem, me fazendo contorcer. Não sei como vou olhar para ele de novo depois do que fizemos. Há uma semana, a ideia de fazer sexo com qualquer homem era impensável e agora estou fazendo sexo sacana com Flynn e amando.

Com certeza, ele me deu muito para pensar — e antecipar. Mal posso esperar por mais.

SOU A MERDA DE UM ANIMAL. Essa é a única explicação possível para o que aconteceu. No que eu estava pensando? Esta é uma mulher que foi agredida sexualmente quando adolescente. Sou o seu primeiro amante. E já a estou pressionando para coisas muito além da zona de conforto da maioria das mulheres, sem falar de alguém que foi violentada. Terei sorte se ela não me deixar no segundo em que sairmos desse avião.

Minhas mãos tremem enquanto lavo o cabelo e o corpo. Pensei que poderia controlar meus impulsos, mas acabei de provar para mim mesmo — e para ela — que não posso controlar nada a menos que controle tudo. Se eu mostrar a ela esse meu lado, ela vai me deixar com certeza, assim como a minha ex-mulher, me chamando de monstro depravado ao sair pela porta.

Se Natalie em algum momento me olhar do jeito que Valerie olhou, não vou sobreviver. Não deixo de notar os paralelos. A situação agora é parecida com aquela, exceto que amo Natalie mais do que amei a mulher com quem me casei. Levei anos para superar o término do meu casamento. Se Natalie me deixar, já sei que nunca vou superá-la.

O que fizemos não pode acontecer novamente. Preciso ficar de olho na porra da minha boca e manter as mãos quietas. Há muito em jogo para arriscar afastá-la ao mostrar a profundidade do meu desejo por ela.

Quero te comer aqui. Caramba, falei mesmo isso enquanto empurrava o dedo na sua bunda? Uma onda de náusea queima minha garganta quando imagino o que ela deve estar pensando agora. Ela se acorrentou a uma fera que, sistematicamente, desmantelou sua vida bem ordenada no curto espaço de tempo em que estamos juntos.

Ela vai me odiar logo se eu não tomar cuidado. Enquanto esfrego o sabonete no peito, percebo que estou duro de novo, o que me faz xingar baixinho. Estou acostumado a ceder ao meu desejo sexual, não a suprimi-lo. Mas é o que *vou* fazer antes que eu faça algo para assustar uma mulher que já sofreu mais do que deveria quando se trata de homens e sexo.

Ainda não conheço toda a extensão do que foi feito com ela e já estou pressionando para que ela faça coisas que até as mulheres sexualmente experientes costumam achar desagradáveis. E se aquele monstro do Stone a sodomizou? E se o que fiz trouxer lembranças dolorosas?

Sinto que estou tendo um ataque cardíaco enquanto essa possibilidade se instala em mim. Tenho que saber. Agora mesmo. Enxáguo o sabonete do corpo, pego uma toalha e me seco, saindo do banheiro.

Natalie está bem onde a deixei, deitada de lado, de costas para mim. Seu ombro exposto tem uma marca vermelha, resultado de uma mordida que dei nela no meio da paixão.

Estou horrorizado e tomado por um medo paralisante. Me forço a contornar a cama e me sentar ao seu lado.

— Você está bem?

Ela não me olha quando fala:

— Aham. Terminou o banho?

— Sim. Nat...

— É melhor eu entrar lá antes que mandem a gente se preparar para o pouso. — Ela enrola o lençol ao redor do corpo nu e o leva para o banheiro. A porta se fecha e o som da tranca é como uma bala no meu coração.

Estou ferrado demais.

Natalie

ALGO ESTÁ TERRIVELMENTE ERRADO. Flynn parece muito estressado. Tenho medo de perguntar, porque ele parece estar prestes a perder a cabeça quando saímos do avião e entramos no SUV que nos espera na pista. Estou carregando Fluff, e Flynn está com o telefone pressionado ao ouvido, mas não disse uma palavra desde que atendeu. Addie foi em um carro diferente depois de dizer que nos veria mais tarde.

— Tudo bem — ele finalmente fala. —, me dê alguns dias e voltamos a conversar. — Depois de outra pausa, ele continua: — Acho bom. — Ele encerra a ligação e guarda o telefone no bolso.

— O que há de errado?

— O quê? Nada. Era meu sócio, Jasper. As indicações ao Oscar saem pela manhã, e ele está nervoso.

— Já te conheço bem o suficiente para poder dizer quando algo está errado, Flynn. Você está tão tenso que parece que vai estourar.

— Não estou assim por causa do Jasper.

— Ah. Por que, então? É o Oscar?

— Não. — Depois de um longo momento de silêncio, ele pergunta: — Por que você não está me olhando?

— O quê?

— Você não me olhou sequer uma vez desde que nos levantamos.

Viro minha cabeça e, deliberadamente, semicerro os olhos.

— Assim?

— Sim, exatamente assim.

— Onde você quer chegar?

— Sinto muito.

— Sente muito pelo quê?

— As coisas que fiz e disse... foi cedo demais. Eu não deveria ter...

— Flynn — digo com um enorme suspiro de alívio —, pare com isso. Adorei tudo o que fizemos. E se não pude te olhar, é porque fiquei envergonhada com o quanto adorei aquilo.

Ele me olha.

— Você adorou.

— Sim e você teria ouvido se eu pudesse gritar. Mas com sua assistente do outro lado de uma porta fina, achei melhor conter meu desejo.

Os dedos dele se apertam os músculos rígidos das suas coxas.

— Você tem que me dizer o que te aconteceu, Nat. Tenho que saber, assim não vou correr o risco de fazer algo que provoque um *flashback*.

Olho para as minhas mãos, que estão apoiadas no meu colo.

— Não sei se posso.

— Estou com muito medo de fazer a coisa errada.

— Nada que você faz é errado, porque você me ama.

— Te amo mais que a própria vida. Estou obcecado por você. Quero te abraçar, beijar, tocar e te fazer gritar, mas o pensamento de fazer qualquer coisa que possa te deixar com medo... estou ficando louco com isso, Nat.

Eu me inclino contra ele, que envolve o braço ao meu redor, provocando um rosnado baixo de Fluff e nos faz rir.

— Pelo menos ela não está mais te mordendo.

— Fiquei louco pensando nas coisas que fiz e disse...

— Eu amei. Quero mais.

— *Natalie...*

Rio do jeito que ele fala meu nome, como se mal pudesse se conter. Nunca, nos meus sonhos mais loucos, achei que encontraria um homem como ele. Nos conhecemos há alguns dias e acredito, lá no fundo, que ele vai me amar pelo resto de nossas vidas. E eu vou amá-lo exatamente do mesmo jeito.

— Você está rindo de mim? — ele pergunta.

— Talvez um pouco.

— Sabe o que acontece com uma garota malvada que ri na cara do seu amante?

— Não — falo, sem fôlego —, o que acontece?

Ele se inclina para sussurrar no meu ouvido.

— Seu traseiro bonito é espancado até ficar quente e rosado.

Minha boca seca e minhas mãos começam a suar.

— Você não ousaria... — Mas já sei que ele o faria e eu, provavelmente, amaria tanto quanto amei tudo o que fizemos juntos.

— Não me tente. — Ele me beija, uma carícia suave e doce que desmente a intensidade da nossa conversa. — Mas não vou colocar um dedo em você de novo até que eu saiba o que aconteceu. Não posso conter o medo de te assustar. Tenho que saber, Nat.

Ele está certo, e sei disso. Assim como ele não quer que eu tenha medo, não quero isso para ele também.

— Falamos sobre isso em breve.

— Amanhã.

— Tudo bem.

Ele segura minha mão, entrelaça os dedos nos meus e me segura firme pelo resto do caminho até Malibu.

A casa de praia de Hayden não é nada parecida com a de Marlowe

Sloane, o que é um pouco decepcionante. Enquanto a dela é uma cabana aconchegante, a dele é toda de vidro, madeira clara e ângulos contemporâneos. Não tem o charme que adoro da casa de Marlowe, mas quem sou eu para me queixar de uma propriedade multimilionária à beira-mar que nos foi disponibilizada pelo tempo que quisermos? Estou ansiosa para ver a vista de manhã.

— Por que você não tem uma casa aqui? — pergunto a Flynn enquanto nos preparamos para dormir.

Fluff está reconhecendo a casa, correndo por aí e checando tudo.

— Tive por um tempo, mas não usava o suficiente para justificar o custo. Eu a vendi para Marlowe.

— Ah! Aquela casa era sua? Eu a *adorei*.

— Eu também, mas quase nunca ia. Ela a queria, então vendi.

— Aquela casa é fantástica.

— Essa aqui — ele pergunta — nem tanto?

— Não, é ótima! — A última coisa que quero que ele pense é que estou sendo ingrata com ele ou com seus amigos que me apoiaram tanto desde que a minha vida virou de pernas para o ar. Apesar do meu início difícil com Hayden, ele provou ser um amigo para nós dois nos últimos dias.

Flynn ri da minha aflição.

— Não é o que eu escolheria também.

— Obrigada, Senhor.

Compartilhamos um sorriso caloroso.

— Podemos programar o alarme para levantarmos para o anúncio das indicações? — ele pergunta.

— Com certeza.

Ele ajusta o alarme em seu telefone e se deita na cama comigo.

— Vai conseguir dormir com a proximidade das indicações?

— Sim. É emocionante, mas com certeza não é a coisa mais importante da minha vida agora.

Ele me aperta e a próxima coisa que sei é que o alarme dispara e Flynn está gemendo no meu ouvido.

— Vamos lá — falo, puxando seu braço. —, vamos ver você ser indicado para o Oscar.

— Não diga isso! Vai dar azar.

Adoro seu lado supersticioso. Isso o torna incrivelmente humano. Mesmo que seja indicado, ele não aceita nada como garantido.

— Estou morrendo de fome — ele fala.

— Eu também.

Assaltamos a geladeira de Hayden para fazer um grande café da manhã e desfrutamos de café e mimosas enquanto o sol começa a nascer, lançando um brilho quente sobre o Pacífico. A vista da casa é espetacular. Às cinco e vinte e cinco, ligamos a TV para ver as indicações para *Camuflagem*, culminando com uma nomeação para ele como melhor ator e de melhor filme.

Nossos gritos de excitação fazem Fluff latir, mas estamos muito envolvidos em nossa comemoração para castigá-la.

Eu o abraço com muita força e tento não chorar. Estou muito orgulhosa e feliz. Adoro compartilhar esse momento especial com ele.

Uma notificação de mensagem soa no telefone de Flynn antes de tocar. Ele coloca o aparelho no viva-voz e atende à ligação de Hayden.

— Flynn! Acorde! Você foi indicado ao Oscar, assim como eu, Jasper e o filme também! Temos o maior número de indicações. Está ouvindo?

— Estou acordado e ouvindo. — Ele pisca para mim, brincando com Hayden como se ainda não soubesse o resultado. — Uau, isso é incrível. A maioria das indicações, é?

— Doze! Nos indicaram para tudo: roteiro adaptado, maquiagem, música, direção. Puta merda, Flynn! Nós arrasamos!

— Isto é tão legal. Mal consigo acreditar.

— Finalmente, meu amigo. Para o resto das nossas vidas, seremos conhecidos como indicados ao Oscar e, provavelmente, vencedores...

— Hayden! *Pare*! Não diga isso.

— Meu Deus, Flynn, você e suas superstições! Volte para a cama. Vou me embebedar.

— São seis da manhã e você ainda tem a premiação do *Critics' Choice* esta noite.

— Até lá, estarei sóbrio. E vou aceitar o prêmio por você quando anunciarem seu nome. Ah, ligue para os seus pais! Eles vão querer saber.

— Pode deixar. Obrigado por ligar e parabéns a você também. *Camuflagem* nunca teria acontecido sem você.

— Sem nós dois. Vá comemorar.

Eu o abraço novamente.

— Estou muito *feliz* e orgulhosa por você!

— Obrigado. Uau. Eu não tinha ideia de que seria tão bom assim.

— Já disse isso antes e vou dizer de novo: você merece todos os prêmios do mundo pelo trabalho que fez em *Camuflagem*.

— Obrigado, linda.

Seu telefone toca sem parar com chamadas dos seus pais, irmãs, amigos e colegas. Em seguida, Liza, sua assessora de imprensa, telefona com pedidos de entrevistas que o mantêm ocupado pelas próximas horas. Enquanto ele passa a maior parte da manhã ao telefone, nos sirvo de champanhe. Ficamos tontos e meio embriagados quando o telefone finalmente para de tocar, por volta das onze.

Ele me abraça com firmeza.

— Como está se sentindo? — pergunto.

— É surreal. Meus pais estavam tão animados. Eu amo isso.

— Eles estão muito orgulhosos.

— Isso é tudo o que importou para mim por muito tempo – deixá-los orgulhosos. Mas agora também quero que você se sinta assim.

— Estou tão orgulhosa que poderia explodir. E eles também.

Ele sorri e me beija.

— Obrigado por isso. Significa muito. — Ele me beija novamente. — Quer ir à praia?

— Tudo bem se ficássemos no deck em vez de ir à praia? — Apesar da equipe de segurança que nos encontrou no aeroporto e que cerca a casa, ainda não estou pronta para ser vista em público.

— O que você quiser, linda. — Ele beija minha testa. — Vamos lá, vamos trocar de roupa.

— Flynn?

— Humm?

— Obrigada por me trazer aqui e por saber do que preciso antes que eu me dê conta. Por tudo.

— Não posso acreditar que você está me agradecendo quando me sinto como o cretino mais sortudo do mundo, porque vou passar os próximos dias com você.

— Nós dois somos sortudos.

Ele me envolve em seus braços fortes.

— Sim, nós somos.

5

Natalie

Passamos um dia mágico e relaxante na piscina da casa de Hayden. A governanta, Connie, nos serve um almoço delicioso que inclui uma garrafa de Chardonnay gelado da Vinícola Quantum, em Napa. Depois que ela serve a comida, Flynn a orienta a tirar umas férias pagas e que Hayden vai ligar quando precisar que ela volte ao trabalho.

— Muito obrigada, sr. Flynn. Divirtam-se.

— Quem vai pagar pelas férias? — pergunto quando estamos sozinhos. — Você ou Hayden?

— Ele, é claro — ele fala descaradamente, me fazendo rir.

— Ele sabe disso?

— O que não se sabe, não se sente — ele fala, citando um ditado popular.

— Alguma conexão entre a vinícola e a empresa de produção? — pergunto depois que Flynn abre uma segunda garrafa. Estamos sentados juntos em uma espreguiçadeira ao lado da piscina com vista para o mar. Entre a paisagem deslumbrante e o homem lindo aconchegado a mim, estou em sobrecarga sensorial. Fluff está enrolada entre os meus pés, aproveitando o sol quente.

— Sim. É nossa.

— O que mais a Quantum possui?

— Um monte de imóveis, a maioria em Nova York e Los Angeles, alguns restaurantes, quatro estações de rádio, seis emissoras de TV. Acho que é tudo.

— Uau. Eu imaginei que vocês só fizessem filmes.

— É o negócio principal, mas acreditamos na diversificação.

— Sua vida é fascinante para mim, e não é porque você é famoso. É o alcance disso que é incompreensível. Quando acho que tenho a imagem completa, aparece mais.

Um olhar estranho cruza seu rosto, mas ele rapidamente o apaga com um dos seus sorrisos de marca registrada.

— Também acreditamos em viver a vida ao máximo.

— Como vocês cinco se juntaram para formar a empresa?

— Trabalho com o Hayden desde o começo. Fizemos seis filmes juntos e produzimos outros cinco. Marlowe esteve em dois dos nossos primeiros filmes e estava interessada em entrar na área de produção. Jasper, que é diretor de fotografia, e Kristian, um produtor que apareceu mais tarde, foram ótimas adições, porque compartilhamos uma visão semelhante sobre os tipos de filmes que queremos produzir. Meio que aconteceu naturalmente. É uma área difícil. É bom trabalhar com pessoas em quem confio e que confiam em mim.

— Estou ansiosa para conhecer Jasper e Kristian.

— Você vai se apaixonar pelo sotaque britânico de Jasper. Nós o chamamos de *derrubador de calcinhas*.

— Devo perguntar o motivo?

— Brincamos que as garotas tiram a calcinha toda vez que ele abre a boca.

— O sotaque britânico é extremamente sexy.

— Ah, caramba. Me poupe. As minhas irmãs são apaixonadas por ele. No Natal do ano passado, Ellie pediu que ele lesse "A noite antes do natal" e depois ficou arfando, ofegando e gemendo que nem boba por causa do sotaque. As crianças acharam que ela estava tendo um AVC ou algo assim. Foi constrangedor.

Rio tanto que quase engasgo com o vinho.

— Sabe — ele fala, girando o vinho na taça. —, adoro falar sobre meus amigos e meus negócios, mas prefiro muito mais falar sobre você e sua família.

Rapidamente, meu estômago dá um nó e meu corpo aperta com a tensão.

— Nat?

— Sim?

— Olhe para mim, linda.

Eu me forço a encontrar seu olhar intenso.

— Quero te conhecer. Te entender. E, mais do que tudo, quero te proteger para que nada possa te machucar novamente.

— Nem mesmo você é tão poderoso.

— Você ficaria surpresa com o que posso fazer quando alguém que amo está sofrendo.

— Você já me mostrou do que é capaz.

— Só te mostrei o começo.

Não posso mais adiar, não se espero ter um relacionamento significativo com esse homem incrível que abriu seu coração para mim e compartilhou sua verdade. Ele merece a verdade em troca.

— Me conte sobre a sua infância. Quero saber tudo.

— Meu nome era April. Me deram esse nome, porque nasci em 15 de abril, dia da declaração de imposto de renda, e a piada era que meu destino seria trabalhar para a Receita Federal por conta disso.

— *Argh*, imposto não tem graça nenhuma. A piada na minha família é que, sozinho, apoio o Pentágono com o que pago em impostos.

— Ahhh, pobrezinho.

— Pois é.

— Naquela época, antes de tudo acontecer, eu gostava muito de dançar, fazer ginástica e ser líder de torcida. Coisas normais.

Seus olhos se arregalam com interesse.

— Você era líder de torcida?

— Aham.

— Algum dia, você...

Não esperava rir enquanto falava do meu passado, mas Flynn torna isso fácil.

— Se você for muito bom.

— Vou ser maravilhoso.

— De qualquer forma, enquanto crescíamos, Oren Stone e a família participaram de uma grande parte das nossas vidas. Meu pai e ele eram amigos desde crianças. De acordo com a minha mãe, que cresceu com eles, Oren sempre teve uma estranha influência sobre o meu pai. Não havia notado antes, mas em retrospecto, posso ver que o relacionamento deles era bizarro. Meu terapeuta disse que Oren era um narcisista clássico. Tudo se referia a ele, e meu pai era seu principal facilitador. O que quer que Oren quisesse, ele tinha... emprego, dinheiro, mulheres, poder. Meu pai ajudou a fazer tudo acontecer. A esposa de Oren, Stephanie... era uma mulher muito legal que não tinha ideia do que acontecia nos bastidores. Meus pais costumavam brigar por causa das coisas que meu pai fazia por ele. Ele sempre dizia que não tinha escolha se quisesse manter o emprego. Minha mãe chorava e implorava para que ele arranjasse outro, mas ele dizia que Oren precisava dele e que não poderia abandoná-lo.

— Estavam envolvidos em coisas ilegais? — Flynn perguntou.

— Estavam envolvidos com tudo. As coisas apareceram durante o julgamento. Minhas acusações foram a ponta do iceberg. Mas estou me adiantando. — Respiro fundo. — Embora minha mãe não pensasse muito em Oren, ela adorava a Stephanie. Mantivemos a pretensão de nossas famílias serem amigas. Quando Oren se tornou governador, eles viajavam muito e me pediam para acompanhá-los durante o verão e nas férias para ajudar com seus filhos, que eram muito mais novos que eu. Não consegui um emprego de verão, então aceitei a oferta deles. Meus pais ficaram muito animados. Me lembro da minha mãe dizendo como estava feliz por eu estar trabalhando para amigos, pessoas que conhecíamos e confiávamos.

Quando ele acaricia meu rosto, percebo que as lágrimas estão caindo pelas minhas bochechas. Flynn pega minha taça e coloca ao lado da sua em uma mesa próxima. Em seguida, me puxa para perto, me abraçando e acariciando minhas costas.

— Não se apresse, linda.

— Estou bem. Já passou muito tempo. Tanto que, às vezes, é como se não tivesse acontecido comigo, como se eu tivesse visto tudo em um filme ou algo assim. — Respiro fundo, criando coragem para acabar com isso para que possamos avançar juntos. — Passei muitos fins de semana com eles, ajudando com as crianças enquanto os dois participavam de eventos e outros compromissos que ele tinha como governador. Então não era incomum que me chamassem para trabalhar de babá no final de semana. No entanto, era incomum que Oren ligasse. Mas eu sabia que Stephanie estava gripada e sem voz, então não estranhei.

Minhas mãos começam a tremer e meu estômago dói.

— Na sexta-feira, minha mãe me deixou na mansão do governador depois da escola. Ela disse que me veria no domingo e que era para eu ficar de olho nas crianças. Coisas que ela sempre dizia. Fizemos isso centenas de vezes antes, então não havia sido nada demais. Exceto... quando entrei na casa, o único ali era o Oren. Ele disse que Stephanie e as crianças chegariam em breve.

— Respire fundo, linda. Se isso... se for demais, não precisa me dizer.

É quando percebo que há lágrimas nos olhos dele também. Ouvir minha história o está matando, tanto quanto a mim por contar. Sabendo que Flynn está bem ao meu lado, que sente tudo quase tão profundamente quanto eu, me dá coragem para continuar.

— Ele estava bebendo quando cheguei. Mais ou menos uma hora depois, ele me disse que Stephanie e as crianças estavam em Nova York visitando os pais dela. Fiquei confusa. Cometi o erro de perguntar por que eu estava lá. Ele... me deu um tapa forte no rosto e disse que eu sabia exatamente o motivo, que o vinha provocando há anos e que estava "louca por isso", além de várias outras coisas que eu fazia com ele. Não entendi na hora.

— Filho da puta. — A voz de Flynn é um grunhido baixo. — Que bom que ele já esteja morto ou eu o mataria com minhas próprias mãos.

— Ele rasgou minhas roupas. Tentei lutar contra, mas ele era muito maior e mais forte que eu. O tempo todo em que aquilo estava acontecendo, eu estava em estado de descrença. Não conseguia acreditar que aquele homem que conheci a vida toda, o amigo mais próximo do meu pai... faria isso comigo. Ele me bateu, me sufocou e disse que me mataria se eu gritasse.

— Filho da puta — Flynn repetiu em um sussurro enquanto enxugava as lágrimas no meu rosto e no dele.

— A primeira vez aconteceu na sala da família. Doeu tanto que até desmaiei. Acho que ele me drogou em algum momento, porque eu apagava e voltava nos dois dias que fiquei lá, pelo que descobri mais tarde. Toda vez que eu acordava, ele estava dentro de mim, me machucando.

— No avião — ele começa hesitante —, quando eu te acordei daquele jeito, você pensou no ataque?

— Não. Você me deixou tão excitada que nem pensei nisso.

— Me mataria se eu fizesse alguma coisa para lembrá-la do que aconteceu.

— Eu sei. — Aperto sua mão e respiro fundo antes de continuar minha história. — Quando tentei lutar, ele me acertou. Ele me conteve, me bateu com um cinto... pensei que nunca terminaria. E quando achei que não poderia piorar, ele se enfiou na minha garganta, e eu pensei que ia morrer, porque não conseguia respirar.

— Chega, Nat. — Com seus braços firmes como aço ao meu redor, suas lágrimas molham meu rosto e pescoço. — Você não precisa dizer mais nada.

— Estou bem e quero te contar o resto para que nunca mais seja preciso falar sobre isso.

Ele estremece e inspira profundamente. Posso sentir sua agonia e, nesse momento, estou absolutamente certa de que ele me ama tanto quanto diz.

— No domingo à tarde, ele me mandou levantar e tomar um banho.

Estava machucada em todos os lugares. Ele entrou no chuveiro e me esfregou, me violentando de novo enquanto lavava seus fluídos de mim. Depois, segurou um punhado enorme do meu cabelo e inclinou o rosto perto do meu. Falou que se eu contasse a alguém o que ele havia feito, demitiria meu pai e o mandaria para a prisão pelas coisas que fez e nossa família ficaria desabrigada. Falou que ninguém acreditaria em uma vadia de 15 anos ao invés do governador e que se eu falasse uma palavra para alguém, ele me mataria. Não tenho certeza do que exatamente aconteceu comigo, mas o imaginei fazendo a mesma coisa com minhas irmãs. Quando ele me disse para pegar minhas coisas e sair, fui direto para a delegacia, que ficava a um quilômetro da sua mansão. Eu estava com muito medo por causa das coisas que ele disse que faria comigo e minha família se eu contasse, mas sabia que tinha que proteger minhas irmãs ou ele faria isso com elas também. Não podia deixar isso acontecer.

— Deus, Nat. Você é incrível. É inacreditável como pode ter esse tipo de clareza depois do que ele fez com você.

— Fiquei focada em Candace e Olivia quando contei aos policiais o que aconteceu. Estava com medo de que ele fosse atrás delas ou de outras garotas e foi assim que consegui denunciá-lo. No começo, percebi que os policiais não acreditariam em mim. Quero dizer, se parar para pensar, ali estava eu – uma garota de 15 anos, acusando o governador do Nebraska de me estuprar – repetidamente. Mas ele deixou hematomas que os obrigaram a me levar a sério. Me levaram para o hospital... e foi quase pior do que o que Oren havia feito. Me deram algo para o caso de eu ter engravidado e o exame... doeu muito. Chorei o tempo todo. Precisei levar pontos e... foi horrível. — Pego o lenço de papel que ele me entrega, limpo o rosto e assoo o nariz. — Exceto pela dra. Richmond, que me atendeu na outra noite, nunca mais havia ido a médicos.

— E eu te pedindo para tomar anticoncepcional. Nunca teria te pedido isso se eu soubesse.

Deslizo os dedos pelos seus cabelos, precisando tocá-lo e confortá-lo.

— É a primeira vez que você ouve essa história. Não se esqueça de que isso é passado para mim. Não penso mais nessas coisas todos os dias.

— Vai levar muito tempo para eu não pensar nisso todos os dias.

— Essa história vai mudar tudo entre nós?

Ele levanta a cabeça do meu peito.

— O quê? Não, claro que não.

— Se você me tratar de forma diferente agora que ouviu os detalhes, vai me magoar.

— Nat... meu Deus... se for possível, eu te amo mais do já amava.

— Há mais. — Estou determinada a contar tudo e acabar com isso, então prossigo. — Os policiais ligaram para os meus pais. Eles vieram ao hospital e, com a minha permissão, o detetive encarregado contou o que havia acontecido. Meu pai me olhou como se eu fosse louca. Suas palavras exatas foram: "você está maluca?" Ele se recusou a acreditar que seu precioso Oren poderia ter feito o que eu dizia. Também parecia realmente assustado. Mais tarde, descobri o motivo. Estava envolvido até o pescoço em todos os tipos de merda por causa do Oren e tinha que testemunhar contra ele para não ir para a cadeia. De alguma forma, não consigo imaginar como ele conseguiu se manter em um emprego no governo do estado.

— E a sua mãe?

— Ela acreditou em mim. Pude ver em seus olhos, mas ela estava completamente sob o controle do meu pai. Ele estava no comando, e ela fazia o que ele mandava. Ele disse que se eu continuasse com a acusação, se insistisse, estava morta para eles.

— Como ele pôde fazer uma coisa dessas com a própria filha, especialmente quando você ficou tão machucada?

— Não sei. Nunca entendi a dinâmica do relacionamento dele com Oren. Os policiais disseram que não era mais minha responsabilidade. Oren havia me limpado, mas não tirou todos os vestígios de mim. Conseguiram provas de DNA e prosseguiriam com as acusações. *Enquanto conversamos*, o detetive falou, *Stone está sendo preso*. Ao ouvir isso, meu pai arrastou minha mãe para fora do pronto-socorro e nunca mais vi ou falei com eles nem com as minhas irmãs.

— Bom Deus, Natalie.

— A parte triste é que não fiquei surpresa por ele ter escolhido Oren. Pelo menos, ele era coerente.

— O que você fez? Para onde foi?

— Tive muita sorte. Um dos detetives me levou para a casa da sua família enquanto aguardávamos julgamento. Eles foram maravilhosos para mim. De muitas maneiras, salvaram minha vida me levando à terapia e me ajudando a terminar o ensino médio com professores particulares. A pior parte foi perder minhas irmãs. Sempre quis saber o que foi dito e o que elas sabem. Eu me pergunto se elas sentem minha falta ou pensam em mim, ou se meu pai as envenenou a meu respeito. Acho que a Candace está na faculdade agora, mas nunca consegui criar coragem para procurá-la. Prefiro não saber se ela me odeia.

A tristeza ainda é intensa depois de todo esse tempo.

— Foi um período realmente difícil, mas passei por isso com a ajuda da família que me acolheu e com o apoio financeiro que recebi de doadores anônimos que odiavam Stone e queriam me ajudar a derrubá-lo. Esse dinheiro pagou pela minha nova identidade e pelos meus dois primeiros anos de faculdade. A outra metade... bem, não sei o que vou fazer quanto a isso agora que meu contrato foi anulado.

— Vou cuidar disso. Não se preocupe.

— *Eu* vou me preocupar e cuidar disso, não você.

— Está brincando comigo? Para começo de conversa, por que você está nessa confusão?

— Estou nessa "confusão", como você diz, porque Oren Stone me estuprou quando eu tinha 15 anos. Tenho lidado com isso sozinha desde então e é o que vou continuar fazendo.

— Você não está mais sozinha, baby — ele diz baixinho. Tanto que quase não o ouço. — Tudo está diferente agora e a última coisa no mundo com que quero que você se preocupe é com empréstimos estudantis que posso pagar amanhã sem nem sentir.

Balanço a cabeça antes que ele termine de falar.

— Não quero que você faça isso. Vou dar um jeito como sempre fiz. Vou arranjar outro emprego.

Ele começa a dizer alguma coisa, mas depois balança a cabeça, se afastando de mim.

— O quê?

— Vou tomar um banho.

— Tudo bem.

Ele se levanta e entra na casa sem olhar para trás. Ao vê-lo partir, temo que, apesar das suas afirmações em contrário, ouvir minha história mude tudo para nós.

6

Flynn

Quero socar alguma coisa. Quero arrebentar a cara do pai de Natalie e sacudir a patética da mãe. Quero desenterrar Oren Stone e matá-lo novamente pelo que fez com ela.

O chuveiro do térreo da casa de Hayden é grande o suficiente para seis pessoas. De pé sob a água, tento conter a raiva, mas não há como conter o desespero que sinto depois de ter ouvido o que aconteceu com minha preciosa Natalie. Dou um soco na parede de azulejos. Como isso não me faz sentir melhor, faço de novo.

E então ela aparece, me puxando e envolvendo os braços ao meu redor. Percebo que estou chorando. Não me lembro da última vez que chorei antes de conhecer Natalie, mas meu coração está se partindo pela garota que Natalie foi e pela mulher que é, graças à sua coragem e determinação.

— Está tudo bem, Flynn. — Ela passa a mão nas minhas costas em uma carícia reconfortante.

Por que ela está me confortando? Eu deveria estar consolando-a, mas estou cambaleando. Não consigo controlar minhas emoções, o que é novo para mim. Estou sempre no controle. *Sempre.*

— Estou bem. Isso aconteceu há anos e deixei tudo no passado, onde ele pertence.

Quero seguir seu exemplo, deixar essa história para trás e seguir em frente com ela, mas não sei se posso. Como vou conseguir não pensar no que aconteceu ou no que foi feito a ela toda vez que a tocar? E se eu não conseguir me controlar? E se o desejo irresistível que sinto por ela me fizer esquecer, mesmo que por um momento, o que ela sofreu no passado? Não vou poder viver comigo mesmo se eu a prejudicar de alguma forma.

Todo encontro sexual que já tivemos passa pela minha cabeça com um novo contexto. Já a forcei ou fomos longe demais? Eu a amedrontei com meu desejo? Meu corpo inteiro está tremendo de medo e raiva, me sacodindo como uma britadeira.

— Meu Deus, você está sangrando. — Ela levanta minha mão direita machucada sob a água.

A dor causada pela água quente nos meus dedos me tira do estupor.

— Estou bem.

— Não está nada. Você está machucado.

Solto a mão da dela e fecho o chuveiro.

— Eu preciso... vou dar uma corrida.

— Não fuja de mim, Flynn. Por favor, não faça isso.

— Não confio em mim mesmo para ser o que você precisa agora.

— Só preciso de *você*. Eu não tinha ideia do quanto precisava até que você entrou na minha vida e fez com que eu me apaixonasse por você.

— Nat... — Ela me mata com sua doçura e sua luz. Como pode haver toda aquela luz quando ela suportou tanta escuridão? Eu a admiro tanto quanto a amo.

Seus braços me envolvem, e ela guia minha cabeça para o seu ombro.

— Você é exatamente o que eu preciso. Por favor, não fuja. Fique comigo. Fique comigo. Me abrace.

Estou tremendo como uma árvore em um furacão.

— Tenho medo de te tocar.

Ela segura meus braços e os envolve na sua cintura.

Ficamos no vapor do banho por longos minutos. Não faço ideia de quanto tempo se passa, mas sinto que começo a relaxar um pouco. O tremor diminui e, em seu lugar, uma dor profunda e persistente se instala no meu corpo inteiro.

Natalie me leva para fora do chuveiro e envolve uma toalha ao redor do meu corpo. Não me enxugo. Ela entra no closet e sai vestida com uma grande camiseta com a estampa "I ♥ NY" que é outro lembrete do que ela perdeu graças a mim.

Ela me pega pela mão e me leva até a pia, onde lava o sangue dos meus dedos. Estou tão entorpecido que mal posso sentir o pulsar de dor vindo da mão machucada. Ela fecha a torneira e me leva para o quarto.

— Sente-se. — Aponta para a cama. — Volto já.

O que há de errado comigo? Eu deveria estar cuidando dela, não o contrário. Mas não consigo me mexer. Não consigo pensar em outra coisa a não ser a tempestade furiosa dentro de mim enquanto tento absorver tudo o que ela me disse.

Natalie retorna com um kit de primeiros socorros e uma bolsa de gelo. Depois de aplicar pomada antibiótica na ferida, enrola uma gaze e a prende com esparadrapo. Ela me acomoda em uma pilha de travesseiros e coloca a bolsa de gelo sobre meus dedos inchados.

— Sinto muito — falo quando ela se junta a mim na cama, se aconchegando.

— Não sinta.

— Desviei a atenção para mim, quando tudo isso diz respeito só a você.

— Não mais. Não foi o que você falou? Diz respeito a nós agora.

— Sim — sussurro ferozmente.

— Pensei sobre isso, sabe?

— O que você quer dizer?

— Sobre como seria contar o que aconteceu comigo ao homem por quem me apaixonasse. Sabia que teria que fazer isso um dia e pensei em como seria.

— Como se sente? — Tenho que saber.

— Na verdade, é libertador compartilhar isso com você e não estar mais sozinha com esse segredo como estive por tanto tempo. Pela primeira vez em mais tempo do que consigo me lembrar, me sinto livre. — Ela ajusta a bolsa de gelo na minha mão.

— Você é livre para ter e ser o que quiser, mas tem que me deixar te ajudar. Preciso fazer isso. Me deixe pagar os empréstimos estudantis para que você não tenha mais que se preocupar com isso. Me deixe cuidar de você até descobrir o que vem a seguir. Você não pode me pedir para ser alguém que não sou. Tenho mais dinheiro do que poderei gastar na vida. Me permita usar o que tenho para facilitar a sua. Sou assim. É desse jeito que te amo – precisando cuidar de você.

— É muito fofo da sua parte querer fazer isso por mim.

— Não estou sendo fofo — digo em um grunhido baixo que a faz rir.

— Está, sim.

— Não estou, não.

— Podemos concordar em discordar da fofura. Quanto aos empréstimos... me deixe pensar a respeito.

— Tudo bem.

— Acabamos de ter a nossa primeira briga?

— Com certeza, não. Isso não foi uma briga. Isso foi meu mal comportamento. Quando brigarmos, você não vai precisar perguntar.

Ela sorri e paira sobre mim, seus lábios a centímetros dos meus.

— Eu te amo mesmo quando você acha que está se comportando mal.

— Foi o que eu fiz.

— Não, você me mostrou de novo o quanto me ama ao absorver a minha dor.

— Te amo mais do que poderei demonstrar a você.

— Te amo tanto quanto.

Entrelaço os dedos na massa úmida de cachos que emoldura seu lindo rosto.

— Isso faz de mim um filho da puta sortudo.

— Nós dois temos sorte. Não importa o que aconteça nem o que já aconteceu, temos um ao outro. E isso é mais do que já tive antes.

— Eu também, baby. — Eu a puxo para um beijo suave e doce, repleto de amor e carinho. Mas então ela passa a língua pelo meu lábio inferior e o fogo se inflama dentro de mim. Como se tivesse tocado em algo muito quente, me afasto dela.

— O que há de errado?

— Estou excitado, linda. Acho melhor só tirarmos uma soneca ou algo assim. Se eu te tocar...

— O quê? O que pode acontecer se você me tocar?

— Não sei e tenho medo. Você é incrivelmente preciosa para mim. Não faz ideia do quanto. Não confio em mim mesmo para ser gentil e agir da forma que você precisa e merece.

— Preciso de *você* e te mereço.

— Não assim. — A bolsa de gelo escorrega da minha mão e bate no chão.

— Flynn. — Ela fica de joelhos ao meu lado.

Tenho medo de olhar para ela, porque sempre a quero mais do que tudo, mas agora... agora eu a desejo desesperadamente. Quero consertar todo o mal que já fizeram a ela. Quero tornar cada sonho seu realidade. Mais do que tudo, quero fazê-la minha em todos os sentidos possíveis.

Seus dedos encontram a bainha da camiseta e ela a tira, ficando nua, exceto por uma minúscula calcinha de seda.

Minha boca fica seca e todo pensamento que não envolve sua beleza delicada deixa minha mente como água escorrendo pelo ralo. Ela é uma deusa e, por alguma razão que nunca vou conseguir entender completamente, me ama. Ela me deu o incrível presente da sua confiança, o que me enche de culpa sobre as coisas que continuo escondendo dela. Eu não a mereço. Isso nunca esteve em questão, mas a quero de qualquer maneira.

— Me diga o que fazer. O que você quer?

Ela me olha como se eu fosse extraordinário enquanto espera que eu lhe diga o que quero. Se eu dissesse o que realmente quero: sua submissão completa e total, eu a perderia e com razão. Então limito essas necessidades e a seguro, puxando sobre mim, tendo apenas a seda fina da calcinha entre nós. Ela ofega quando se encaixa no meu pau duro.

Seguro seus quadris, tentando manter a gentileza que ela necessita do primeiro homem que permitiu tocá-la dessa maneira. Ela me deu o presente mais precioso, que é seu amor e confiança e quero ser digno disso.

— Das outras vezes... fiz alguma coisa que te assustou?

— Não. Eu nunca poderia ter medo de você.

Cerro os dentes contra a vontade de dizer que eu poderia aterrorizá-la se quisesse. Mas não falo. Não quero e não digo isso. Essas necessidades e desejos não têm lugar nesta cama ou na nossa relação.

— O que falei antes sobre te querer aqui... — Aperto seu traseiro com as duas mãos. — Ele fez isso com você?

Ela balança a cabeça.

— Ele falou e me ameaçou com isso, mas felizmente não aconteceu.

Meus olhos se fecham enquanto expiro profundamente.

— Sinto muito por ter dito isso, Nat. Não estava pensando. Eu me empolguei...

Ela beija as palavras dos meus lábios.

— Quero tudo com você, Flynn. Quero que você me mostre e me ensine. Me faça ser sua em todos os sentidos possíveis.

Se ela soubesse as coisas que eu quero, ela nunca faria tal oferta.

— Você é minha. Não importa o que aconteça entre nós, isso nunca vai mudar. Desde a primeira vez que você me olhou com esses olhos incríveis que pareciam ver dentro de mim... soube que você era minha.

— Quanto a isso...

— O quê?

— Meus olhos não são castanhos.

Não tenho ideia do que dizer.

— Uso lentes de contato coloridas. A cor real é verde. E meu cabelo é naturalmente mais claro. Não queria que ninguém me reconhecesse como April.

— Gostaria de voltar a ser April agora?

— Não. Ela está no meu passado. Natalie é meu presente e futuro.

— Você não precisa mais se esconder das pessoas. Pode ser o que ou quem quiser.

— Estou muito feliz em ser Natalie com você.

Eu a alcanço e lhe dou um beijo profundo e ardente. Nossas línguas se enredam em uma dança erótica que rapidamente me deixa à beira da loucura. Ela é como o melhor dos vinhos, o mais doce chocolate, a droga mais potente que já encontrei. Quero virá-la e transar com ela com força e rapidez até que esse desejo dentro de mim esteja satisfeito.

Mas não o faço. Em vez disso, me forço a permanecer imóvel, a acariciar sua pele sedosa com reverência no lugar de ganância, a beijá-la com amor em vez do domínio que está na minha cabeça. Seguro seus seios e acaricio seus mamilos. Quando seus olhos se fecham e ela inclina a cabeça para trás, aproveito a oportunidade para me sentar e sugar uma ponta rosada.

Ela grita com prazer e puxa meu cabelo com tanta força que quase posso ter ficado careca. Valeria a pena o sacrifício de perder um pouco de cabelo por agradá-la.

— Me deixe te ouvir, linda. Grite. Ninguém vai te ouvir além de mim. — Passo a língua ao redor da auréola do mamilo antes de sugá-lo com força enquanto o mordisco, levando-a a beira da dor, mas sem ir longe demais.

Seus quadris se movem de forma rítmica sobre o meu pau duro como pedra. Alcanço entre nós para ver se ela está pronta e descubro que a calcinha está encharcada.

— *Puta merda* — murmuro, desesperado para estar cercado por todo aquele calor úmido e apertado. Quero arrancar o tecido do seu corpo, prender seus braços sobre a sua cabeça e tomá-la. Quero possuí-la. Mas não posso fazer isso.

— Nat. — Deslizo os dedos sob o elástico e na umidade entre suas pernas.

— Humm.

Me movo rapidamente para me livrar da calcinha e encontrar um preservativo antes de colocá-la de volta em cima de mim.

— Está tudo bem?

Ela morde o lábio e assente.

Se eu tivesse feito do meu jeito, não a teria tocado hoje, não até que estivesse recuperado. Mas se tivesse rejeitado seu avanço, teria feito mais mal do que bem.

— Você é quem manda, linda. — Isso vai contra tudo que acredito, tudo que sou como dominador – colocar as mãos sob a cabeça, ceder o poder para ela e permanecer passivo enquanto ela assume o comando –, mas faço por ela.

Ela se levanta, apenas o suficiente para posicionar meu pau onde quer. Em seguida, desce devagar, expirando enquanto me recebe com os olhos arregalados, os lábios entreabertos e o peito arfando. Sexy demais.

— Isso está certo? Estou fazendo certo?

— Está perfeito. Bom demais. — Tenho que morder o lábio com força para manter o foco na dor ao invés de no que eu gostaria de fazer agora. Tenho que estar calmo para ela. Ser terno e gentil.

Demora uns bons cinco minutos, talvez mais, antes que ela me leve para dentro de si. Ela está tão apertada e quente ao redor do meu pau, que fica mais duro pelo esforço que estou fazendo para permanecer imóvel e no controle.

Natalie coloca as mãos no meu peito e me olha. O semblante concentrado em seu rosto é mais do que adorável.

— Mova seus quadris, linda. Como antes. Monte em mim.

Ela mexe os quadris e a sinto apertar ao meu redor, seus músculos ondulando enquanto ela se esforça para me acomodar. É uma sensação incrível, mas não posso deixar de pensar nas muitas maneiras das quais eu poderia tornar isso ainda mais incrível para nós dois.

— Flynn... quero suas mãos. Me toque.

Eu me sento e envolvo meus braços ao seu redor, trazendo seus seios contra o meu peito.

— Sim — ela fala com um suspiro enquanto passa os braços ao redor do meu pescoço. — Assim é muito melhor. — A nova posição me faz entrar mais fundo, me permitindo alcançar o ponto que a faz gemer de prazer. Estabelecemos um ritmo cada vez mais frenético, suas unhas se afundando em meus ombros e seus quadris mexendo.

Adoro senti-la, seu cheiro, os sons que ela faz, o jeito que se agarra a mim enquanto fazemos amor.

Descubro que o amor faz toda a diferença. Posso fazer isso. Posso ser esse cara normal com ela, porque a amo muito. Alcanço o local onde estamos unidos e o leve toque dos meus dedos em seu clitóris a faz gritar enquanto ela goza. Eu poderia fazer isso durar uma hora ou mais se quisesse, mas ela não está pronta, então desisto e gozo com ela.

Natalie estremece em meus braços e nossas bocas se juntam em um beijo profundo. Eu a beijo por bastante tempo, até que sinto seu estremecimento começar a diminuir, então me viro e fico por cima, olhando para ela.

Seus olhos estão arregalados e suas bochechas rosadas pelo calor que provocamos juntos.

— Foi tão bom — ela diz suavemente.

Aceno, concordando.

— Foi bom para você também?

— Nat, claro que foi. Foi incrível.

— Não precisa dizer se não for verdade. Sei que você teve muitas outras mulheres...

Eu a beijo antes que ela possa terminar esse pensamento.

— Nunca tive uma mulher que amo tanto quanto amo você. Isso faz toda a diferença. — A beijo novamente e saio de dentro dela com cuidado. — Volto logo. — No banheiro, tiro o preservativo e estremeço quando a mão machucada me lembra do colapso emocional anterior.

Estou na corda bamba com esse relacionamento, me movendo com cuidado para evitar um desastre, mas em constante desequilíbrio enquanto sigo por essa situação difícil. Por um lado, nunca estive mais feliz desde que Natalie apareceu, me fazendo sentir que finalmente encontrei minha outra metade. Mas por outro lado... é aí que está o problema. É onde a outra metade da minha personalidade vive, a metade que estou escondendo para não assustá-la.

Me inclinando sobre a pia, jogo água fria no rosto. A mão machucada começa a doer, mas não posso me preocupar com isso quando

Natalie está no quarto ao lado esperando por mim. Tenho que ficar focado nela e no que ela precisa enquanto continuamos juntos nessa jornada.

Ela é a única coisa que importa.

~

Natalie

DEPOIS DO JANTAR, Flynn abre outra garrafa de vinho e nos sentamos para assistir à premiação do *Critics' Choice* na TV.

— Gostaria de estar lá? — pergunto uma hora depois do começo da premiação.

— Não. Está tudo bem. Tenho o melhor dos motivos para perder esse evento.

Sufoco um bocejo.

— Por que a sua categoria tem sempre que estar no final?

— Porque é a mais importante — ele fala com uma piscadela.

Estou quase adormecida quando seu nome é chamado na categoria de Melhor Ator. Hayden sobe ao palco para aceitar o prêmio.

— Estou feliz em aceitar este prêmio em nome do meu amigo Flynn, que não pôde estar aqui esta noite. — Ele não diz o motivo. Nem precisa. — Ele me pediu para repassar seus agradecimentos à *Broadcast Films Critics Association* por essa incrível honra. A gravação de *Camuflagem* foi uma experiência incrível para todos nós na Quantum e tenho que dizer com total certeza que vocês acertaram com esse prêmio. Flynn fez o melhor trabalho da sua carreira. Obrigado por honrarem seu desempenho incrível com este prêmio. Aceito com gratidão em seu nome.

— Isso foi muito bom — digo baixinho, satisfeita e tocada pelas palavras sinceras de Hayden.

— Foi, sim.

Assistimos por tempo suficiente para ver *Camuflagem* ganhar o prêmio de Melhor Filme antes de Flynn desligar a TV.

— Foi incrível — ele diz suavemente. — Trabalhamos muito nesse filme, colocamos tudo o que tínhamos nele. Vê-lo ser reconhecido assim... — Ele para quando sua voz parece falhar.

— Ele merece todos os prêmios e elogios. Eu poderia assistir centenas de vezes e ainda querer mais.

— Gosta mais do que *A Noviça Rebelde*?

— Ah, droga, isso é difícil...

Rindo, ele fala:

— Estou embriagado. — Sei que ele não quer dizer bêbado, apesar de termos tomado muito champanhe e vinho hoje. Foi um dia longo demais para nós dois.

— Vamos dormir um pouco.

Quando nos abraçamos com Fluff enrolada em uma bola entre nossos pés, solto um suspiro de satisfação.

— O que foi isso?

— Um suspiro feliz. Foi um dia incrível para você...

— Um dia incrível para nós.

— Sim, foi mesmo. Estou muito feliz que você saiba de tudo agora.

— Também estou, mas daria tudo o que tenho para reescrever essa história e para que você nunca tivesse que passar por isso.

— Significa tudo para mim que você se sinta assim a meu respeito.

— Sinto tudo por você, Natalie.

Adormeço ouvindo suas doces palavras de amor.

7

Natalie

Passamos a manhã na cama e depois uma tarde preguiçosa à beira da piscina. Eu não tinha ideia de que era possível ser feliz assim. Anseio por seu toque, e ele está sempre disposto a me satisfazer. Sinto como se tivesse acordado de um longo cochilo para descobrir a mulher que sempre fui destinada a ser. Flynn abriu a porta da minha prisão auto imposta.

Escondidos em nosso paraíso particular, é fácil esquecer o que está acontecendo no mundo. As pessoas estão falando a meu respeito, meu passado doloroso e do meu romance com Flynn. Não posso acreditar que não me importo. Deixe-os falar. Ninguém pode me atingir se eu não permitir. Me recuso a sacrificar um segundo da minha felicidade recém conquistada àqueles que dissecaram a vida de uma sobrevivente de violência sexual em um esforço para obter cliques e para vender revistas. Não tenho tempo para eles, e Flynn também não.

No entanto, Liza, sua assessora de imprensa, sugeriu mais uma vez que concedêssemos uma entrevista para contar o meu lado da história e depois nunca mais falar sobre isso. Flynn ainda se opõe de forma veemente, mas acho que devemos fazer. Ele me prometeu que vai pensar sobre o assunto, mas não estou otimista.

Ele anda muito tenso e pensativo, desde que contei minha história.

Posso vê-lo fazendo um esforço para manter as coisas suaves comigo e para me tratar com cuidado na cama. Por melhor que seja, é diferente do que era antes de ele saber tudo. Acredite, não estou reclamando. Fazer amor com Flynn é incrível, mesmo quando ele se contém. Mas é diferente.

Continuo esperando que ele supere o que aconteceu comigo há anos e encontre uma maneira de seguir em frente. Enquanto isso, estou tentando ser paciente e lhe dando tempo para processar as coisas. Eu tive oito anos. Ele só teve um dia.

Enquanto como uma tigela de cereal em nossa segunda manhã na casa de praia de Hayden, Flynn está ao telefone com Addie. Estou tentando não ouvir, mas é difícil, pois ele está gritando. Não posso imaginar o que o está chateando tanto para que ele esteja falando com Addie desse jeito.

— Não quero falar sobre isso. Eu não vou. — Ele passa os dedos pelos cabelos enquanto anda no deck. — Hayden pode aceitá-lo por mim se a questão for essa. — Ele baixa a cabeça. — Eu sei, Addie. Sei que são meus sócios e isso é uma grande coisa. Mas isso é algo ainda maior. É tudo o que vou dizer a esse respeito. Tenho que ir. Falo com você mais tarde.

Ele coloca o telefone no bolso de trás da bermuda quando entra para se juntar a mim.

— O que há de errado?

— Nada.

Inclino a cabeça de um modo questionador.

— Isso não pareceu ser nada.

Com as mãos apoiadas no balcão, ele suspira.

— A premiação do *SAG Awards* vai ser no fim do mês, e ela está sendo bombardeada com ligações desde que avisei que não vou.

— Não vai por quê?

— Você sabe.

— Não, Flynn. Não vamos nos esconder como se tivéssemos feito algo errado. Nós não fizemos.

— Não vou te expor a essa loucura. De jeito nenhum. E não vou sem você.

Solto a colher e empurro a tigela para longe. Indo até ele, coloco os braços ao seu redor e a cabeça nas suas costas.

— Você trabalhou tanto para isso, Flynn. O filme significa muito para você. Não pode perder as premiações.

— Posso, sim.

— Você não vai perder essa. Se está preocupado comigo, vou ficar em casa e torço por você no sofá.

— Não vou te deixar em casa e não quero te expor a essa loucura.

— Pode olhar para mim? Por favor? — Puxo seu ombro, obrigando-o a se virar e me encarar.

Ele faz isso com relutância.

— Não podemos nos esconder. Não é assim que quero viver.

— Não posso te proteger do que vão dizer, das perguntas que serão feitas. A imprensa vai te violar de novo.

— Então me deixe conceder a entrevista para que eu possa contar a minha história com minhas próprias palavras. Depois disso, não haverá mais nada a ser dito.

— Não gosto dessa ideia.

— Eu sei, mas quero encerrar essa história para que possamos continuar com nossas vidas.

— E se tiver o efeito oposto? E se for como jogar gasolina no fogo e piorar as coisas?

— Se deixarmos bem claro que nunca mais vamos falar sobre isso, deve encerrar para nós. Outros podem dizer o que quiserem, mas, para nós, esse assunto estará morto.

Sua bochecha se contrai com tensão enquanto ele analisa o que eu disse. Depois de uma longa pausa, durante a qual não tenho ideia do que ele está pensando, Flynn diz:

— Carolyn Justice. Ela é a única em quem confio para lidar com isso da forma correta.

Carolyn Justice é uma deusa, e sou fã dela há anos.

— Tudo bem.

— Tem certeza, Nat? Por favor, não faça isso por mim. Eu e minha carreira ficaremos bem se nunca dissermos uma palavra sobre esse assunto a ninguém.

— Tenho certeza e estou fazendo isso por nós, para que possamos ter um pouco de paz e acabar com o frenesi. Se fizermos a entrevista e respondermos a todas as perguntas, talvez a imprensa mude o foco para outra coisa e assim poderemos ir ao *SAG Awards* sem nos preocuparmos em sermos questionados.

Outro longo silêncio segue.

— Vou pedir a Liza para organizar.

— Você está bravo comigo?

Seus olhos se arregalam de surpresa.

— Bravo com você? Por que eu estaria?

— Porque estou te forçando a fazer algo que você não quer.

Ele coloca as mãos nos meus ombros e me puxa para o seu abraço.

— *Não* estou bravo. Nunca poderia me sentir assim com você. Te acho destemida e fabulosa, e você me surpreende todos os dias com sua força, coragem e valentia. Estou bravo por você ter sido colocada nessa situação. Com as pessoas que se alimentam da dor dos outros. Nunca vou entender como alguém que trabalha com questões tão pessoais pode vender um cliente pelo maior lance. — Ele me olha e beija a minha testa.— *Não* estou bravo com você.

Eu me aconchego a ele.

— Você está muito tenso.

— Estou com muita coisa na cabeça, linda. Foi maravilhoso ter esse tempo com você, poder relaxar, dormir e coisas desse tipo.

Rio da palavra "coisas".

— Mas tenho que voltar a trabalhar um dia desses.

— Eu meio que me perguntei quando isso aconteceria.

— Temos uma reunião da fundação e, em algum momento, preciso ir ao escritório para me encontrar com o Hayden. Ele está na fase de pós-produção do novo filme. Além disso, preciso tomar algumas decisões quanto a projetos futuros. Temos muito a fazer.

— Sinto muito te manter afastado do seu trabalho.

— A culpa não é sua. Aproveitei cada segundo que passamos juntos e estou ansioso para muito mais.

— Estava pensando... sobre a fundação.

— Sim?

— Seria possível – e sinta-se à vontade para dizer não se não for uma boa ideia...

Seu sorriso faz seus olhos brilharem e fico mais uma vez impressionada com o quanto ele é lindo. Mesmo depois de todos esses dias, ainda me surpreende que eu possa abraçá-lo, beijá-lo e fazer amor com ele a hora que eu quiser.

— Qual é a sua ideia, linda?

— Gostaria de me envolver com a fundação. — Engulo em seco. — Se estiver tudo bem para você.

— Sim, claro que está tudo bem. Eu deveria ter pensado em te perguntar sobre isso.

— Eu não teria perguntado se não acreditasse que posso contribuir.

— Eu adoraria que você fizesse parte disso em qualquer papel que deseje.

Me sinto tão feliz como me senti na véspera do meu primeiro dia na escola.

— Obrigada.

— Acho melhor ligar para Liza e fazê-la ganhar o dia – assim como a Carolyn. Tem certeza disso?

— Tenho. Ligue para a Addie também. Diga a ela que vamos ao *SAG Awards,* porque se espera que meu namorado vença e preciso que ela e sua amiga *stylist,* Tenley, deem um jeito em mim.

— Pode deixar, linda. — Ele me beija e aperta minha mão antes de sair da sala para fazer as ligações.

TENHO QUE FAZER ALGUMA COISA. Não suporto ficar sentado esperando as coisas acontecerem. Sou um cara proativo e essa situação está me forçando a ser reativo. Estou prestes a perder a cabeça.

Liza e Natalie conversaram comigo a respeito da entrevista, apesar do meu melhor julgamento. Embora eu não tenha tido nada além de entrevistas positivas com Carolyn no passado, temo que isso piore tudo ao invés de melhorar. Sei que é irracional, porque Carolyn é uma profissional respeitada, mas não posso evitar o modo como me sinto.

Vou para o escritório e fecho a porta. Me deixando cair na cadeira, coloco os pés sobre a mesa e tento me recompor. Perder a cabeça não vai fazer nada de bom para Natalie.

Preciso de um terapeuta, mas como não conheço alguém para quem eu possa ligar, opto pela melhor escolha. Ligo para o meu pai. Não me preocupo em estar atrapalhando o seu dia, porque ele sempre atende as ligações da família, não importa o que esteja fazendo.

Ele atende no segundo toque.

— Alô.

— Oi, pai. Estou ligando em um momento ruim?

— De modo algum. O que há de errado?

— O que te faz pensar que há algo errado?

— Você é meu filho há 33 anos. Soube no "oi, pai" que algo estava errado.

Apesar da gravidade da situação, ele me faz sorrir. Apoio os cotovelos na mesa e passo os dedos da mão livre pelo cabelo algumas vezes.

— Flynn. Fale comigo.

— Eu a amo tanto.

— Sei que ama, filho. Sua mãe e eu notamos, assim que o vimos com ela, que é a garota certa para você.

— Não suporto vê-la passando por tudo isso só porque ela cometeu o erro de se envolver comigo.

— O que ela falou a esse respeito?

— Quanto mais agitado eu fico, mais calma ela parece estar, o que é enlouquecedor.

Meu pai dá uma risada.

— Por que não estou surpreso? Não se esqueça, ela já passou por isso uma vez, infelizmente e, provavelmente, tem uma compreensão melhor sobre como lidar com as coisas do que você.

— Uma vez foi mais que suficiente.

— É verdade, mas está acontecendo, e ela está lidando com tudo. É isso que importa.

— Ela e Liza me convenceram de que se fizermos uma entrevista com Carolyn Justice, vai ajudar na situação.

— Você não concorda?

— Receio que, de alguma forma, isso torne tudo pior.

— Sei que você gosta de controlar as coisas, Flynn. Mas neste caso, acho que deve seguir o exemplo de Natalie. Ela sabe com o que pode lidar e com o que não pode. Se ela pretende fazer a entrevista, deixe. Pode ajudá-la a contar a história em suas próprias palavras em vez de permitir que todo mundo conte por ela.

Eu não tinha pensado assim antes.

— E se isso piorar as coisas?

— Como isso poderia ser pior? Do que você realmente tem medo?

— Que de alguma forma, ela seja magoada de novo e que eu não possa prever com antecedência.

— Sabe qual foi a parte mais difícil da paternidade?

Surpreso com a mudança de direção, eu digo:

— Não, o quê?

— Não ser capaz de proteger meus filhos de qualquer tipo de dor ou sofrimento. Todos nós queríamos ter uma bola de cristal para que pudéssemos ver o futuro e orientar as pessoas que amamos sem problemas. Mas, apesar disso, só podemos fazer o melhor possível e então, estar ao lado deles quando as coisas não acontecem conforme o planejado.

— Não estou acostumado a esperar que as coisas aconteçam. Estou muito mais acostumado a fazê-las acontecer.

— Eu sei, filho — ele fala com uma risada baixa. — E também sei o quanto é doloroso para você seguir a liderança de outra pessoa. Mas me deixe perguntar uma coisa: você está fazendo tudo o que pode para tornar isso certo para ela?

— Caramba, sim, estou.

— Seus advogados estão agindo para processar a escola e o cara que divulgou sua história?

— Sim — digo com os dentes cerrados.

— Então me diga o que mais você poderia fazer que ainda não esteja fazendo?

— Eu poderia ir para Lincoln e acabar com a vida do cara que a expôs.

— Por favor, não faça isso. Não comprometa a si mesmo ou a sua excelente reputação fazendo algo estúpido que só lhe dará alívio momentâneo e, definitivamente, vai tornar tudo ainda pior.

Ele tem razão. Sei disso, mas não significa que eu goste.

— Flynn? Me diga que está me ouvindo e não vai fazer nada estúpido.

— Não vou.

— A Natalie precisa que você seja forte para ela, para introduzi-la na vida de celebridade e gerenciar o que isso acompanha.

— Eu sei. Estou tentando.

— Lembre-se que não será assim para sempre. Outra coisa vai acontecer e a imprensa vai passar para o próximo grande escândalo.

— A qualquer momento.

— Quero que você tenha em mente que por mais que isso seja ruim, agora vocês têm um ao outro. Essa é a única coisa que realmente importa.

— Obrigado, pai. Você disse o que eu precisava ouvir.

— Estava esperando que você ligasse. Não queria te incomodar com tudo o que você está lidando.

— Era você ou um terapeuta.

Ele solta uma gargalhada.

— Estou feliz por você ter me escolhido.

— Também estou.

— Nos vemos em breve?

— Nos vemos, sim.

— Fique firme aí, filho. Nós amamos vocês e estamos aqui se precisarem de nós.

— Obrigado. Amo vocês também.

Encerro a ligação me sentindo muito mais calmo do que antes. Ele me orientou durante muitas dificuldades que tive na vida e foi minha rocha durante a jornada no perigoso caminho de atuar e produzir. Ele é sempre a voz da razão, e eu precisava disso hoje.

Agora só tenho que colocar em prática o seu conselho e seguir o exemplo de Natalie. Posso fazer isso. Pelo menos, posso tentar.

～

Natalie

É incrível a rapidez com que as coisas acontecem quando o maior astro do cinema do mundo está envolvido. Carolyn Justice voou de Nova York para L.A. em um piscar de olhos e a entrevista está marcada para acontecer no escritório da Quantum ao meio-dia. Estou usando meu fiel vestido preto. Meu cabelo longo está ondulado e, como estou bronzeada dos longos dias ao sol, só uso rímel e brilho labial.

Espero não parecer uma caipira na TV.

Flynn está usando um terno cor de ardósia, com camisa branca e sem gravata. Ele também está bronzeado e está fantástico, mas é sempre assim. Está quieto e retraído desde que decidimos sobre a entrevista ontem, e espero que ele volte ao normal assim que deixarmos isso para trás.

Quando chegamos ao edifício da Quantum, finalmente conheço Liza, que é mais jovem do que eu imaginava. Ela é pequena, tem cabelo preto curto e brilhante, usa um terninho incrível e calça sapatos de salto de 10 cm. Apesar da aparência profissional, ela é calorosa, engraçada e gosto dela imediatamente.

Flynn nos apresenta, e ela me abraça.

— Estou muito feliz em te conhecer, Natalie.

— Obrigada pela sua ajuda com tudo.

— É meu prazer e meu trabalho. Trabalhar para esse cara não é exatamente uma dificuldade.

Entrelaço o braço no de Flynn.

— Ele é muito bom.

— Não poderia concordar mais. E quero que saiba: acho que você está fazendo a coisa certa hoje e escolheu a pessoa perfeita para conversar.

— Foi o Flynn quem a escolheu. — Falamos sobre ele como se não estivesse de pé ao meu lado, vibrando com a tensão que tomou conta de seu corpo desde que insisti em dar a entrevista.

— Ele escolheu bem.

Ellie, a irmã de Flynn que trabalha para a Quantum, vem me cumprimentar, me abraçando como se fôssemos velhas amigas.

— Esta situação é uma droga — ela fala sem rodeios.

— É mesmo, mas espero que isso ajude.

— Toda a nossa família está com você, Natalie. Espero que saiba disso.

— Muito obrigada. — Sua doçura quase me faz chorar. Faz tanto tempo desde que tive uma família comigo, e os Godfrey são incríveis para se ter ao lado.

Carolyn entra na sala de reuniões ao meio-dia com uma equipe de produtores, câmeras, pessoal de cabelo e maquiagem e uma comitiva inteira de outras pessoas que ficam conversando ao telefone, dando ordens e tentando parecer importantes. A mulher em si é loira de olhos azuis, que a salvam de ser inacessível. Ela é conhecida por ser uma repórter maravilhosa, que sempre faz as perguntas certas e pode fazer com que até mesmo os homens mais resistentes desmoronem em lágrimas ao fazer perguntas sobre os assuntos mais pessoais.

Um dos produtores se aproxima com microfones de lapela. Flynn empurra a mão do cara para o lado e o encaixa no decote do meu vestido. Sua atitude possessiva quase me faz rir, mas ele não está com humor para gracinhas.

Quando os microfones estão no lugar, Carolyn vem até nós e abraça Flynn.

— É muito bom te ver de novo.

— Digo o mesmo, Carolyn. Obrigado por fazer isso.

— Obrigada a *você*. Esta é a entrevista do ano. Todo mundo a deseja. Estou incrivelmente honrada por você ter me escolhido.

— Te escolhi porque você foi justa comigo no passado. Espero que faça o mesmo por Natalie. — Ele é simpático e charmoso como sempre, mas mesmo assim a coloca em alerta.

— Claro. — Ela se vira para mim e estende a mão. — É um prazer te conhecer, Natalie.

— Igualmente. — Estou totalmente impressionada. Assisto ao *talk show* diário de Carolyn Justice desde a faculdade. — Sou uma grande fã.

— Muito obrigada! É muito bom ouvir isso. Antes de começarmos, há algo completamente fora dos limites?

Olho para Flynn. O músculo pulsante em sua bochecha me diz que ele está tenso e talvez fique mais na próxima hora.

— Nada está fora dos limites, mas não falo em detalhes sobre o ataque.

— Entendo e nunca pediria que você falasse.

Pego a mão machucada de Flynn e a seguro entre as minhas enquanto seguimos para as cadeiras sob luzes brilhantes que a equipe de Carolyn montou. Os fios e cabos no chão me fazem lembrar do dia em que nos conhecemos, um pensamento que compartilho com Flynn.

Seus lábios se curvam em um sorriso que não atinge seus olhos. Quero acabar com isso pelo seu bem tanto quanto o meu.

Quando estamos sentados em frente a Carolyn, continuo a segurar sua mão, precisando do conforto dele tanto quanto quero oferecer o meu.

Carolyn preparou uma introdução na qual ela resume os eventos da semana passada e nos apresenta, observando que essa entrevista exclusiva é a única que Flynn e eu planejamos dar.

— Quero começar perguntando a você, Natalie, como sua vida mudou desde que conheceu Flynn.

A pergunta me pega de surpresa, porque acho que as mudanças na minha vida seriam bastante óbvias. Olho para Flynn, que está olhando para frente, seu rosto inexpressivo.

— Minha vida mudou completamente — digo a ela. — Com algumas exceções, mudou para melhor. Me sinto extremamente feliz por ter conhecido Flynn, por fazer parte da sua vida e tê-lo na minha.

Ele aperta suavemente a minha mão.

— Estamos todos muito curiosos sobre como vocês se conheceram. Se importam de compartilhar essa história?

Trocamos olhares e ele acena para eu ir em frente. Conto a história da fuga de Fluff no Greenwich Village e como fui atrás dela bem nas filmagens de Flynn.

— Trombei nele e acabei no chão enquanto Fluff mordia Flynn.

— A cadela te *mordeu*?

— Sim. — Ele levanta o braço onde as marcas cicatrizaram, mas permanecem visíveis.

— A velha garota ainda leva jeito mesmo com 14 anos.

— E só com os dez dentes que ela ainda tem na sua cabecinha fofa.

Carolyn começa a rir.

— Então, o que você achou quando percebeu que sua cachorra havia mordido *Flynn Godfrey*?

— Ela ficou com medo que eu as processasse e exigisse todos os seus bens materiais — Flynn responde com o humor característico que eu esperava dele. É bom ter isso de volta depois de conviver com o Flynn tenso e estressado.

— O que não equivale a muito — acrescento. — Claro que fiquei mortificada. Fluff nunca mordeu ninguém e faz sua estreia logo com Flynn Godfrey?

— A coisa toda foi muito engraçada — Flynn completa.

— Tenho que perguntar: como você vai da cadela te mordendo para caminharem juntos no tapete vermelho do Globo de Ouro uma semana depois?

Flynn me olha.

— Olhei para Natalie e soube que a queria em minha vida.

Carolyn abana o rosto.

— Uau. Preciso de uma bebida e um cigarro.

Nós rimos disso.

— Você não fuma — Flynn a lembra.

— Hoje seria um bom dia para começar! E você, Natalie... como lida com o fato de namorar alguém como Flynn?

— Com cuidado — digo, fazendo-os rir.

— Ela fez com que eu me esforçasse.

— Quando você soube que isso poderia ser algo especial?

A questão é direcionada a mim.

— Flynn me mostrou quem realmente é várias vezes nos primeiros dias em que estivemos juntos. É difícil não gostar dele, especialmente quando ele usa o charme dos Godfrey.

— Imagino que pode ser bem formidável.

— Você sabe disso. — Agora, sinto que estou conversando com uma antiga amiga, e é por isso que Carolyn é tão boa no que faz e tão bem vista no meio.

— Pode descrever como foi descobrir que o seu passado doloroso foi divulgado depois que você apareceu com o Flynn no Globo de Ouro?

Estou pronta para isso, porque Liza me avisou para estar preparada.

— Naturalmente, é doloroso reviver um momento da minha vida que queria esquecer o mais rápido possível, mas, de certa forma, é libertador também. Não preciso mais me preocupar que alguém descubra quem eu era. Agora, o mundo inteiro sabe e, por incrível que pareça, a vida continua.

— Soube que você perdeu o emprego na *Emerson School*, é verdade?

— Sim. — Sinto uma centelha de dor no peito com a lembrança do que foi perdido.

— Você vai recorrer?

— Estamos analisando todas as nossas opções — Flynn responde. — Incluindo processos judiciais.

Essa é a primeira vez que ouço falar dessa possibilidade. Limpo a garganta.

— Os pais dos meus alunos fizeram uma petição ao conselho de administração da escola, pedindo que me recontratem. Estamos esperando para saber se o conselho irá derrubar a decisão da diretora.

— Se conseguisse seu emprego de volta, você aceitaria?

— Não tenho certeza. Dependeria de vários fatores.

— Pode falar sobre o processo que está abrindo contra o advogado que vendeu sua história para a imprensa?

Flynn responde essa.

— Estamos cobrindo tudo, desde a cassação de seu registro na Ordem dos Advogados, até acusações criminais e cíveis. Não ficarei satisfeito até que ele sofra pelo menos metade do que Natalie sofreu.

— Todos nós ficamos chocados com a forma que a sua história se tornou pública, o que torna difícil não ser tocado pela sua coragem e valentia. Pode contar a respeito das decisões que você tomou após o ataque? É verdade que seu agressor ameaçou a segurança e a subsistência da sua família?

— Sim, mas na verdade, não houve opção. Eu tinha – ou melhor, tenho – irmãs mais novas. Eu tinha certeza de que se não apresentasse queixa, ele voltaria sua atenção para elas em algum momento. Eu não podia deixar isso acontecer, então ir para a polícia era a única coisa que eu podia fazer.

— É verdade que você não teve nenhum contato com sua família desde que tomou essa decisão?

— Sim, meu pai trabalhava para o governador e escolheu seu amigo ao invés da própria filha. — Apesar das minhas palavras práticas, ainda dói, mesmo depois de todos esses anos, me lembrar do meu pai arrastando minha mãe para fora do hospital e da minha vida, me deixando traumatizada, brutalizada e sozinha.

— E quantos anos você tinha, Natalie? — A voz de Carolyn suaviza e seus olhos brilham com lágrimas não derramadas.

— Quinze.

— O que você fez? Como lidou? Chegou a pensar em não acusar Oren Stone? Uau, desculpe, são três perguntas.

Rio da sua expressão confusa.

— Tive sorte de ter sido acolhida pela família de um dos detetives que trabalhou no meu caso. Eles foram muito bons para mim.

Também contei com apoio financeiro dos detratores de Stone, que queriam me ajudar a derrubá-lo. E nunca considerei não fazer as acusações ou não manter o processo contra ele. O que ele fez comigo... bem, ninguém deveria se safar de algo assim.

— Estou curiosa para saber como seu nome se tornou público. Você era menor de idade e, geralmente, os nomes das vítimas de violência sexual são mantidos longe da imprensa.

— Acreditamos que a equipe de Stone vazou meu nome esperando que eu desistisse de depor e, no momento do julgamento, não era mais segredo. Eu também era filha de um dos seus principais assessores, por isso não demorou muito para que essa conexão fizesse parte da história.

— E quando você soube que ele morreu na prisão depois de ser violentado, o que você achou?

— Carma. As pessoas recebem o que merecem na vida. Sinceramente, acredito que quando se é uma boa pessoa, coisas boas acontecerão. Se você é ruim... bem, tem o que merece.

— Não poderia concordar mais — Carolyn diz com firmeza. É quando percebo que ela está genuinamente comovida com a minha história. — Tenho que perguntar... bem, vamos voltar para a semana antes do Globo de Ouro. Você havia acabado de conhecer Flynn e começaram um romance vertiginoso. Ele te pede para participar de um evento muito público com ele. Você teve medo de ser exposta quando se esforçou tanto para mudar seu nome e aparência e construir uma nova vida para si?

— Para ser completamente honesta... talvez eu tivesse sido ingênua em pensar que o advogado a quem paguei muito dinheiro, que eu não podia desperdiçar, me protegeria, porque esse era o seu trabalho. Pela ética, ele era obrigado a guardar meus segredos. Nunca me ocorreu que ele não o faria.

— Flynn, antes de a história se tornar pública, você sabia sobre o passado de Natalie?

Sinto seu corpo inteiro endurecer ao meu lado. Ele não quer estar aqui. Não quer falar sobre isso, mas está porque eu pedi e eu o amo por isso.

— Sabia que ela havia sido violentada. Mas não sabia a história completa até que o resto do mundo a ouvisse. Nosso relacionamento ainda era muito recente e ainda não havíamos chegado tão longe.

— Natalie, você teria contado sua história a Flynn em algum momento?

— Não sei. Provavelmente, eu teria que explicar por que minha família não faz mais parte da minha vida, mais cedo ou mais tarde. Meus amigos mais íntimos não sabiam, então não é algo que eu costume falar – ou *costumasse* – antes que o mundo inteiro soubesse. A família que me acolheu depois do ataque ainda me conhece como April. No entanto, não os vejo há anos. Eles se mudaram para Seattle depois que entrei na faculdade.

— A questão é — Flynn fala em um grunhido baixo — que a decisão deveria ser da Natalie sobre quando e o que ela me diria. Isso foi tirado das suas mãos por alguém em quem ela confiava e nunca deveria ter acontecido.

— Só posso imaginar como você deve ter se sentido quando a história foi divulgada, Flynn.

— Nunca pensei que fosse capaz de matar, mas neste caso...

— Dificilmente poderíamos culpá-lo por se sentir assim — Carolyn fala. — Qualquer um se sentiria da mesma forma. Então, quais são seus planos agora, Natalie?

— Não fiz planos além de passar algum tempo aqui em Los Angeles com Flynn. Estamos ansiosos para a premiação do *SAG Awards*.

— Vocês estão planejando participar? Ouvi dizer que vocês não iriam.

— Você ouviu errado — digo antes que ele possa responder. — Estaremos lá e vou torcer por Flynn. Seu desempenho em *Camuflagem* foi incrível e ele merece toda a aclamação que está recebendo.

— Eu não poderia concordar mais — Carolyn fala. — Melhor filme do ano, de longe.

— Obrigado — Flynn responde, sério.

— E parabéns por todas as indicações ao Oscar para *Camuflagem*, Flynn. Alguma previsão?

— Não — Flynn fala nos fazendo rir.

Carolyn apoia o queixo no braço que está apoiado em seu joelho e se inclina.

— Tenho que perguntar... como é namorar o maior astro do cinema do universo?

Rio da pergunta de fã, porque é assim que eu pensava nele também.

— É... quando comecei a sair com o Flynn, minha colega de apartamento me perguntou se eu achava que o veria como algo diferente de Flynn Godfrey, o maior astro de cinema do universo. Mas para mim... ele é apenas Flynn, o homem mais doce, gentil, sexy e atencioso que já conheci, e sou muito abençoada por estar com ele, especialmente nos últimos dias. Ele tem sido incrivelmente solidário.

— Isso é um grande endosso — Carolyn fala. — O que você acha, Flynn?

— Eu sou o sortudo. — Ele leva minha mão aos lábios, e eu imagino cada mulher na América desmaiando pelo jeito que ele me olha enquanto encosta os lábios sobre os nós dos meus dedos.

— Flynn, você disse repetidamente que nunca se casaria de novo. Você mudou de ideia sobre isso desde que conheceu Natalie?

— Absolutamente.

Com certeza, Carolyn não esperava que ele estivesse tão decidido.

— Ouço sinos de casamento tocando para vocês?

Ele não afasta os olhos de mim quando diz:

— Assim que for possível.

— Acabamos de ouvir um pedido? — Carolyn quase levita da cadeira com excitação. Ele lhe deu uma colher enorme em uma bandeja de prata.

— Não, não foi. — Flynn ri de sua reação. — *Quando* eu pedir a Natalie para ser minha esposa, será um momento muito particular e pessoal entre nós e mais ninguém.

— E eu serei a primeira a saber depois? — Carolyn pergunta com um sorriso esperançoso.

— Talvez depois de eu contar aos meus pais.

— Justo. Falando sobre seus pais, Natalie, você conheceu Max e Estelle?

— Sim e eles são tão maravilhosos quanto parecem, assim como as irmãs, cunhados e sobrinhos de Flynn. É uma família incrível e me fizeram sentir muito bem-vinda.

— Uma última pergunta antes de encerrar. Depois de todos esses anos, se você pudesse dizer alguma coisa para sua família em Nebraska, o que seria?

Sem hesitar, digo:

— Eu diria às minhas irmãs que as amo e sinto muito a falta delas. E adoraria ter notícias a qualquer momento.

— Elas podem entrar em contato com a Natalie através da minha empresa, a Quantum Productions, em L.A. — Flynn acrescenta. — Elas serão sempre bem-vindas em qualquer lugar que estivermos.

Carolyn atravessa o espaço entre nossas cadeiras e coloca a mão em cima da nossa, que está unida.

— Muito obrigada por conversarem comigo hoje. Espero que você saiba como estamos impressionados pela sua coragem e força. Estou encantada por vocês e torcendo por você, Flynn, enquanto a temporada de premiação continua.

— Obrigado, Carolyn — ele fala.

— Sim, obrigada por nos receber.

— Foi inteiramente meu prazer.

— E estamos fora — o diretor anuncia.

— Vocês foram ótimos — Carolyn fala, se levantando para nos abraçar depois que retiramos os microfones. Ela me segura por um segundo a mais do que o esperado. — Te admiro muito, Natalie. De verdade.

— Obrigada.

— Você tem um dos caras legais aqui.

— Estou bem ciente disso — falo com um sorriso para Flynn.

Ele coloca o braço ao meu redor e beija minha testa.

— Estamos liberados, Carolyn?

— Estão, sim. A entrevista vai ao ar na próxima semana. Avisaremos o dia. Obrigada mais uma vez e boa sorte no Oscar. Não que você precise.

— Cuidado com o mau agouro — falo — Ele é muito supersticioso.

— Não estou agourando. Apenas afirmando a verdade.

Flynn beija a bochecha de Carolyn.

— Você foi ótima hoje. Não vou me esquecer disso. — Ele me guia para fora da sala de reuniões. — Quer ver meu escritório?

— Claro.

Fica localizado no final de um longo corredor e tem vista para a cidade de Los Angeles.

— Olha — ele fala, apontando para o letreiro de Hollywood ao longe. Mais a oeste, posso ver o Pacífico.

Seu escritório é enorme e moderno, com três paredes de vidro que aproveitam ao máximo a vista excepcional. Como seus escritórios de casa, a escrivaninha está cheia de pilhas de roteiros.

— Me deixe adivinhar, a Addie não pode mexer aqui também.

— Exatamente. O escritório de um homem é sagrado.

— E bagunçado. Eu adoraria colocar as mãos em todos os escritórios. Eu teria colocado tudo em ordem bem rápido.

O olhar que ele me dá está cheio de horror.

— Não se atreva!

Fico aliviada pelo retorno do seu lado brincalhão. Senti falta dele.

— É melhor você ser legal comigo ou posso me sentir tentada.

Seus braços me envolvem por trás.

— Baby, sou sempre legal com você.

Relaxo em seu abraço.

— É mesmo.

Ele acaricia meu pescoço, desencadeando uma reação que faz meu corpo todo se arrepiar com sua proximidade.

— O que está pensando, linda?

— O que você disse lá... para Carolyn.

— Eu disse muitas coisas.

— Falou mesmo.

— Você quer dizer sobre nos casarmos? — ele pergunta.

— Bem, sim...

— Isso te surpreendeu?

— Um pouco.

Com as mãos nos meus ombros, ele me vira para encará-lo.

— Onde você acha que isso vai nos levar? Eu me casaria com você hoje se não achasse que era cedo demais para você.

— Ah. É mesmo?

Ele emoldura meu rosto em suas grandes mãos e me beija.

— Pode apostar que sim. Quero que você seja minha para sempre. Quero saber que vamos passar o resto das nossas vidas juntos. Não acho que vou poder relaxar de verdade no que se refere a você até que meu anel esteja no seu dedo.

— Flynn... você rouba o meu fôlego.

— Isso é um sim?

— Ei, espere, isso foi um *pedido*? — Meu coração está batendo tão rápido, que coloco a mão sobre ele, na esperança de acalmá-lo.

— Foi mais como "testar as águas". O pedido de verdade será muito mais romântico do que isso e vai incluir uma aliança absolutamente estonteante – uma que fará jus à mulher que eu amo e com quem quero passar minha vida. Então, não, essa não foi uma proposta oficial. Mas se tivesse sido, hipoteticamente... qual seria a sua resposta?

Adoro o fato de que ele demonstra sua vulnerabilidade e não dá nada como garantido no que diz respeito a mim.

— Minha resposta seria...

— Puta merda, Nat! Você está me matando.

— Sim. Eu diria sim mil vezes.

Ele me ergue e me beija.

— Apenas mil?

— Cem milhões.

Depois de outro beijo, ele fala:

— Esse é um bom número, e é o quanto você vai valer assim que disser "aceito".

— Não me importo com isso. Espero que você saiba...

Outro beijo.

— Eu sei, linda. Eu sei. — Ele me coloca de volta no chão e me mantem perto. — Acabamos de falar sobre o que eu acho que falamos?

— Acho que sim. E, apesar do que você pensa, eu me casaria com você hoje também.

— Eu te amo, Nat. Estava muito orgulhoso de você durante a entrevista. Você me surpreende todos os dias e tudo o que posso pensar é em te ter para sempre, bem aqui em meus braços, onde você pertence.

— Não há outro lugar no mundo que eu prefira estar.

— Nem mesmo em Nova York com sua turma?

Penso sobre isso por um segundo, mas não demoro muito para decidir.

— Nem mesmo lá.

Seus braços me apertam até que eu mal posso respirar. Mas quem precisa de ar quando Flynn Godfrey está professando seu amor eterno?

Uma batida na porta interrompe o momento, mas ele me libera parcialmente, mantendo um braço ao redor dos meus ombros.

— Entre.

Addie abaixa a cabeça.

— Desculpe interromper.

— Conseguiu? — Flynn pergunta.

— Por favor... claro que sim.

— Peço desculpas por duvidar de você.

Não tenho ideia do que eles estão falando.

Addie se aproxima e entrega um pacote e um pedaço de papel para Flynn.

Dou uma olhada quando vejo minha foto na página.

— O que é isso?

— Isso, meu amor, é a sua licença de direção emitida pelo Estado da Califórnia. Hoje, você vai aprender a dirigir.

8

Flynn

Nat está tão nervosa que suas mãos estão tremendo quando assume o volante do Mercedes sedan prateado que ela admirou quando estivemos aqui para o Globo de Ouro. Eu havia dito que ela poderia usá-lo sempre que estivéssemos em L.A. e foi quando ela me disse que não sabia dirigir.

Minha pobre e doce Natalie perdeu muitos dos ritos de passagem que o resto de nós tomamos como garantidos, e quero fazer tudo para ela, começando por ensiná-la a dirigir.

— E se eu bater em alguma coisa ou estragar o carro? Você ama seus carros.

Do banco do passageiro, seguro sua mão e espero que ela me olhe.

— Não amo meus carros tanto quanto te amo. Nem de longe.

Erguendo uma sobrancelha, ela pergunta:

— Inclusive o Bugatti?

Ela está usando armamento pesado. Engulo em seco.

— Inclusive ele.

Ela dá uma gargalhada.

— Mentira. Você ama aquele carro mais que tudo.

— Não, linda, eu *te amo* mais que tudo. Carros são objetos. Todos podem ser substituídos. E estão no seguro. *Completamente* assegurados.

— Se você tem certeza.

— Tenho, sim. Quero que você descubra o quanto dirigir é divertido e que você possa ir a qualquer lugar que deseje sempre que quiser.

Em um SUV nas proximidades está a equipe de segurança que nos acompanha até que a história sobre o passado de Natalie saia das manchetes para ser substituída pelo escândalo de outra pessoa. Estamos no estacionamento da Quantum, onde há muito espaço extra para praticar o básico.

Repasso todas as características do carro e digo a ela onde fica tudo.

— Dirigir é agir de forma previsível. O que quer que faça, deve ser o que o motorista de trás espera. Isso faz sentido? Em outras palavras, não pode parar em um semáforo verde, no meio de uma curva ou fazer qualquer coisa que possa te atingir por trás.

—Certo... o que mais?

— Vá devagar no começo. Até sentir o carro e o que ele é capaz de fazer.

— Não posso acreditar que o primeiro carro que vou dirigir é uma Mercedes.

— O meu foi um Jaguar. Meu pai foi um saco o tempo todo. Eu o acusei de estar muito mais preocupado com o carro do que comigo. Ele não negou.

A história a faz rir como eu esperava.

— Vamos dar uma volta. — Aponto para a chave e ela gira, ligando o carro. — Agora o coloque em movimento.

— Tem certeza disso?

— Claro. Me leve para um passeio, linda. — Dou uma piscadela e um sorriso para lembrá-la da última vez que eu disse aquelas palavras a ela, que cora de forma adorável.

Damos cem voltas pelo estacionamento e, como esperado, ela é uma motorista cautelosa e conscienciosa. Suponho que é o benefício de aprender aos 23 anos e não aos 16, quando se é burro demais para saber de quantas maneiras essa atividade pode matá-lo. Natalie é adulta desde os 15 anos e está dirigindo com sensibilidade de adulta.

— O que acha? — pergunto a ela depois de uma hora dirigindo em círculos. — Quer pegar a estrada?

— Estrada *de verdade,* com outros carros? Não acho que estou pronta para isso.

— Com certeza está. Vai conduzir muito bem. — Faço um sinal para o SUV para que os seguranças saibam que estamos indo embora.

— Flynn, sério, não é uma boa ideia.

Eu me inclino para beijar sua bochecha.

— É uma ótima ideia. Meus pais estão nos esperando para um almoço tardio e precisamos ir. — Aponto para a saída do estacionamento.

Ela range os dentes e aponta o carro na direção que indiquei. O que deveria ser uma viagem de vinte minutos até Beverly Hills, leva quarenta enquanto Natalie dirige tão devagar que prendo o riso quando um carro atrás do outro passa por nós com motoristas irritados piscando o farol para minha garota.

— As pessoas aqui são malvadas — ela fala, quebrando um longo silêncio.

— Na verdade, acho que eles esperam que os outros carros na estrada dirijam, pelo menos, no limite da velocidade.

— Posso *ver* que você está zombando de mim e acho que vou me lembrar disso mais tarde quando você quiser colocar as mãos no meu corpo.

— Nunca zombaria de você, linda.

— Disse o homem que quer se dar bem mais tarde.

Eu a amo loucamente. Amo o jeito que ela briga comigo e me coloca no meu lugar, sem se importar com quem sou ou o que tenho. Pela primeira vez na minha vida adulta, encontrei uma mulher que realmente se importa comigo em vez das porcarias que atraio. Ela é um milagre. Meu próprio milagre vivo e respirando, e observar sua intensa concentração enquanto segue minhas instruções até Beverly Hills, só me faz amá-la ainda mais.

— Pare de me encarar.

— Não quero. Você fica fofa quando se concentra.

— Você não quer dizer que fico fofa quando estou apavorada?

— Não precisa ficar apavorada e você é fofa o tempo todo.

— Certo... que seja.

— Você está indo bem. O que está achando até agora?

— É assustador.

— É divertido. Espere até você dirigir um carro *de verdade*.

— Este não é um carro de verdade?

— Isso, meu amor, é um *sedan*. Pode melhorar muito.

— Esse é o mais real que pretendo dirigir.

— Vamos ver... — Olho para ela, encantado com a visão do seu rosto lindo e dos lábios em um beicinho adorável. — Tudo bem que eu tenha feito isso?

— Isso o quê? Me obrigar a dirigir no trânsito intenso de L.A. quando nunca dirigi um carro na vida?

— Isso mesmo — digo, rindo da sua resposta indignada —, a habilitação e tudo mais.

— Gostaria de saber como você conseguiu isso sem a minha participação.

Falo em tom de brincadeira:

— Tudo é possível se você souber com quem falar.

— Imagino que você deve ter um membro da equipe dedicado ao Departamento de Trânsito, já que possui sessenta carros.

— Tenho minhas conexões.

Paramos em um semáforo, esperando para virar à esquerda para Beverly Hills quando ela me olha com aquele sorriso doce e amoroso que faz meu coração parar cada vez que o direciona para mim.

— Obrigada.

— Pelo quê?

— Por organizar as coisas para conseguir a permissão de dirigir, por me deixar pegar esse carro muito caro e bonito, por me levar para almoçar na casa dos seus pais e, acima de tudo, ter ficado ao meu lado durante aquela entrevista, quando era o último lugar no mundo que você queria estar.

O semáforo fica verde, e ela faz a curva, seu rosto totalmente concentrado. Eu a direciono através do bairro para a casa dos meus pais. Chegamos ao portão de segurança e dou a ela um código para abrir o portão.

— Não posso acreditar no jeito que você acabou de me dar esse tipo de informação.

— Por que não daria? Confio a minha vida a você. — A voz irritante no meu subconsciente me lembra que, embora eu possa confiar minha vida a ela, não confiei com a minha verdade. Quando os grandes portões de ferro se abrem, Natalie entra na garagem.

— Onde devo estacionar?

— Bem aí está ótimo.

Paramos, e Natalie desliga o carro, soltando um enorme suspiro de alívio enquanto apoia a cabeça no volante.

Dou a ela um segundo para se recuperar.

— Ei, Nat?

Ela levanta a cabeça e olha para mim.

— O que você disse antes sobre a entrevista...

— O que tem?

Eu me aproximo para colocar uma mecha de cabelo atrás da sua orelha e aproveitar ao máximo a oportunidade de passar a ponta do dedo sobre sua bochecha.

— Não queria fazê-la, mas esse não era o último lugar no mundo em que eu queria estar. Quero estar onde quer que você esteja e se isso significa fazer coisas que não quero, tudo bem.

Ela me olha, parecendo analisar meu rosto com atenção.

— Você é real? Isto é real? Você não vai se transformar em um cretino furioso em algum momento, vai?

Lá está outra vez, aquela pontada de culpa pelo que estou escondendo dela.

— Não tenho planos de fazer isso.

— Jura?

— Sim, baby, juro. — Estou prestes a beijá-la quando alguém bate na janela atrás de mim. Solto um gemido de frustração e me viro para encontrar meu pai sorrindo como um bobo enquanto encara o carro. Divertido, aperto o botão para abrir a janela.

— Oi, pai.

— Oi, filho. Natalie.

— Oi, Max.

— O que está fazendo? — Max pergunta.

— Bem, estava prestes a beijar minha garota antes de ser interrompido de forma rude.

Natalie ri como a garota que era antes da sua inocência ser roubada. O som é música para minha alma.

— Não me deixe impedi-lo — Max fala.

— O momento passou — digo, piscando para Natalie.

— Vai deixar para a próxima?

— Isso aí.

— Está deixando a sua garota dirigir para você, filho? — meu pai pergunta quando saímos do carro e o seguimos para dentro. — Isso não faz seu estilo.

— A Natalie está aprendendo a dirigir e está indo muito bem.

Posso ver pelo jeito que o rosto do meu pai suaviza que ele, imediatamente, entende que aprender a dirigir era algo que ela não havia feito ainda.

— Isso é maravilhoso. — Ele a abraça, beija e a recebe em sua casa como se fosse sua melhor amiga há muito perdida. Eu o amo muito. Ele é o melhor homem que conheço, e durante toda a minha vida me esforcei para deixá-lo orgulhoso.

Natalie é surpreendida pela casa. Ela tenta ser discreta quanto a isso, enquanto meu pai a leva pelos cômodos grandes e arejados até o pátio dos fundos, onde minha mãe e a empregada, Ada, estão servindo a comida.

— Veja quem está aqui, Stel — Max fala.

Minha mãe para o que está fazendo e se aproxima para abraçar Natalie.

— Ah, minha doce garota. Estou tão preocupada com você. — Ela se afasta para poder ver o rosto de Nat, mas mantém as mãos nos ombros dela. — Como você está?

— Estou bem. — Natalie me olha. — Flynn está cuidando bem de mim.

— É melhor que esteja. — Minha mãe estende a mão para mim, e eu beijo sua bochecha. — Essa coisa toda é mais do que ultrajante. Espero que você processe aquele cara em Nebraska.

— Estamos cuidando disso, mãe. Não se preocupe.

— Estou doente de preocupação. Estou... fora de mim. Se eu passar mais 50 anos neste ramo, nunca entenderei como qualquer meio de comunicação poderia pagar por uma história como essa.

Meu pai coloca o braço ao redor dela.

— Calma, Stel.

Minha mãe respira fundo.

— Sinto muito. Não quero estragar o nosso tempo juntos falando de coisas que estão fora do nosso controle.

— Quero que saiba que significa muito para mim ter o apoio de vocês — Natalie fala, se dirigindo aos dois. — Faz muito tempo que não tenho apoio dos meus pais e essa indignação é muito reconfortante.

— Você tem pais agora, amor — minha mãe diz com firmeza. — Seremos seus pais. Somos muito bons nisso. Pergunte aos nossos filhos.

Natalie pisca repetidamente, e sei que a bondade da minha mãe a tocou profundamente. Ela a abraça.

— Muito obrigada.

— Como foi a entrevista com a Carolyn? — minha mãe pergunta depois de se abraçarem por um longo tempo, o que fez com que todos nós enxugássemos os olhos depois.

— Foi boa — Natalie responde. — Ela foi muito legal e respeitosa.

— Estou feliz que tenha acabado — acrescento.

— Está programada para ir ao ar quando? — meu pai pergunta.

— Algum dia na próxima semana. Vão nos informar.

— O que querem beber? — meu pai pergunta e seu tom jovial deixa o humor consideravelmente mais leve.

Passamos uma hora relaxante com meus pais, durante a qual meu pai me contou que ouviu um plano secreto em andamento para as celebridades que passarem no tapete vermelho do *SAG Awards* boicotarem a revista *Hollywood Starz TV*, que divulgou a história sobre Natalie.

Conto isso a ela no caminho de volta para a casa de praia em Malibu. Estou dirigindo, assim Natalie não precisa enfrentar o notório tráfego da hora do *rush* de Los Angeles.

— Uau, então vão boicotar os repórteres pelo que fizeram comigo?

— Sim, e ao fazerem isso ao vivo, envia uma grande mensagem para os outros meios de comunicação de que se cruzarem a linha, se paga o preço.

Ela não responde, então olho na sua direção e a vejo mordiscando o lábio inferior.

— O que há de errado, Nat?

— Você vai achar que é bobo depois que insisti em irmos ao SAG.

— O que vou achar bobo?

— É só que... você trabalhou tanto com *Camuflagem* e todo mundo está dizendo que você vai ganhar de novo.

— Argh, não me agoure!

Ela sorri, mas posso dizer que ainda está chateada.

— Não quero que essa noite diga respeito a mim. Precisa dizer respeito a você e suas realizações incríveis.

Deus, ela é tão doce e perfeita. Quero levá-la para a cama e não deixá-la levantar até que eu consiga saciar a necessidade ardente que ela inspira em mim.

— Diz respeito a *nós*, linda. Agora, tudo diz respeito a nós. Aconteça o que acontecer com as demais premiações, tudo o que me interessa é ir para casa com você depois. As premiações são um segundo lugar bem distante para isso.

— Você já se perguntou como algo assim poderia ter acontecido tão rápido?

— Algo assim? Você quer dizer eu ter me apaixonado perdidamente por você e, esperançosamente, você por mim?

— Sim — ela diz, rindo —, é isso que quero dizer e não há nada de esperançoso nisso. Estou perdidamente apaixonada e bem aqui ao seu lado.

— Não me pergunto como isso aconteceu. Sei exatamente como

foi. Você veio correndo ao meu encontro, sua cachorra maluca me mordeu e me infectou com a sua poção do amor. O resto, como dizem, é história.

— Pobre Fluff. Ela ganhou uma fama bem ruim em tudo isso.

— Ela merece toda a publicidade ruim que recebe.

Seu celular tocando interrompe nossa "discussão".

— Não deixe de verificar o identificador de chamadas antes de atender. — Estou sempre em guarda contra os paparazzi implacáveis. Não me surpreenderia que tivessem caçado o seu número.

— É a Leah. Oi, como você está?

Não consigo ouvir o lado de Leah da conversa, mas Natalie está extasiada, ouvindo o que quer que sua amiga de Nova York está dizendo.

— Quando você acha que vão decidir? — ela pergunta. — Uau, bem, me mantenha informada e agradeça a Sue pela informação. — Depois de outra pausa, ela continua. — Está ótimo. Ensolarado e quente todos os dias. Hoje, aprendi a dirigir e fizemos uma entrevista com Carolyn Justice.

Posso ouvir Leah gritando, o que me faz rir.

Elas conversam por mais alguns minutos antes de se despedirem.

— O que aconteceu? — pergunto no segundo em que ela termina a ligação.

— De acordo com a nossa amiga Sue, que trabalha no escritório central, o conselho está considerando seriamente a decisão da sra. Heffernan de me demitir. Parece que Aileen e os outros pais fizeram uma grande reclamação.

— Isso é ótimo, Nat. — É ótimo e estou feliz por ela, mas o pensamento dela voltando para Nova York é completamente deprimente.

— Sim.

— Eles deveriam te recontratar. É a coisa certa a fazer.

— Eu sei. — Ela passa os dedos pelos longos cabelos enquanto olha para a paisagem pela janela a caminho de Malibu.

Quero saber o que ela fará se conseguir o emprego de volta, mas não pergunto. Tenho medo da sua resposta.

— Que tal uma volta na praia? — pergunto quando estamos de

volta à casa. Ficamos mais em casa desde que chegamos aqui, mas me lembro do quanto Natalie adorou a praia na primeira vez que foi. E como Addie me entregou o pacote que eu estava esperando, posso seguir em frente com meus planos. Estou com um frio na barriga, mas estou feliz.

— Podemos fazer isso? Você não trouxe o chapéu da máfia russa.

— Isso chamaria muita atenção aqui. Tenho um boné do Dodgers e óculos de sol. Podemos ir. — Gesticulo para os caras da segurança que estacionaram na garagem atrás de nós.

— Claro, se achar que está tudo bem.

Depois de trocarmos nossas roupas por shorts e camisetas, saímos com Fluff, que está entusiasmada em nos ter em casa. Bem, ela está animada pela Natalie. E está me tolerando. A praia está deserta neste fim de dia, assim temos o lugar só para nós, além da equipe de segurança que se mantém a uma distância decente. Pedi a eles que nos dessem privacidade para o que planejei para essa caminhada.

Damos as mãos enquanto caminhamos ao longo da beira da água fria que se espalha sobre nossos pés.

— A água fica quente em algum momento? — ela pergunta.

— No verão fica tolerável.

— É tão bonito. Se eu morasse aqui, tudo o que eu faria seria encarar o mar o dia todo.

— Quer morar aqui?

— Não sei — ela fala com uma risada nervosa. — Não tenho mais ideia de onde é o meu lugar.

Ela me dá a abertura perfeita para a conversa que gostaria de ter com ela.

— Eu sei.

— Sabe o quê? — Ela está olhando para o mar, então não me vê observando-a, cativado pela maneira como a brisa agita seus cabelos. Nunca me cansarei de olhar e falar com ela, de segurar sua mão, fazer amor ou qualquer coisa que possamos fazer juntos. — Sei qual é o seu lugar.

— E onde é?

— Comigo. — Paro de andar e me viro para ela, ficando de joelhos.

Ela ofega, e Fluff late.

— Flynn! O que está fazendo?

Coloco os óculos de sol no topo da cabeça.

— Natalie, eu te amo mais do que imaginei que era possível amar alguém. Quando ouvi o que a imprensa estava fazendo com você, senti que meu próprio coração havia sido arrancado do meu peito. Não conseguia pensar, respirar ou fazer qualquer coisa até chegar a você.

Natalie enxuga as lágrimas do rosto.

— Não espero que você faça isso por causa do que aconteceu com a imprensa.

— Você acha que esse é o motivo? Meu amor, estou fazendo isso pelo que aconteceu em um parque quando você e aquela selvagem cruel me atingiram e mudaram minha vida para sempre ao encarar os olhos mais incrivelmente bonitos que já vi. Estou fazendo isso porque cada segundo que passo longe de você parece a forma mais dolorosa de tortura que já sofri. E, além disso, simplesmente não consigo viver sem você. Então você acha que pode me ajudar e ter um pouco de piedade de mim? Quer se casar comigo, Natalie?

— Seus pais... tem certeza de que eles me querem na família, mesmo com tudo o que aconteceu?

— Você os ouviu hoje. Estão felizes em recebê-la na nossa família. E, além disso, estarão ocupados comemorando o fato de que a mulher pela qual eles também se apaixonaram à primeira vista finalmente me colocou no rumo certo.

— Sim, Flynn — ela fala rindo enquanto enxuga as lágrimas. — Vou me casar com você.

— Por quê?

Ela inclina a cabeça para me olhar de forma inquisitiva.

— Por quê?

— Me fale por que você quer se casar comigo.

— Porque eu te amo desesperadamente... — Ela não chega a terminar esse pensamento, pois me levanto para beijá-la.

— Isso é tudo que eu precisava ouvir.

— Me deixe terminar. — Com as mãos no meu rosto, ela olha nos meus olhos e sinto como se estivesse me mostrando sua alma. — Não te amo por todas as razões que o resto do mundo o faz. Te amo por todas as outras coisas sobre você que ninguém, além de mim, consegue ver. Te amo pela sua gentileza, generosidade, seu humor, a maneira como você não se leva muito a sério, mas ao seu trabalho, sim. Te amo pela forma como você cuida da sua tia-avó Sally...

— Como você sabe sobre isso?

— Não vai me dizer que a imprensa mentiu, não é?

— Não — digo com uma risada —, isso é uma coisa que eles acertaram.

— Te amo por quem você é, não pelo que tem. Isso nunca vai importar para mim tanto quanto você importa.

— E é por isso, meu amor, que quebrei todos os meus votos anteriores de nunca mais me casar e é exatamente por isso que estou disposto a fazer com você.

Eu a pego e a giro, puxando-a para um beijo que é muito mais puro do que eu gostaria, mas estou ciente dos seguranças nos observando.

— Não posso acreditar que isso está acontecendo. Vamos nos casar mesmo?

— Vamos, sim. O que você vai fazer amanhã?

— *Está se referindo ao dia depois de hoje?* Você quer se casar *amanhã*?

Eu a amo tanto. Não tenho a menor dúvida de que esta é a coisa certa para nós dois.

— Quero. Estamos verificando se isso pode acontecer amanhã ou segunda-feira.

— Nós? Quem somos nós?

— A Addie e eu, é claro.

— Acho que estou hiperventilando. Estou hiperventilando?

Rindo, coloco os braços ao seu redor e a beijo.

— Ah, meu Deus! Esqueci a parte mais importante do pedido. — Pego o anel que escondi no bolso antes de sairmos de casa. Chequei pelo menos vinte vezes para ter certeza de que ainda estava lá. Segurando sua mão direita, deslizo o anel que mandei fazer para ela.

— Flynn! Ah, meu Deus! É lindo. — Ela está chorando sem se

conter enquanto olha para o diamante de quatro quilates engastado no aro de platina que escolhi. Em momentos como esse, ajuda ter um cunhado no ramo de joias. Hugh e eu estamos de conluio há dias e o anel é perfeito para ela.

— Então amanhã ou segunda? A menos que você queira um grande casamento. Nesse caso, acho que posso ser convencido a esperar um mês ou dois, mas não mais do que isso.

— Não me importo com um grande casamento.

— Já tive um e foi uma série de dores de cabeça para um dia de festa. — Eu a seguro perto de mim com o queixo descansando no topo da sua cabeça enquanto observo o sol mergulhar em direção ao horizonte. — Você não se importa com um grande casamento. Com certeza, eu não quero seguir por esse caminho se você não quiser. Acho que devemos aproveitar o momento para cuidar disso.

— E seus pais? Suas irmãs. As crianças...

— Isso não diz respeito a eles. Só a nós dois. Podemos fazer uma grande festa depois para comemorar. Não preciso de mais ninguém lá. E você?

— Além da Leah e da Aileen, realmente não tenho mais ninguém.

— Agora tem, linda. Tem a mim e uma família inteira que vai te amar e proteger sempre. Você não está mais sozinha.

— Isso tem que ser um sonho. Nada tão incrível pode ser real.

— É muito real e passei de discursos públicos sobre nunca mais me casar para a necessidade de me casar com você. Não suporto a ideia de esperar mais dois dias para fazer de você minha esposa.

— Flynn... meu Deus. Isso é loucura.

— Isso é um sim?

— Sim! — Ela ri ao mesmo tempo que chora. — É um sim.

Eu a pego de novo e a giro, fazendo-a gritar de tanto rir, o que, é claro, faz Fluff latir e arranhar minhas pernas. O som da risada de Natalie é a música mais doce que já ouvi. Eu a coloco no chão, me certifico de que ela esteja firme e retiro o celular do bolso. Mantenho um braço ao redor de Natalie quando começamos a voltar para a casa.

— E aí? — Addie pergunta ao atender.

— Luz verde para o mais rápido possível.

— Flynn... isso é fantástico. Parabéns a vocês dois. O mais rápido que podem fazer é segunda-feira, então vou organizar tudo e te ligo amanhã com os detalhes.

Sei que ela vai trabalhar sem parar para que isso aconteça, mas também sei que ela não se importa. Ela tem o coração mole para romance.

— Você é a melhor, Addie.

— Eu sei! Parabéns novamente. Estou tão animada por vocês.

— Obrigado. Eu também. — Guardo o telefone no bolso e volto a atenção para Natalie. Andamos devagar, tomando nosso tempo ao retornar para a casa.

— Você está feliz, Nat?

— Muito. Não tinha ideia de que era possível ser tão feliz assim.

— Isso é tudo que importa para mim. É tudo o que importa. — Porém, antes de me casar com Natalie preciso conversar com Hayden e sair do clube. Preciso lidar com a sala de jogos no porão da minha casa também, embora eu possa fazer isso mais tarde. Está trancada, então não há chance de ela descobrir. Não há lugar para o clube e para o que acontece lá ou para a sala de jogos em minha nova vida com Natalie.

9

Natalie

Voltamos para casa e encontramos Marlowe sentada no deck dos fundos esperando por nós. Ela salta quando nos vê chegando.

— Aí estão vocês!

— Oi, Mo. — Flynn cumprimenta sua amiga e sócia com um beijo. — Tudo bem?

— Trouxe o jantar. Estava pensando em vocês e queria ver como estão.

Ele empurra os óculos escuros para o topo da cabeça.

— Como estão as coisas, Nat? — Seus olhos demonstram o tipo de alegria que não vejo desde antes da minha história se tornar pública.

Levanto a mão direita para que ela possa ver a aliança que ainda não consigo acreditar que ele acabou de colocar no meu dedo.

Marlowe solta um grito e se levanta para nos abraçar.

— Ah, meu Deus! Flynn Godfrey está noivo! Esta vai ser a história do século!

— Shhhhh. — Ele se diverte com a reação dela. — Não contamos a ninguém ainda.

— Precisamos de uma festa! Podemos fazer uma festa? Por favor?

Ou querem ficar sozinhos? Porque se quiserem, vou convidar os rapazes e dar uma festa em seu nome na minha casa.

Flynn me olha. Posso dizer só de olhar que ele preferia ficar sozinho, mas estes são seus melhores amigos, sendo que dois deles ainda não conheci.

— Uma festa parece divertido.

— Sim! — Marlowe bate palmas de prazer. — Deixei o telefone lá dentro. Vou fazer as ligações.

Quando estamos sozinhos, Flynn coloca o braço ao meu redor e me rouba um beijo.

— Tem certeza de que está tudo bem?

— Está perfeito. Olhe esta noite, esta aliança, a vista e meu noivo lindo. Temos muito para comemorar.

— Adoro te ver brilhando de felicidade.

— Estou brilhando por sua causa. Porque você me ama.

— Te amo pra caramba.

— E você se pergunta por que estou brilhando.

Ficamos lá fora assim, aconchegados um no outro, até que Marlowe retorna.

— Todo mundo está vindo e vão trazer bebida e mais comida. Adoro festa em que não preciso fazer nada além de decidir fazê-la.

Sua empolgação é contagiante. O que estou fazendo na casa de praia de Hayden Roth, em Malibu, prestes a comemorar com Marlowe Sloane e meu noivo, Flynn Godfrey? É mais do que surreal, mas também é minha vida agora. Minha nova vida. Com uma pontada de arrependimento, penso em meus alunos em Nova York e espero que eles estejam bem sem mim.

— Você está bem, linda? — ele pergunta, sintonizado em mim como sempre.

— Sim, estou ótima. — Melhor do que já estive em 8 anos.

— Ei, Mo, o que você trouxe para o jantar?

— Enchiladas, baby! O que mais seria?

Flynn ri.

— Marlowe não sabe cozinhar nada além de comida mexicana.

Achamos que ela pode ter sido sequestrada de uma família mexicana em algum momento.

— O que posso dizer? Tenho *tamales* no sangue. Margaritas para todos! — Ela volta para dentro para preparar as bebidas.

O telefone de Flynn toca e, quando ele verifica, faz uma careta.

— Tenho que atender.

— Vou ajudar Marlowe. — Começo a me afastar, mas ele me traz de volta para um beijo.

— Estou bem agora. Pode ir.

Ele me deixa tonta com o jeito que me ama. Me consome e é avassalador da melhor maneira possível. Lá dentro, encontro Marlowe na cozinha pegando o liquidificador enquanto mistura as bebidas.

— Posso fazer alguma coisa para ajudar?

— Abra a garrafa de tequila.

— Certo. — Abro a garrafa e entrego a ela. — Ei, Marlowe?

— Tudo bem?

— Você pode recomendar um bom médico aqui? Uma médica, de preferência.

— Você está doente?

— Estou bem. Só preciso, você sabe... — Percebo que estou prestes a compartilhar algo bastante pessoal com uma superstar que não conheço há muito tempo. Mas gosto dela e gostaria de pensar nela como amiga — anticoncepcional.

— Ahhh. Entendi. Tenho a melhor médica do mundo. — Ela pega o celular e, antes que eu possa dizer uma palavra, está ligando, explicando quem sou, do que preciso e marcando uma consulta às sete e meia da manhã de segunda-feira, tudo isso enquanto continua a usar o liquidificador.

Estou um pouco surpresa com suas capacidades multitarefas e absolutamente aterrorizada com esse compromisso.

Marlowe termina a ligação e retorna o foco para o liquidificador, adicionando mais tequila até que esteja satisfeita.

— A dra. Breslow vai te atender às sete e meia, antes de abrir para outros pacientes. Isso vai permitir que você entre sem que outras pessoas estejam lá. Você vai adorá-la.

— Deve ser bom fazer uma ligação em um sábado à noite e marcar uma consulta na manhã de segunda-feira.

— Celebridades tem suas vantagens — ela fala com uma piscadela. — A administradora do consultório da dra. Breslow é minha fã e sempre dou ingressos para estreias e outras coisas a ela. Cuidamos umas das outras.

— Obrigada.

— Imagina. A Breslow vai resolver isso para você. — Ela serve uma margarita, toma um gole e declara que está perfeita, em seguida, serve uma para mim e depois anota endereço da médica.

— Nunca tomei margarita. — No segundo em que as palavras saem da minha boca, me sinto como uma caipira nada sofisticada ao seu lado.

— Bem, não sabe o que está perdendo. Experimente.

Adoro o fato de que ela nem pisca com a minha confissão. Tomo um gole da bebida azeda.

— Humm, é muito bom.

— Não é? Só vá devagar. Sabe o que dizem sobre a tequila...

— O quê?

— Te faz tirar a roupa, não que Flynn fosse se opor.

— Me opor a quê? — ele pergunta quando se junta a nós e aceita a bebida que Marlowe lhe dá.

— Natalie descobrir sobre o poder da tequila.

— Tem razão. — Ele pisca para mim. — Não vou me opor.

A campainha toca, e Marlowe corre para atender.

Flynn percebe o pedaço de papel na minha mão.

— O que é isso?

— Marlowe marcou uma consulta para mim na segunda, às sete e meia. Tudo bem?

— Claro, não tenho nada até a reunião da fundação, às nove.

— Estou com medo. Você vai comigo?

Ele coloca o braço ao meu redor e beija minha testa.

— Claro que vou, linda.

Me sinto imediatamente menos ansiosa quanto a isso por saber que ele estará lá para segurar minha mão.

Marlowe retorna com dois homens incrivelmente bonitos, os dois carregando um engradado de doze cervejas e garrafas de vinho que colocam na bancada.

Flynn cumprimenta os dois com abraços.

— Jasper, Kristian, quero que conheçam a Natalie.

Jasper é alto e loiro, com o corpo magro e musculoso. Ele me abraça como se fossemos velhos amigos.

— Natalie — o rapaz fala com o sotaque britânico que Flynn me alertou. — É um prazer conhecer a mulher que finalmente colocou nosso garoto no rumo.

Aceno uma mão na frente do rosto em deferência ao sotaque e Flynn revira os olhos.

— É um prazer conhecê-lo também, Jasper. Ouvi muito a seu respeito.

— O que ele disse sobre mim? — Kristian pergunta. Ele tem cabelos escuros e olhos azuis penetrantes.

Tento desesperadamente pensar em algo.

— O Lamborghini.

— Sim. — Ele ri enquanto me abraça. — Ele o odeia.

— Não acho que ele mencionou ódio.

— Mencionei, sim — Flynn responder. — Agora tire as mãos da minha noiva.

— *Sua o quê?* — Jasper e Kristian dizem em uníssono.

— Vocês ouviram certo, garotos — Marlowe fala. — Agora os porcos vão começar a voar.

— Sinto muito — Jasper diz, cambaleando dramaticamente. — Preciso de um momento.

— Para com isso — Flynn fala rindo enquanto dá um empurrão de brincadeira no amigo.

A campainha toca de novo e Marlowe retorna com outro homem incrivelmente lindo. Este tem cabelo castanho e olhos dourados. Está usando um terno escuro que se encaixa em sua estrutura muscular como se tivesse sido cortado apenas para ele. Provavelmente foi.

— Emmett! — Jasper geme. — Você não vai acreditar. Nosso garoto, Flynn, está *noivo!*

Emmett para de repente a caminho da cozinha.

— O que você disse? Ele está *o quê*?

— Mostre a ele, Natalie — Kristian pede.

Levanto a aliança para Emmett ver.

Ele olha de perto para o anel, depois para Flynn e depois para a aliança novamente.

— Dê uma bebida para o pobre coitado, Mo — Jasper fala. — Ele ficou chocado e sem palavras.

— Você está noivo mesmo — Emmett fala.

— Estou mesmo. Emmett, conheça a minha noiva, Natalie Bryant. Natalie, nosso diretor jurídico, Emmett Burke.

Ele aperta minha mão.

— É muito bom te conhecer.

— Igualmente. Obrigada por toda sua ajuda esta semana.

— Acredite em mim, gostei de lidar com o cretino do David Rogers. Tornamos a vida dele um inferno e só estamos começando.

— Obrigada.

Addie chega com Ellie, a irmã de Flynn, e Hayden chega pouco depois, carregando sacolas de supermercado e outro engradado de doze cervejas.

— Você deixa um cara pegar sua casa de praia emprestada e como ele te agradece? Te dando trabalho.

— Tem sorte por termos decidido convidá-lo. — Flynn aperta a mão de Hayden.

— Temos grandes novidades — Jasper fala.

Hayden abre uma cerveja e bebe metade.

— Qual?

— Nosso garoto, Flynn? *Noivo*.

Hayden engasga com a cerveja, tossindo profusamente enquanto Jasper ri e bate em suas costas.

Não tenho ideia de como reagir a Hayden. Quando a tosse para, ele olha para Flynn por um momento longo e desconfortavelmente silencioso.

— Bem — ele finalmente fala — parece que devo parabenizá-los.

— Obrigado — Flynn diz com firmeza. Posso dizer que ele não está nada satisfeito com a reação do melhor amigo.

Como na primeira vez que o encontrei, não posso deixar de notar que Hayden é incrivelmente bonito de um jeito meio rude. Crio coragem para falar diretamente com ele.

— Hayden, gostaria de agradecer pelo seu apoio no Twitter esta semana. Significou muito para mim.

— Tudo bem. Todos nós estamos do seu lado nessa coisa. Ainda não consigo acreditar no que aconteceu.

— Nós também não, mas a manifestação de apoio tornou mais suportável.

— Fico feliz em ouvir isso.

— Como foi a entrevista com Carolyn? — Kristian pergunta.

— Foi boa — Flynn responde. — Natalie foi espontânea, e Carolyn fez todas as perguntas certas. Esperamos que isso acabe com a loucura.

Hayden ri.

— O que é tão engraçado? — Flynn pergunta.

— Espere até descobrirem que você está noivo. Você ainda não viu loucura.

— Não vão descobrir.

— O que você quer dizer?

— Vamos nos casar na noite de segunda em Vegas. No momento em que souberem, tudo já vai estar concretizado.

O anúncio é recebido com silêncio atordoado.

— Segunda — Marlowe fala depois de, pelo menos, um minuto. — Isso é daqui a dois dias.

— Sim.

— Qual é a pressa? — Hayden questiona.

Posso sentir a tensão de Flynn.

— Não tem pressa. É exatamente o que queremos. — Ele coloca o braço ao meu redor. — Onde estão aquelas enchiladas, Mo? Estou faminto.

Com isso, ele envia a mensagem de que terminou de falar sobre nossos planos.

Flynn

ESTOU FURIOSO COM HAYDEN. Não esperava que ele fosse pular de alegria com meu anúncio, mas, certamente, não esperava que ele me questionasse assim, na frente de Natalie. Horas depois, ainda estou irado. Estou com os caras do lado de fora, no deck, jogando pôquer e fumando os charutos cubanos que Kristian trouxe. As garotas estão rindo, conversando e bebendo. Estou de olho em Natalie, que parece estar se divertindo com meus amigos e minha irmã.

— Estou fora — diz Emmett, desistindo da partida.

Jasper joga as cartas na mesa.

— Eu também.

Kristian segue o exemplo.

— Eu também.

Hayden e eu permanecemos. Olho para ele, deixando a fúria dirigir meu desejo não só de vencê-lo no pôquer, mas de acabar com ele antes que a noite termine. Ele observa suas cartas por um longo tempo antes de deixá-las cair na mesa.

— Estou fora.

— Sério? — Embora ele tenha me dado uma vitória fácil, perguntar isso é tudo o que posso fazer para não pular na mesa e apertar seu pescoço.

Ele dá de ombros.

— Não estou com a cabeça no jogo. — Então, em um tom baixo, ele pergunta: — Que merda você está fazendo, Flynn?

— O que eu estou fazendo? Pensei que estava jogando pôquer.

— Você sabe do que estou falando. Você vai *se casar*? Com uma garota que conheceu há duas semanas? Que não sabe nada sobre o seu verdadeiro estilo de vida?

— Cale a boca, Hayden. O que faço não é da sua conta.

— Ah, é assim que vai ser agora? Entendo.

— Você não entende nada.

— Entendo que você está prestes a cometer um grande erro e não quer ouvir isso de ninguém.

— Tem razão. Não quero mesmo. — É tudo o que posso fazer para permanecer no meu lugar e não agir de acordo com meu desejo anterior de pular a mesa e acabar com ele.

Emmett limpa a garganta.

— Você tem algo a dizer? — pergunto a ele.

— Só estou pensando... e não fique chateado comigo também... mas você já considerou um acordo pré-nupcial?

— Não, não considerei. Eu a amo. Ela me ama. Isso não tem a ver com dinheiro.

— *Flynn...* — A única palavra de Jasper é cheia de algo que não quero ouvir.

— Você está realmente preparado para dar a ela metade do que batalhou tanto para ganhar quando isso acabar mal? — Hayden pergunta.

— *Quando* isso acabar mal? Poxa, obrigada pelo voto de confiança. Gostei mesmo disso.

— Sabe que ele só está cuidando de você — Kristian diz baixinho. — Todos nós estamos.

— Não preciso que ele cuide de mim. Nem que qualquer um de vocês faça isso. Acho que foi demais esperar um pouco de apoio dos meus amigos mais próximos.

— Isso é incrivelmente injusto — Hayden fala. — Sempre estivemos ao seu lado. Você sabe disso. Mas quando você *vira as costas* para tudo o que é e em que você acredita por causa de uma mulher, precisa nos perdoar se tocamos em algo fora dos limites.

— Não fiz isso — digo, mesmo que as palavras de Hayden provoquem um impacto direto nas minhas preocupações mais profundas no que diz respeito a mim e a Natalie.

— Você contou a ela sobre o Club Quantum? — ele pergunta.

Olho para a casa, onde posso ver Natalie com Marlowe, Addie e Ellie.

— Não há necessidade de contar. Vou sair do Clube.

O anúncio é recebido com um silêncio mortal.

— Tenho que ir — Hayden declara enquanto se levanta.

— Você bebeu, cara — Kristian diz. — Deveria passar a noite aqui.

— Não vou ficar.

— Então venha para a minha casa, mas não dirija de volta para a cidade.

— Tudo bem, mas quero ir embora. Agora. Ah, e Flynn, assim que você quiser voltar ao trabalho, seria bom ter a sua ajuda no filme que deveríamos terminar.

— Semana que vem — respondo de forma sucinta.

— Ótimo.

Jasper fica em pé.

— Peguei uma carona com o Kris, então acho que vou também. A noite foi ótima. Flynn, parabéns. Estou feliz por vocês dois.

— Obrigado.

Hayden entra na casa sem outra palavra para mim.

Os três se despedem, mas Emmett fica. A discussão com Hayden me deixou inquieto, não que eu esteja completamente surpreso com sua reação. Ele tem sido cauteloso com meu relacionamento com Natalie desde o primeiro minuto em que a conheci.

— Sabe que ele só está cuidando de você — Emmett diz após um longo silêncio.

— Gostaria que ele estivesse um pouco menos preocupado.

— Infelizmente, todos nós nos lembramos muito bem do que aconteceu no seu divórcio.

— Isso é diferente, Emmett. Eu já amo a Natalie mais do que amei a Val. Não é nada como aquilo.

— *Nada?* — Emmett pergunta com a sobrancelha arqueada. — O que te causou problemas com a Val não é algo que você possa ligar e desligar como um interruptor. É quem você é. Quem somos. Você tentou viver fora do nosso estilo de vida antes, com resultados desastrosos para você e a Val. Nenhum de nós quer ver você passar por aquilo de novo.

— Sei disso e agradeço a preocupação. Mas agora é diferente.

— Se você diz. Olha, Flynn, não é da minha conta. Nem do Hayden. Mas você é nosso amigo e nos preocupamos com você. É isso. Você nunca foi tolo, mas se casar com essa mulher – ou qualquer outra – sem proteger seus bens faz de você um tolo.

Ele tem razão. Sei que tem e se um dos meus amigos mais próximos estivesse pensando em se casar com uma mulher que conheceu há duas semanas sem um acordo pré-nupcial, estaria enlouquecendo por todos eles. Mas não posso imaginar abordar esse assunto com Natalie. Ela não está atrás do meu dinheiro. Sei disso no fundo do meu coração e essa é uma das razões pelas quais eu a amo tanto.

— Ela não se importa com o dinheiro, Em.

— Todo mundo se importa com dinheiro, Flynn. Especialmente pessoas que não têm nada.

Odeio essa conversa e o jeito que isso me faz sentir com um ardor inflamável.

— Há uma maneira de contornar isso, sabe? — Emmett fala de um jeito tímido.

— Qual?

— Abra uma conta com um valor considerável e faça com que ela assine um documento que determine que é tudo o que ela vai receber se o casamento acabar.

Estou balançando a cabeça antes que ele termine de falar.

— Não vou entrar neste casamento como se fosse um acordo de negócios. Isso seria desrespeitoso com ela e com o que somos um para o outro.

— Te entendo e vou até confessar que estou com inveja por você ter encontrado alguém com que se sinta assim. Mas como seu amigo e seu advogado, seria negligente da minha parte se eu não pedisse que você reconsiderasse.

— Agradeço sua preocupação, amizade e seu conselho legal.

— Mas mesmo assim você está mandando eu me foder, certo? — Ele pergunta com uma risada.

— Da maneira mais agradável possível.

— Justo. Fiz a minha parte. Se mudar de ideia, me ligue. Posso preparar algo para você de manhã.

— Não vou mudar de ideia.

— Então vou embora. — Ele se levanta, e eu aperto a mão que ele me oferece. — Obrigado pela noite ótima.

— Foi divertido. Exatamente o que a médica prescreveu depois da semana que tivemos.

— Sabe que te desejo tudo de bom, Flynn. Natalie parece uma ótima pessoa.

— Você não tem ideia de como ela é incrível. — Olho para ele. — Me mantenha informado sobre a situação com Rogers e a escola de Natalie.

— Pode deixar. Parabéns novamente.

— Obrigado.

Depois que ele sai, me sento por bastante tempo olhando para o mar escuro, onde uma meia-lua deixa uma trilha brilhante sobre a superfície. Meus amigos me deixaram com dúvidas que me deixam louco diante da certeza que sinto em relação a Natalie. Não estava mentindo quando disse que sei, do fundo do coração, que o nosso relacionamento não tem nada a ver com o meu dinheiro, fama, o fato de eu ser famoso ou qualquer outra das besteiras pelas quais as mulheres no passado se interessavam por mim.

Não, estar com Natalie diz respeito só a nós dois e o que encontramos juntos.

— O que está fazendo aqui sozinho? — ela pergunta quando sai para se juntar a mim.

— Apreciando a vista, que ficou exponencialmente melhor. Todos já foram?

— Sim, agradeceram pela noite divertida.

Estendo a mão para ela e a guio até meu colo. Quando ela está sentada em meus braços, seu cheiro familiar enche meus sentidos e sinto que posso respirar de novo. Nada com relação a isso pode estar errado. É a coisa mais *certa* que já encontrei na vida.

— Está tão quieto por quê?

— Nada demais.

— Se divertiu com seus amigos?

— Sim. E quanto a você?

— Adorei todos eles. São muito legais.

— Eles também te adoraram.

— Até o Hayden?

— Claro. Ele acha que você é ótima.

— Claro que acha. Ele saiu correndo daqui, me levando a pensar se vocês dois discutiram sobre nossos planos para segunda. E caso você esteja interessado, a Addie foi atrás dele.

Ela é incrivelmente astuta e perspicaz, o que é parte do porquê eu a amo tanto.

— Ele está um pouco preocupado com a pressa, mas não com você. Não tenha dúvidas de que conquistou a eterna admiração de todos em minha vida esta semana.

Ela apoia a cabeça no meu ombro.

— Preferiria muito mais ter ganhado do jeito antigo.

— E como seria isso?

— Ao te amar do jeito que você merece ser amado pelo resto da vida.

E isso, ali mesmo, é o motivo pelo qual não haverá nenhum acordo antes deste casamento.

— Sabe o que ainda não fizemos?

— O quê?

— Comemoramos nosso noivado do jeito certo.

— E como alguém comemora um noivado do jeito certo? Nunca fui noiva, então não faço ideia.

Com ela em meus braços, me levanto e sigo para dentro da casa.

— Venha comigo, amor, e vou te mostrar.

Natalie

Flynn me leva para dentro de casa, passa pela Fluff, que está enrolada em uma bola no sofá e entra direto no quarto do primeiro andar que estamos usando. Ele me coloca ao lado da cama.

— Fique nua, linda.

Tirando a própria camiseta, ele me observa tirar o short e o top.

Sua bermuda cai aos seus pés, e ele vem até mim.

— Espere, não terminei de ficar nua ainda.

— Vou fazer a parte boa por conta própria. — Rapidamente, ele tira meu sutiã e calcinha e depois se afasta para me admirar, o que faz meu corpo inteiro corar. — Humm, olha o que vou amar pelo resto da vida. A mulher mais sexy do mundo.

Não sei se eu iria tão longe, mas ele me faz sentir como se fosse verdade pelo jeito que me toca e acaricia até que eu esteja pronta para implorar que ele vá adiante.

Com as mãos nas minhas costelas, ele inclina a cabeça para beijar meu pescoço. Seus lábios são suaves, gentis e totalmente persuasivos. Eu daria o que ele quisesse, desde que não pare de me tocar. Ele me prometeu uma vida inteira de prazer, amor, risos e todas as coisas incríveis que encontramos juntos, e estou mais do que pronta para isso.

— Flynn...

— Humm?

— Só quero dizer... — É difícil falar quando ele mordisca o lóbulo da minha orelha e segura meus seios.

— O que você quer dizer, linda?

— Estou muito animada para me casar com você. Estar com você. Ter tudo com você.

— Eu também. Você me fez desejar coisas que falei que nunca mais ia querer.

— Quero te fazer feliz.

— Nunca estive mais feliz.

— Quero dizer aqui também. — Gesticulo para a cama e, em seguida, olho para ele para avaliar sua reação.

— Você sabe como colocar fogo em mim, linda.

— Me ensine algo novo. Algo que não fizemos antes.

Seu gemido baixo é seguido por um beijo devorador.

Envolvo meus braços ao redor do seu pescoço, pressionando o corpo no dele e abrindo a boca para sua língua. Suas mãos estão por toda parte, me acariciando em um frenesi de necessidade. Em seguida, ele me levanta com as mãos no meu traseiro.

Com as pernas enroladas em seus quadris e sua língua invadindo minha boca, perco toda a noção de tempo, espaço e qualquer coisa diferente do que está acontecendo aqui e agora com o amor da minha vida.

Ele interrompe o beijo, sua respiração está pesada e ofegante.

— Quer algo novo?

Concordo.

— Quero aprender tudo. Me ensine.

— Você está oficialmente me matando. Você é tão gostosa.

Eu deveria odiar quando ele é bruto, mas não. Amo isso. Amo tudo o que ele diz e faz.

Ele me senta na cama.

— Vire-se.

Eu me movo de um jeito tímido para virar as costas para ele.

— Assim?

— Aham. Agora coloque a bunda para frente e se deite de modo que sua cabeça esteja pendurada na cama.

Pensando que não consegui descobrir o que ele planejou, mudo para a posição que ele pediu.

Ele se inclina sobre mim para mordiscar meu mamilo.

Passo as mãos por suas pernas, precisando tocá-lo enquanto ele me deixa louca com o mordiscar lento e firme em meus mamilos.

— Abra a boca — ele fala com voz rouca.

Quando obedeço ao seu pedido, ele segura sua ereção e afunda devagar na minha boca aberta. Nesta posição, posso pegar mais dele do que antes.

— Calma, linda, seja gentil e vá com calma. Tome o máximo de mim que puder.

Meus lábios ardem ao redor do seu grande eixo. Eu o acaricio com a língua, fazendo-o ofegar.

— Caramba, sim, Nat... bem assim. Se precisar parar, dê um tapinha na minha perna. — Ele pega minha mão e a leva para a perna para demonstrar. — Assim. Desse jeito. Ok?

Acaricio sua perna para dizer que entendo. Estou tão envolvida em tentar tomar mais dele que mal percebo quando ele se inclina sobre mim, coloca as mãos sob minhas coxas e puxa minhas pernas abertas para cima. Só quando ele me abre com a língua, entendo suas intenções.

Como eu deveria me concentrar em respirar e levá-lo mais fundo na minha boca e garganta quando ele está fazendo isso comigo? Nossa, é incrível. Levanto os quadris, querendo mais. Seus dedos deslizam através da umidade entre minhas pernas, me acariciando e saindo quando começa a mover os quadris bem rápido, se retirando da minha boca e depois voltando.

Eu o ataco com a língua, o que o faz tremer. Então me inclino para tocar suas bolas e o sinto ficar mais duro e maior em minha boca.

Sua língua é implacável contra o meu clitóris, os dedos acariciam dentro e fora de mim. Em seguida, ele pressiona um deles contra a minha entrada de trás, exigindo entrar. Estou com uma sobrecarga sensorial, o orgasmo que está se formando se solta e me debato sob o peso dele. Meus gemidos contra seu pênis o fazem gemer.

Estou quase chegando ao clímax quando sinto o seu dedo totalmente encaixado em meu traseiro e sua língua acariciando meu clitóris.

Quando meu corpo finalmente para de se contrair, ele retira o dedo, fica em pé e desliza o pênis para fora da minha boca. Está brilhando por causa da minha saliva e tão duro que está de pé em frente ao seu umbigo quando ele pega um preservativo. Ainda estou estremecendo e latejando com os efeitos do meu gozo quando ele sobe na cama, me puxa em sua direção e me penetra, provocando outro orgasmo. Ele está muito duro e grande, meu corpo se esforça para acomodá-lo.

— Eu te amo muito, Nat. Demais. — Seu grunhido baixo contra meu ouvido é como uma corrente elétrica, cenário de uma nova onda de desejo que sinto em todas as partes do meu corpo. Foi embora o amante cauteloso e hesitante que tinha medo de me assustar. Em seu lugar, Flynn Godfrey está solto, e eu o amo desse jeito. Amo que o levei a isso pedindo por algo novo. Amo saber que ele é meu para sempre e ninguém mais o conhecerá como eu.

Ele penetra fundo em mim e congela, a cabeça jogada para trás e os olhos fechados.

— Nunca senti nada melhor do que isso, Nat. Nunca.

— Eu também.

— Você gosta disso? De verdade?

— Não posso ter o suficiente de você.

— Caramba, você me deixa louco quando diz coisas assim. — Ele se inclina sobre mim, leva meu mamilo em sua boca e baixa a mão até onde estamos unidos para acariciar meu clitóris.

E muito rapidamente, sinto a tensão começar a se construir novamente. Eu me contorço debaixo dele, tentando fazê-lo se mexer, mas ele não será persuadido.

— Flynn...

— O que foi, amor?

— Preciso que você se mova.

— Vou me mover.

— Agora.

Ele sorri quando me beija.

Puxo seu cabelo, esperando chamar sua atenção para que ele pare de me torturar, mas isso só parece deixá-lo mais duro dentro de mim. Gemendo, fecho os olhos e tento respirar, imaginando como é possível que ele consiga ficar maior do que já é. Sinto que estou completamente preenchida por ele.

— Não vou me mexer até você gozar de novo.

— Não sei se posso.

— Então vai ser uma noite longa.

— *Flynn...*

Ele empurra os quadris contra mim, desencadeando ondas de excitação que não atingem uma liberação completa

— Posso ficar aqui a noite toda.

— Me ajude. Me faça gozar.

Ele solta outro daqueles rosnados baixos que amo tanto.

— Adoro quando você fala sacanagem.

— Percebi. Você acabou de ficar ainda mais duro.

Enganchando os braços sob as minhas pernas, ele me abre mais e desliza mais profundamente. Então se inclina sobre mim e mordisca meu mamilo. Noto uma conexão direta entre o mamilo e o lugar onde estamos unidos. Explodo. Me sinto detonar completamente. Gozo com tanta força que grito do puro prazer que me atinge.

Ele solta minhas pernas e começa a se mover de novo, até que ele também goza. Entrando e saindo repetidamente até cair sobre mim, grande, pesado, suado e todo meu.

— Você acabou comigo — ele fala depois de um longo período de silêncio.

— Você me desmantelou.

— O que acha do sexo entre noivos?

— Estou com um pouco de medo do que o sexo entre casados pode implicar.

Ele levanta a cabeça e sorri para mim.

— Você vai descobrir em breve.

— Mal posso esperar.

10

Natalie

Bem cedo na manhã de segunda, Flynn me leva à cidade para a consulta. Disse a ele que estava nervosa demais com a consulta para dirigir e, felizmente, ele não me pressionou. Apesar da caneca de café que ele fez para mim, não consigo parar de bocejar. Dormimos muito tarde "comemorando" um pouco mais e, além disso, o alarme tocou muito cedo para que eu tivesse tempo para tomar banho e me preparar mentalmente para a consulta.

Passamos o dia anterior inteiro na cama, nos levantando só para tomar banho e comer antes de voltar para mais. Então, além de estar cansada, estou bastante dolorida também, o que me faz temer ainda mais a consulta. Não consigo nem pensar nos nossos planos empolgantes para mais tarde até que a ida ao médico seja concluída.

— Não precisa fazer isso se não quiser — ele fala. — Sei que isso é traumático e detesto a ideia de você fazer algo por mim que te deixa tão estressada.

— Não é só por você. É por mim também. Isso nos dará o tipo de liberdade que todos os recém-casados devem ter.

Ele se remexe em no banco como se estivesse desconfortável ou algo assim.

Olho para baixo e noto que ele está duro.

— Isso é tudo o que preciso fazer? — pergunto com uma risada.

— Tudo o que você precisa é me olhar e fico duro. Mas quando você fala sobre nossa liberdade sexual... bem, sou apenas humano.

— Estou surpresa por você não *tê-lo* esgotado completamente ontem.

— Ele é incrivelmente resiliente. Não se pode manter um bom homem para baixo.

Estou rindo loucamente enquanto estou envolta em preliminares verbais pela primeira vez na vida — e rapidamente percebo que estou lidando com um mestre.

Ele leva nossas mãos unidas aos lábios e mordisca meus dedos.

— Ontem foi muito divertido.

— Foi mesmo.

— Hoje à noite será ainda mais.

— Não posso imaginar mais.

Flynn não tem nada a dizer a esse respeito, o que me leva a imaginar o que ele está pensando. Sei que sou novata em coisas sexuais, mas mantive muito bem o ritmo até que, finalmente, adormeci por volta das quatro da manhã. Eu me preocupo em mantê-lo feliz na cama. Serei o suficiente para ele pelo resto de nossas vidas? Deus, espero que sim. Se ele me trair, vou morrer.

Meu estômago dói quando me lembro da história que ele me contou sobre a infidelidade de ambos os lados quando o seu casamento terminou. Mas ele disse que ter dado um gosto do próprio remédio para a ex-esposa não tinha sido seu melhor momento.

— O que está acontecendo aí?

Forço um sorriso para ele.

— Nada. Tensão pré-consulta.

— Tem certeza de que é tudo?

— Sim — digo o que ele precisa ouvir, mas as preocupações pesam e permanecem comigo quando entramos em um grande prédio de tijolos. A equipe do consultório nos cumprimenta com o maior profissionalismo, mesmo que olhem para Flynn como garotas famintas. Concordamos que era melhor tirar a aliança enquanto estivermos lá para que as notícias sobre nosso envolvimento não vazem antes de nos prepararmos para ir a público. Minha mão parece nua sem o lindo anel que coloquei dentro da bolsa.

Depois de preencher um formulário de histórico médico, ser pesada e ter minha pressão arterial aferida, sou levada a um consultório onde me pedem para me sentar. A médica virá em breve.

Me sento em uma das cadeiras e Flynn ao meu lado, segurando minha mão.

Felizmente, ela não nos faz aguardar muito. Com uma batida na porta, a médica entra na sala. Ela é mais jovem do que eu esperava: uma verdadeira garota do sul da Califórnia com cabelos loiros e olhos azuis.

— É um grande prazer conhecê-los — ela fala, apertando nossas mãos.

— Doutora — Flynn começa —, você e o resto do mundo sabem o que Natalie passou, mas você precisa estar ciente de que esta é a primeira vez que ela se consulta desde a noite que passou pelo exame de corpo de delito. Ela está extremamente nervosa e é por isso que me pediu para estar aqui.

— Claro, entendo completamente. Natalie, o que te traz aqui hoje, além do fato de que você está muito atrasada para um exame de rotina?

— Eu... estou interessada em um método anticoncepcional.

— Este é o seu primeiro relacionamento sexual?
Concordo.

— Sim.

— E vocês estão usando preservativo?

— Sim — ele fala por mim.

— Ótimo, bom saber. — Ela pergunta sobre meus períodos menstruais e se tive algum problema de saúde, o que, felizmente, não tive.
— Tudo bem, então. — Ela pega um avental em um armário e o coloca sobre a mesa. — Precisa tirar tudo, ok?

Embora eu já esteja tremendo, concordo, e ela se dirige para a porta.

— Estarei de volta em um minuto.

Por um longo tempo depois que ela sai da sala, olho para o avental, me lembrando da última vez que usei um daqueles quando era uma garota com a alma sofrida e traumatizada. A visão do avental me leva de volta àquela noite longínqua.

— Amor?

Quase me esqueço que ele está lá.

— A mesa, o avental... traz tudo de volta.

— Não vamos fazer isso, Nat. Pelo menos, não hoje.

— Não, quero acabar com isso. Vou ter que enfrentar essa situação uma hora ou outra se vamos ter bebês. — Eu me viro para ele. — Vamos ter bebês, não vamos?

Ele sorri com doçura para mim.

— Tantos quanto você quiser, linda.

Meu coração acelera com o jeito que ele me olha ao falar isso.

— Então acho que preciso superar minha fobia de médicos. — Alcanço a bainha do vestido que estou usando em decorrência da reunião da fundação que vamos participar depois.

— Me permita. — Começando com o vestido, ele remove a minha roupa um item de cada vez e, em seguida, envolve o avental de algodão em mim, amarrando-o na minha cintura. — Tem certeza de que me quer aqui para isso?

— Tenho, sim. Só espero que você ainda queira fazer amor comigo depois.

Ele coloca os braços ao meu redor e me puxa para perto, apoiando o queixo no topo da minha cabeça.

— Sempre vou querer fazer amor com você.

Ainda estamos lá quando a médica bate e entra na sala.

— Sente-se na mesa de exames, por favor. — Ela vai até a pia para lavar as mãos e se preparar para o exame.

Quando me sento, começo a tremer violentamente. Não tenho certeza se posso passar por isso.

— Sr. Godfrey, pode se sentar aqui. — Ela indica um banquinho que posiciona na cabeceira.

— Venha aqui, linda.

Deito em seus braços acolhedores e ele embala minha cabeça para que não possamos ver o que está acontecendo em outro lugar.

— Está tudo bem?

Respiro o cheiro sexy do seu perfume, que me acalma e me concentra.

— Sim.

A doutora é boa em me contar tudo o que fará antes de iniciar, começando com um exame de mamas que teria me deixado mortificada se Flynn não tivesse mantido a cabeça baixa, encostada na minha. Tenho a impressão de que ele não quer ver, assim como eu. A médica fala comigo sobre o autoexame das mamas e como é importante ser cuidadosa em relação à prevenção.

Eu a ouço, mas meus olhos estão bem fechados e estou disposta a passar por isso, querendo que acabe o mais rápido possível. Ela se acomoda entre as minhas pernas, baixa a ponta da mesa e guia meus pés nos estribos.

Flashbacks da última vez que meus pés estiveram em um daqueles voltam, roubando o ar dos meus pulmões. Estou chorando e nada aconteceu ainda.

— Calma, linda. — Flynn acaricia meu rosto e cabelo enquanto fala suavemente para mim.

— Podemos continuar? — a médica pergunta.

— Sim — falo. — Por favor.

Ela explica detalhadamente o procedimento do exame de Papanicolau e pergunta se não há problema em prosseguir.

— Não, tudo bem. — Fecho os olhos e cerro os dentes.

Flynn segura minha mão e sussurra sobre a diversão que teremos em Vegas, que estaremos casados a essa hora amanhã e o quanto ele me ama.

Estou dolorida de tanto ter feito amor ontem, então recuo quando o espéculo entra em mim, mas ela se move de forma rápida e eficiente para pegar as amostras. Acabou antes que eu pudesse ceder à histeria que está pairando logo abaixo da superfície.

— Como está, Natalie?

— Tudo bem — consigo dizer, embora meu queixo esteja trancado.

— Agora, vou inserir apenas dois dedos para examinar seu útero e ovários. — Como antes, ela é rápida, mas cuidadosa. — Tudo parece bem, Natalie. Pode se sentar agora.

Ainda estou tremendo, mas o alívio é profundo. Consegui. Passei por isso. Ela fala das minhas opções de métodos anticoncepcionais e depois que Flynn e eu discutimos, concordamos com a injeção que tem duração de três meses e que será totalmente eficaz em uma semana. A enfermeira entra na sala e me dá a injeção.

A médica me surpreende ao me entregar uma receita.

— Tome isso da próxima vez que precisar consultar um médico. Vai ajudar a te acalmar.

— Muito obrigada pela sua paciência.

— Disponha sempre. Espero que você saiba que é muito comum que sobreviventes de violência sexual tenham fobias médicas depois de resistirem ao ataque e ao exame de corpo de delito. Não é só você, querida. — Ela me entrega seu cartão de visita. — Por favor, ligue se houver algo que eu possa fazer por você. Meu número de celular está no verso. Ligue a qualquer hora.

— Muito obrigada.

— Sim, obrigado — Flynn fala. — Apreciamos sua sensibilidade.

— Foi um prazer conhecer vocês dois. — Ela começa a sair da sala, mas se vira em nossa direção. — O que te aconteceu esta semana, Natalie... esse tipo de coisa pode ser um gatilho que reabre velhas feridas. Se cuide bem e, por favor, ligue se eu puder ser de alguma ajuda.

— Pode deixar. Mais uma vez, obrigada.

— Leve todo o tempo que precisar aqui — ela fala antes de sair da sala, fechando a porta atrás de si.

Minhas mãos tremem tanto que tenho que confiar em Flynn para me ajudar a vestir minhas roupas. Ele trabalha com determinação silenciosa para me vestir. Passa o vestido pela minha cabeça e o ajusta até que esteja no lugar. Com uma mão em cada lado do meu corpo na mesa de exames, ele apoia a cabeça no meu ombro como se precisasse de um momento para se recompor.

Passo os dedos pelos seus cabelos.

— Sinto muito, Nat. Eu nunca deveria ter deixado você passar por essa situação.

— Em algum momento, eu teria que fazer isso.

— Mas não tinha que ser hoje.

— Estou feliz por ter vindo. Consegui enfrentar a primeira consulta e agora também estaremos protegidos.

Ele tira um pedaço de papel do bolso, desdobra e o entrega para mim.

— O que é isso?

— A prova de que não tenho qualquer doença. Meu médico enviou esta manhã. Fiz os exames em Nova York.

— Um *novo* começo para a nossa vida de casados.

— Sim, exatamente.

— Você disse que fez isso em Nova York, mas só me pediu em casamento ontem.

— Soube na terceira vez em que a vi que não havia como voltar atrás. Você foi feita para mim. — Ele baixa os joelhos para poder olhar diretamente nos meus olhos. — Você está bem? Eu entenderia se quisesse adiar nossos planos para hoje, porque não está se sentindo bem.

— Estou bem agora que acabou, e você não vai se livrar de se casar comigo hoje.

Ele solta um suspiro de alívio quando me abraça.

— Graças a Deus.

~

Flynn

Ver Natalie suportar esse exame foi a coisa mais torturante que já passei na vida. Não posso imaginar como deve ter sido para ela. Estamos a caminho dos escritórios da Quantum para uma reunião com o grupo que, em breve, irá formar a diretoria da minha fundação de combate à fome.

Depois da reação emocional de Natalie à consulta, pensei em adiar a reunião, mas era tarde demais para cancelar com tantas pessoas ocupadas que já estavam a caminho.

Ela fica quieta durante a ida para o escritório e não a pressiono para falar. Sei que ela está lidando com mais uma ferida reaberta, o que me faz querer socar as coisas novamente.

Levá-la ao escritório — de novo — me deixa inquieto diante dos segredos que escondemos no porão do edifício. Como em Nova York, nosso clube secreto de BDSM fica lá, não que Natalie saiba disso. Não é uma parte da minha vida que eu possa compartilhar com ela, então vou deixar isso no passado, onde é seu lugar.

Depois de testemunhar o trauma que o exame médico lhe causou, estou mais convencido de que meu estilo de vida nunca terá um papel importante em nosso relacionamento, então por que eu contaria a ela sobre isso? Ela não vai entender, a menos que experimente e, depois do que ela passou, de jeito nenhum vou levar domínio e submissão para nossa cama. Vou encontrar um jeito de viver sem essas coisas, porque viver sem ela não é uma opção.

Quando chegamos no último andar do prédio onde ficam os escritórios executivos, todos estão entusiasmados com as indicações ao Oscar. A recepcionista avisa que meus pais estão esperando na minha sala. Fico feliz em ter a chance de conversar com eles sobre nossos planos de casamento antes da reunião.

Entramos no escritório, onde meus pais estão tomando café e sentados juntos em um dos sofás, de mãos dadas. Pedi a eles e a minhas irmãs que participassem do conselho de diretores da fundação e todos ficaram entusiasmados em aceitar. Meus pais se levantam para nos cumprimentar. Os dois abraçam e beijam Natalie. Adoro a familiaridade deles com ela e a maneira como a receberam em nossa família. Ela precisa disso, e eles parecem saber.

— Estou feliz que vocês puderam chegar aqui um pouco mais cedo.

— Você disse que tinha novidades que não têm nada a ver com a reunião — meu pai fala com os olhos brilhando. — Isso sempre chama a nossa atenção.

Olho para Natalie antes de voltar meu olhar para eles.

— Natalie e eu vamos nos casar hoje à noite.

Raramente vi meus pais sem palavras, mas eles estão realmente chocados com o meu anúncio.

E então minha mãe começa a chorar e sei que tudo vai ficar bem.

— Essa é uma ótima notícia, meu filho — meu pai fala. — Parabéns a vocês dois.

— Sim — minha mãe acrescenta. —, estamos felizes por vocês.

Ao meu lado, sinto que Natalie relaxa um pouco quando fica claro que eles não se opõem às nossas novidades.

— Posso ver o anel de noivado, Natalie? — minha mãe pergunta.

— Decidimos que eu não deveria usá-lo esta manhã para que as notícias não sejam publicadas antes da hora. — Natalie tira a aliança da bolsa, a coloca de volta ao lugar e estende a mão para a minha mãe.

— É lindo. — Para mim, ela diz: — Muito bem, querido.

— Tudo graças a Hugh. Ele foi essencial.

— Onde vocês planejam se casar? — meu pai pergunta.

— Vamos para Vegas à noite.

— Isso é tão emocionante — minha mãe fala. — Natalie, sua cabeça deve estar girando.

— Da melhor maneira possível — ela diz, me olhando com um sorriso.

— Vamos dar uma festa — minha mãe declara. — Vamos fazer em nossa casa. Precisam nos deixar comemorar com vocês. Em algum momento. Nas próximas semanas.

Olho para Natalie, que parece satisfeita com a ideia.

— Claro, mãe, isso seria legal. Nada muito grandioso. Só a família. — No nosso caso, a família inclui algumas centenas dos nossos amigos mais próximos.

— Claro. — Ela bate palmas. — Eu tinha perdido a esperança de que você se casasse novamente, mas depois que nos conhecemos, Natalie, eu disse a Max: *o nosso menino vai se casar com aquela menina adorável.*

— E você sabe o quanto sua mãe gosta de estar certa.

— Gosto da minha capacidade de prever o futuro — ela responde.
— e eu prevejo que vocês dois serão muito felizes juntos. Bem-vinda à
nossa família, Natalie, e obrigada por fazer Flynn mais feliz do que já
o vimos.

— Ele me fez muito feliz também e obrigada pela recepção calorosa. Não posso te dizer o quanto significa para mim ser parte de uma
família novamente.

— Pode ser que você deseje momentos mais tranquilos depois de
passar mais tempo com os Godfrey — digo a ela.

— Não, não vou. Me mostrem o seu pior.

— Não vamos dizer às garotas que ela disse isso — minha mãe fala,
nos fazendo rir.

Conversamos com eles por mais alguns minutos até que um dos
administradores avisa que os outros já estão aqui para a reunião. Peço
que meus pais sigam e levo um minuto a sós com Natalie.

— Isso foi bom, hein? — pergunto a ela.

— Eles são maravilhosos. Nem piscaram com a novidade.

— Eles nunca fariam isso. Meus pais me conhecem e entendem
que, mais do que qualquer coisa, me conheço e sei o que eu quero. —
Mais uma vez, minha consciência ergue sua cabeça feia para me
lembrar do que estou renegando quando me casar com Natalie. —
Tudo bem esperarmos para contar a todos até depois do fato? Embora
confie na minha família e em meus amigos, eu odiaria que isso fosse
divulgado antes de estarmos preparados.

— Está tudo bem para mim. Como você achar melhor. Com
certeza, você sabe melhor do que eu como lidar com esse tipo de
anúncio.

— Queria dizer que vou te nomear presidente do conselho da
fundação durante a reunião.

Seu rosto fica paralisado com o choque.

— Vai fazer *o quê*?

— Quero que você supervisione a coisa toda. Todo mundo vai
responder a você.

— Você está falando sério?

— Muito.

— Mas não sei nada sobre administrar uma fundação.

— Nem eu. Vamos aprender juntos. Você sabe muito mais do que eu sobre o problema que esperamos resolver tendo trabalhado como professora. Você está mais qualificada do que eu jamais estarei para liderar esse esforço.

— Você anda envolvido com essa questão há anos, e ela terá o seu nome. Você deveria ser o presidente.

— Ela terá os *nossos* nomes e não estive tão envolvido com a questão quanto estarei agora.

— Nossos nomes?

— Vai se chamar Fundação Flynn e Natalie Godfrey.

— Flynn... não sei o que dizer. Sua fé em mim é...

— Encontrei a melhor pessoa possível para liderar este projeto que é tão especial e querida ao meu coração quanto você. Acho que você pode fazer uma diferença verdadeira, Nat. Mas se você não quiser, entendo totalmente.

— Eu adoraria tentar, desde que você saiba que posso atrapalhar as coisas antes de me adaptar.

— Você não vai atrapalhar nada. Temos uma excelente equipe aqui na Quantum que estará à sua disposição.

— E se...

— E se o quê?

Ela me olha com a expressão cheia de incerteza.

— Conseguir meu emprego em Nova York de volta?

— Acho que teremos uma decisão a tomar se isso acontecer. De qualquer maneira, quero que você se envolva na fundação e me sinto muito à vontade para colocá-la no comando e na folha de pagamento a partir de hoje. Mas só se for o que você também quer.

— Me sinto honrada pela sua fé em mim e adoraria tentar. Obrigada.

— Então vamos nos reunir com nosso novo conselho de diretores.

11

Natalie

Esse, com certeza, vai ser um dos dias mais surreais da minha vida. Estamos em outro avião particular em direção a Vegas enquanto o sol se põe no horizonte. Com Fluff dormindo no meu colo, estou aconchegada ao lado de Flynn no sofá.

Ele me deixou chocada ao me convidar para dirigir a fundação, mas uma vez que o choque passou, comecei a me sentir animada com o desafio. Saí da reunião com uma lista de tarefas de três páginas que me manterá ocupada durante o primeiro semestre do ano.

Tenho que dar crédito a Flynn por reconhecer que preciso de algo em que colocar minha energia desde que perdi o emprego. O trabalho que planejamos fazer para ajudar a alimentar crianças famintas é uma causa extremamente interessante que requer esse tipo de atenção.

Via isso em minha própria turma, a maioria de boas famílias com pais esforçados e, de tempos em tempos, algumas delas iam para a escola sem tomar café da manhã e sem dinheiro para o almoço.

Vê-los passar por esse tipo de constrangimento, do qual nenhuma criança deveria experimentar, partia o meu coração.

— No que está pensando, linda?

— Na minha lista de tarefas da reunião.

— Sabia que havia contratado a pessoa certa para este trabalho. Você já está envolvida.

— Então é um trabalho, é?

— Claro que é. Falei que ia te colocar na folha de pagamento da Quantum. E o seu primeiro ano de salário é o valor exato dos seus empréstimos estudantis mais cinquenta por cento.

O riso explode do meu peito, espontâneo e livre.

— Você é um bom empresário, Flynn Godfrey.

— Agradeço, linda. Estou feliz que você pense assim.

— Vou declinar seu generoso salário e *oferecer* meu tempo para a fundação. Sabe, meu futuro marido é *podre de rico*, então, tecnicamente, não *preciso* trabalhar.

— Ahhh, bem pensado, meu amor.

— Agradeço. — Amo cada segundo que passo na presença desse homem extraordinário. Não importa o que estamos fazendo, ele me faz mais feliz do que jamais sonhei ou desejei.

— Mas não é o que vai acontecer. Você vai fazer um trabalho e será paga. É assim que funciona. E falando do seu marido podre de rico...

— Provavelmente você quer que eu assine algo. Assino o que for preciso.

— Não, não quero que você assine nada.

— Flynn, fala sério. Qualquer um com metade do cérebro que você tem espera que a namorada de duas semanas assine um acordo pré-nupcial antes de se casarem.

— Bem, acho que tenho menos da metade de um cérebro, porque não haverá qualquer acordo pré-nupcial.

Ele é tão enfático que começo a questionar se já teve essa discussão com outra pessoa.

— É por isso que o Hayden foi embora daquele jeito na outra noite?

— De que jeito ele foi?

— Irritado. Presumi que tivesse algo a ver comigo, pois tenho esse efeito nele.

Flynn parece estar decidindo o quanto deseja falar.

— Seus amigos te disseram que você está sendo tolo por não ter um acordo pré-nupcial?

— Não sei se *tolo* foi a palavra que eles usaram.

Reviro os olhos para ele.

— A propósito, concordo com eles. Eu me sentiria mais confortável se houvesse algo que te protegesse. Só por segurança.

— Segurança de quê?

Olho para ele de um jeito que o permite saber que estou ciente que ele está tentando me enrolar.

— Não seja obtuso.

— Amo tanto o seu vocabulário, srta. Bryant e, só para sua informação, este casamento é para sempre, então me recuso a entrar nele fazendo planos para que acabe.

— Embora eu aprecie sua completa e absoluta fé em mim e em nós, seria prudente que você me pedisse para assinar algo que diga que não quero seu dinheiro. Só quero você.

— É exatamente por isso que você não vai assinar nada. Acredito quando você diz que só quer a mim. Você é a única mulher com quem já estive e que está comigo pelas razões certas. Tudo o que tenho é seu.

Meus olhos se enchem de lágrimas. Como isso pode estar realmente acontecendo?

— Eu te amo muito. Quem você é para o resto do mundo e o que você tem... nada disso importa para mim tanto quanto quem você é e o que me dá todos os dias, me amando.

Ele se inclina para me beijar.

Me aproximo para impedi-lo de fugir, o que perturba Fluff.

Ela solta um grunhido e um latido que nos faz rir mais uma vez.

Acariciando sua bochecha, falo:

— Morro de medo que ela morda esse rosto mundialmente famoso.

— Uma cicatriz ou duas acrescentaria algum charme.

— Você é perfeito exatamente do jeito que é.

Pouco tempo depois, aterrissamos em Vegas, onde somos recebidos por uma limusine que nos leva à cidade. Estou deslumbrada com a Strip, as luzes, a grandeza berrante e a energia palpável. Flynn, que esteve aqui um milhão de vezes, gosta de me observar ver tudo pela primeira vez.

Acabamos no Bellagio, onde somos recebidos por uma entrada especial e acompanhados por um elevador que nos leva diretamente a uma suíte palaciana com janelas do chão ao teto com vista para a Strip e as elaboradas fontes pelas quais o hotel é famoso. Vou até a janela para ver tudo.

Flynn se junta a mim e envolve os braços ao redor do meu corpo por trás.

— O que acha, linda?

— É incrível. Não sei para onde olhar primeiro, porque há muito para ver.

— Gostaria que fôssemos pessoas normais e que eu pudesse te levar para dar uma caminhada até as fontes ou te mostrar o cassino, onde você poderia tentar a sorte nas mesas.

Eu me viro para encará-lo.

— Não gostaria que fôssemos ninguém além de quem somos. Estou perfeitamente satisfeita com esta linda suíte e em ter você só para mim.

— Você vai me ter só depois de cuidar de uma coisinha.

— Que tipo de coisa? — pergunto com um sorriso tímido, embora eu saiba muito bem o que é.

A campainha toca.

— Não saia daí. — Ele me beija antes de atender uma porta que eu não havia notado.

Ainda estou olhando pela janela quando uma enxurrada de atividades atrás de mim é refletida no vidro. Me viro para encontrar quatro pessoas e uma arara de vestidos.

— O que é tudo isso?

— Não poderia te pedir para se casar sem um vestido fabuloso e, no mínimo, ter seu cabelo arrumado do jeito que você quiser. Ah, e flores. Elas estão subindo.

— Deixe-me adivinhar. Addie?

— Com uma ajudinha minha. — De repente, ele parece incerto de um jeito adorável. — Espero que esteja tudo bem.

Fico na ponta dos pés para beijá-lo.

— Está perfeito. Tudo a respeito disso está perfeito.

— Vou deixar você se preparar então. Te vejo em breve?

— Com certeza.

Uma hora depois, estou usando um lindo vestido de seda branca de um designer que nunca ouvi falar. Ele me serve como se tivesse sido feito especialmente para mim e foi por isso que o escolhi. Também é sexy de um jeito sutil, com um decote em V profundo que tenho certeza de que meu futuro marido vai apreciar. O corpete é enfeitado com cristais e pérolas, mas o resto é primorosamente simples, o que me convém perfeitamente.

Trouxe os brincos de diamantes e o colar que Flynn me deu antes do Globo de Ouro, e minhas mãos tremem levemente quando os coloco. Ainda estou com medo de perdê-los, mesmo que ele tenha me dito para não me preocupar. Estão assegurados. Ainda assim, eu morreria se perdesse as joias inestimáveis.

Escolhi usar meu cabelo solto porque faz mais o meu estilo do que um penteado preso jamais será. Meu cabelo está longo e ondulado, do jeito que mais gosto. Nunca me senti mais como "eu mesma", a minha nova e melhorada versão, que quando estou com Flynn, então quero estar bonita para ele hoje à noite.

Eu me pergunto sobre as pessoas que me ajudam a ficar pronta e que tipo de ameaças elas devem ter recebido para manterem nossos segredos. Espero que ninguém ceda à pressão para divulgar o que está acontecendo. Tenho certeza de que a equipe de Flynn tem um plano de como divulgar essa notícia para o mundo.

No entanto, não é isso que me preocupa agora. No momento, tudo em que consigo pensar é que estou prestes a me casar com o homem mais maravilhoso que já conheci e mal posso esperar para dedicar o resto da minha vida a ele.

Todos saem e dou uma última olhada no espelho antes de me

declarar pronta. Não tenho certeza se devo esperar no quarto ou sair para ver se Flynn está pronto também.

Uma batida suave na porta encerra meu questionamento. Meu estômago vibra de excitação quando atravesso o quarto para atender. Flynn está do outro lado, vestido em um terno preto sexy com uma gravata fina. Seu cabelo está bem penteado e está recém barbeado. Ele está absolutamente deslumbrante e o jeito que me olha me rouba o fôlego.

— Natalie... Deus, você está linda. Venha aqui e me deixe te ver. — Ele me pega pela mão e me leva para a enorme sala de estar que é maior do que todo o meu apartamento em Nova York. Ainda segurando minha mão, ele coloca a outra sobre o coração. — Sou o cara mais sortudo do mundo por ter te encontrado. E por você me amar...

— Te amo muito. Mal posso esperar para ser sua esposa.

— Então vamos tornar isso oficial, não é? — Ele me entrega um buquê de rosas brancas, *snapdragons* e outras flores que não reconheço. Em seguida, usa o telefone da sala e alguns minutos depois, a campainha toca novamente. Desta vez, ele recebe um homem de terno que faz gestos para a mulher que o acompanha para entrar primeiro. Os dois têm cabelos grisalhos e sorrisos calorosos e amigáveis.

— Natalie, este é o juiz Henry Gallagher e sua esposa, Teresa. Ele vai nos casar e servirão de nossas testemunhas.

Aperto suas mãos.

— Prazer em conhecê-los.

— Igualmente — ele responde. — Somos grandes fãs do seu trabalho, sr. Godfrey.

— Por favor, me chamem de Flynn.

— Preciso que assinem alguns documentos — o juiz Gallagher fala.

Cuidamos da papelada e decidimos ficar diante da lareira para a cerimônia. Quando Flynn segura minhas mãos e dá um sorriso, coloco as flores em uma mesa próxima e seguro as dele.

De repente, cai a minha ficha de que estamos realmente fazendo isso. Vamos nos casar e não estou nem um pouco nervosa. Isso porque sei, sem sombra de dúvida, que estou fazendo a coisa certa. O sorriso que se estende pelo rosto bonito de Flynn me faz saber que ele se sente da mesma maneira. Aperto suas mãos.

— Flynn e Natalie, vocês estão aqui esta noite para se casarem. Os dois estão fazendo esses votos por vontade própria?

— Sim — dizemos juntos.

Flynn aperta minhas mãos.

— Natalie, repita depois de mim.

Recito meus votos, ouço Flynn recitar os dele e ficar com os olhos marejados quando coloca uma aliança de platina que combina com a de noivado em meu dedo. Entro em pânico por um segundo quando percebo que não tenho uma para ele, mas é claro que isso também foi providenciado.

Ele pega uma aliança que combina com a minha e a coloca na minha mão com uma piscadela e um sorriso.

Quando a deslizo em seu dedo, a magnitude do que estamos fazendo parece me atingir de uma só vez, me deixando tonta e alegre. Faz muito tempo desde que senti algo que poderia ser descrito como alegria, mas de pé aqui, em uma luxuosa suíte em Las Vegas, me casando com o homem dos meus sonhos — caramba, com o homem dos sonhos de todas as garotas — sinto uma verdadeira alegria pela primeira vez em muito tempo.

Em seguida, ele me beija e o juiz nos declara marido e mulher. Sou a esposa de Flynn Godfrey.

Flynn pega seu telefone e pede para a sra. Gallagher tirar uma foto. Ela tira uma dúzia e depois pergunta se seria demais tirar uma dela com Flynn. Naturalmente, ele concorda e depois entrega um envelope a eles.

— É uma coisinha para agradecer pelo seu tempo.

Enquanto os dois estão indo embora, chegam dois garçons de smoking, um empurrando uma mesa que foi arrumada para dois e o outro carregando um balde de gelo contendo duas garrafas de champanhe. O mais velho fala:

— Quando quiser, sr. Godfrey.

— Nos dê dez minutos, por favor.

— Claro.

Eles saem, fechando a porta e me deixando sozinha com meu marido. Meu *marido*. Alguém me belisque, por favor. Ele envolve seus braços ao meu redor e encaixa o rosto no meu cabelo.

— Olá, sra. Godfrey.

Deslizo os braços por dentro do paletó para retribuir o abraço.

— Olá, sr. Godfrey.

— Como está sendo?

— Irreal. Surpreendente. Perfeito.

— Para mim também.

— Nunca vou me esquecer disso, Flynn. Nada disso. O turbilhão está sendo...

— Uma mudança de vida.

Aceno de acordo.

— Incrível. — É a minha palavra favorita para descrevê-lo e a nosso relacionamento.

Sem quebrar o contato visual intenso, ele me beija com suavidade. Posso dizer que ele está se segurando, porque tem outros planos antes de consumarmos este casamento.

— Temos algo a fazer.

— O quê?

Ele tira o celular do bolso.

— Me ajude a escolher a melhor. — Percorremos as fotos que a sra. Gallagher tirou.

— Essa.

— Está muito boa. — Ele digita uma mensagem de texto e envia para Liza com as palavras "luz verde".

— O que vai acontecer?

— Ela vai postar a foto com uma única frase dizendo: "Flynn Godfrey se casou com Natalie Bryant em Las Vegas hoje à noite". É tudo o que planejamos dizer sobre isso.

— Mas isso é tudo o que há para dizer.

— Ah, linda, há muito mais que eu poderia dizer, mas vou guardar tudo isso para você. Ninguém mais precisa saber.

— Tudo bem se eu enviar uma mensagem de texto para Leah e Aileen para que elas não saibam sobre isso no Twitter?

— Claro. Vou enviar a foto para o seu telefone.

Quando recebo a foto, envio uma rápida mensagem em grupo para minhas amigas em Nova York, que respondem imediatamente.

LEAH: *OOOOOQQQQUEEEEEE??? PQP! AH, MEU DEUS! Estou tão feliz por vocês! Vocês dois estão lindos — e felizes. Parabéns Nat. Não posso nem te dizer como estou feliz por você.*

Aileen: *Estou em lágrimas por duas pessoas maravilhosas que merecem uma vida de felicidade. Beijos meus, de Logan e Maddie.*

COMPARTILHO AS RESPOSTAS COM FLYNN.

— Você deveria contar para seus amigos e sua família.

— Tem razão. Devo mesmo. — Ele envia uma mensagem em grupo e seu telefone começa a soar freneticamente com as respostas.

Sua irmã, Aimee: *Nunca diga nunca! É isso aí! Bem-vinda à família, Natalie!*

Marlowe: *Fantástico! Parabéns, pessoal! Estou ansiosa para comemorarmos no SAG. Amo vocês!*

Kristian: *Parabéns! Ótima foto. Felicidade sempre.*

Sua irmã, Annie: *Puta merda! Você foi hackeado? Sequestrado por alienígenas? Abatido pelo amor? Estou feliz por você, mano. Bem-vinda à loucura da família Godfrey, Natalie!*

Emmett: *Mazel tov! Meus melhores desejos para uma vida longa e feliz juntos.*

Stella: *Parabéns, meus queridos. Emocionada e feliz por receber Natalie em nossa família. Papai e eu amamos vocês! Beijos.*

Jasper: *Muito bem, cara! Natalie, você está com um dos melhores. Tudo de bom sempre.*

Sua irmã, Ellie: *Bem-vinda à nossa família, Natalie! Qualquer um que possa suportar o Flynn em tempo integral tem meu respeito e admiração. Feliz por vocês dois! Amo vocês.*

Addie: *Emocionada e encantada por vocês. Aproveitem cada minuto!*

— Muito bom o conselho da Addie — digo. Nenhum de nós

menciona que o único que não respondeu foi seu amigo mais próximo, Hayden.

— Chega de telefone. — Ele desliga o seu e o joga em uma mesa. — Não sei você, mas estou morrendo de fome.

— Também estou um pouco.

Ele vai até a porta para deixar os garçons entrarem. Eles nos servem uma bela refeição que consiste em salada Caesar, camarão grelhado, carne tenra, aspargos e risoto de dar água na boca. Eles abrem o champanhe e enchem as taças de cristal.

Flynn levanta a sua em um brinde e toco minha na dele.

— Para minha esposa.

— Para o meu marido.

Ele se inclina para me beijar.

— Gosto do som disso.

— Eu também.

Tento de tudo, mesmo que meu estômago esteja nervoso e animado pela noite a nossa frente. Mal posso esperar para ficar completamente sozinha com ele, meu marido. Ver esse anel em seu dedo e reconhecer tudo o que ele representa é verdadeiramente emocionante.

— Gostou da sua aliança de casamento? — ele pergunta, sintonizado com meus pensamentos.

— Amei. É linda. Tudo está sendo maravilhoso. Não posso acreditar no que você e sua mágica Addie conseguiram fazer com dois dias de antecedência.

— Ela é boa no que faz.

— Tem seu dedo em tudo isso, Flynn. Aceite a sua parte do crédito.

— Vou aceitar só esse pouquinho. — Ele junta o polegar e o indicador. — Escolhi as alianças e disse sim ou não para um monte de vestidos, esperando que houvesse um que você gostasse.

— Adorei esse vestido. Não quero tirá-lo nunca mais.

Ele levanta uma sobrancelha.

— Vai tirar, sim. Muito em breve.

Eu rio da ameaça velada, mas brincalhona que ouço em seu tom.

— Obrigada pelo aviso.

Compartilhamos uma sobremesa de chocolate que é a coisa mais pecaminosa e deliciosa que já provei. Juntamente com o champanhe e os morangos que vieram com a sobremesa, estou na fronteira da sobrecarga sensorial. Quando terminamos de comer, os garçons voltam para retirar os pratos e depois a mesa, nos deixando com mais uma garrafa de champanhe em um novo balde de gelo.

— Precisamos de uma música — Flynn fala.

— Uma música?

— Para a nossa primeira dança como marido e mulher. Qual vai ser? A escolha é sua.

— Hummm, esta é uma decisão muito importante e não pode ser tomada sem cuidado. Qualquer música que escolhermos será a música que dançamos em nossa noite de núpcias.

— É por isso que deixei essa decisão para você.

— Estou sentindo uma tremenda pressão para acertar.

— Tenho fé em você, linda.

— Posso consultar minha biblioteca do iTunes?

— À vontade.

Enquanto percorro as músicas do celular, descartando uma após a outra como não sendo a certa para nós, ele acende as luzes.

— Que música seus pais dançaram no casamento deles? — pergunto.

— *Moon River*. Eles amam essa música.

— Essa é boa.

Ele olha por cima do meu ombro enquanto consulto minha lista de músicas.

— Espere, o que acha dessa? *Love, Laugh, Fuck — Amar, Rir, Transar*. Essa é boa.

— Não vamos escolher uma música de casamento com essa palavra.

Com os braços ao meu redor, ele pressiona sua ereção contra minhas costas.

— Por que não?

— Porque não vamos e pronto.

— Estraga prazeres.

— Talvez sim, mas você está preso a mim agora.

— Nunca fiquei tão feliz de estar preso a alguém na vida.

Sorrio para suas doces palavras. Os beijos que ele está deixando no meu pescoço provocam arrepios que cobrem todo o meu corpo.

— Não consigo me concentrar quando você está fazendo isso.

— Me desculpe — ele fala, mas não para.

— Que tal essa? — Seleciono *I Won't Give Up*, do Jason Mraz e toco para ele.

— Parece perfeita para nós diante de tudo.

— Então, temos uma vencedora?

— Temos, sim. — Ele pega meu telefone e o conecta ao sistema de som da suíte. Em seguida, se vira e estende a mão. — Me concede essa dança, sra. Godfrey?

— Absolutamente, sr. Godfrey. — Vou até ele e deixo que me envolva em seu amor. Minhas mãos encontram seu lugar dentro do seu casaco e encosto o rosto em seu peito.

— Flynn...

— O que, amor?

— Só quero que saiba que, pela primeira vez desde que tudo aconteceu comigo, sinto que encontrei meu caminho de volta para casa. O turbilhão dentro da minha cabeça finalmente parou, e estou... calma, em paz. E é tudo por sua causa e pelo que encontramos juntos.

— Nat... não há nada que você poderia dizer que me faria mais feliz, especialmente diante de tudo o que aconteceu desde que você me conheceu.

— Sinto alívio em não ter mais nada a esconder, então, embora eu não quisesse que acontecesse do jeito que foi, estou feliz por não haver segredos entre nós.

Ele aperta seus braços ao meu redor enquanto nos balançamos com a música.

— Não vou desistir de nós, Nat. Nunca. Não importa o que aconteça.

— Nem eu.

Flynn

Morro por dentro quando Nat diz que não há segredos entre nós. Guardei um segredo enorme, algo que poderia tê-la feito mudar de ideia sobre se casar comigo caso soubesse da verdade. Digo a mim mesmo que não importa, porque deixei isso no passado para me concentrar no meu futuro com ela.

Ela é a única coisa que importa agora. Nem meu passado nem o dela têm qualquer influência sobre o futuro que construiremos juntos. Fiz minhas escolhes e vou dar o meu melhor para fazer esse casamento dar certo.

Ela está quente, suave e relaxada em meus braços quando a música chega ao fim e outra começa. Não quero que esse momento — da nossa primeira dança como casal — termine. Pode ser a primeira vez, mas não será a última. Temos um mundo à nossa frente e me recuso a passar parte desta noite pensando no passado.

Me aninhando em seu cabelo sedoso, concentro a atenção na longa base do seu pescoço, beijando-a até sentir que ela começa a estremecer em meus braços. Amo o jeito que ela responde a mim. Até mesmo a mais inocente das carícias recebe uma reação sua. Amo o fato de que mais ninguém, além de mim, possa tocá-la. Adoro que ela tenha confiado em mim para ser o primeiro homem a tocá-la depois de ter sido tão brutalmente atacada quando adolescente.

Ela me deu um presente de valor inestimável e durante todos os dias da minha vida, vou tentar ser digno dela. Suas mãos envolvem meu pescoço, e ela me observa com os olhos repletos de amor, confiança e desejo. Tentei ser paciente esta noite para proporcionar romance e lembranças que irão durar a vida toda, mas agora eu a quero com um desespero que não pode ser contido.

— Natalie...

— Humm?

— Quero fazer amor com a minha esposa.

— Sua esposa aprova esse plano.

— Te amo muito.

— Também te amo.

Com as mãos em seu rosto, eu a beijo suavemente e com reverência. Antes que as coisas saiam de controle, eu a pego pela mão e a conduzo ao quarto, que foi transformado pela equipe do hotel enquanto comíamos. O cômodo está banhado pela luz das velas e a cama, coberta de pétalas de rosas vermelhas. Há mais uma garrafa de champanhe em um balde de gelo sobre uma mesa.

— Uau — ela fala com um suspiro. — Você pensou em tudo.

— É por isso que eu queria vir para cá. Ninguém faz esse tipo de coisa como em Vegas.

— Estou vendo. — Ela mordisca o lábio inferior, o que me diz que está preocupada com algo.

— O que está pensando?

— Eu não trouxe nada de especial para vestir hoje à noite. Realmente não tenho nada que...

Eu a beijo de novo, porque não suporto vê-la preocupada com qualquer coisa.

— Natalie, amor, tudo que preciso é você. Posso ajudá-la a tirar seu vestido?

— Sim, por favor. — Ela empurra o cabelo para a frente do corpo, deixando as costas nuas para o meu olhar faminto. O zíper está escondido por uma fileira de botões que, felizmente, são apenas decorativos. Se tivesse que perder tempo para desabotoar uma centena de pequenos botões, perderia a cabeça. Puxo o zíper para baixo e o vestido se abre para revelar a curva sedutora das suas costas. Como ela não usa sutiã, o vestido escorrega dos ombros e dos braços, deixando-a coberta só da cintura para baixo.

— Qual é o truque para tirá-lo?

Ela sorri para mim por cima do ombro e balança os quadris, deixando o vestido cair. É quando vejo que ela está usando uma calcinha de seda branca, ligas e meias 7/8.

— Preciso que você se vire. Imediatamente.

Ainda usando os saltos agulha, ela se vira com as mãos nos quadris. Seus seios se projetam orgulhosamente e meu coração para por um breve segundo.

— Puta merda. Você quase me provocou um ataque cardíaco. E ainda disse que não trouxe nada para vestir.

Seu sorriso é tímido e cheio de satisfação.

— Eu menti.

Apoio as mãos em suas costelas, tentando controlar a enorme necessidade de jogá-la na cama e tomar o que quero com ferocidade.

— De onde veio isso?

— Foi uma das várias escolhas que vieram com os vestidos. Sua assistente não faz nada pela metade.

— Deus, eu a amo.

Natalie joga a cabeça para trás para rir e eu aproveito a oportunidade para segurar seu seio e sugar o mamilo. Meu dominador interior paira no fio da navalha, querendo se libertar e pegar o que é meu. Quero possuí-la, dominá-la, comandá-la. Quero cada parte sua e que ela se renda a mim de todas as formas possíveis.

Mas mais do que tudo isso, quero que ela nunca sinta medo de mim, então reprimo minhas inclinações naturais e lhe dou a suavidade, a doçura e o amor que ela precisa e merece.

Ela é uma participante mais do que disposta, tirando o paletó dos meus ombros, a gravata e atacando os botões da minha camisa sem perder um segundo do beijo intenso. Suas mãos se apoiam contra o meu peito nu, aumentando o desespero por mais. Nos movemos juntos, as mãos se encontrando quando nós dois alcançamos o fecho da minha calça ao mesmo tempo.

A peça cai no chão. Tiro a camisa e praticamente rasgo a manga quando uma das abotoaduras se recusa a cooperar.

— Merda do caralho — murmuro, fazendo-a rir.

— Permita-me. — Ela segura meu braço, libera o punho da camisa com gentileza e coloca as abotoaduras na minha mão.

Só porque eram do meu avô, as coloco na mesa de cabeceira antes de voltar minha atenção para minha esposa linda e sexy.

— Quero uma foto sua assim.

— Uma foto de verdade?

— Sim. Posso?

— Não sei...

— Seria só para nós. Nunca compartilharia uma foto sua com ninguém... — Já havia compartilhado mulheres no passado, mas ela, não. De jeito nenhum eu aguentaria ver as mãos de outro homem nela.

— Tudo bem... — Ela está hesitante, mas posso ver que o pedido a excitou. Seus olhos ficaram muito brilhantes e suas bochechas estão coradas. Até os seios estão rosados com o calor.

— Fique aí. — Corro para o outro cômodo para pegar meu telefone, ligando-o enquanto retorno para onde a deixei.

— Como você me quer?

Solto um gemido alto.

— Porra, linda, você deveria pensar duas vezes antes de me fazer uma pergunta tão importante.

— Por quê? — A inocência, a doçura irresistível... ela me destrói e depois me reconstrói a cada instante.

— Há muitas maneiras que eu poderia te ter.

— Vai me falar sobre elas? Todas?

Engulo em seco, tentando manter o controle.

— Temos o resto das nossas vidas para tentar de tudo vária vezes se quisermos. Por agora, mova o cabelo para a frente para que os mamilos apareçam de forma furtiva e coloque as mãos nos quadris. Faça uma pose.

Estou duro como concreto enquanto tiro algumas fotos.

— Agora, junte o cabelo com as mãos e o segure no alto da cabeça. Porra, isso é sexy. Bem desse jeito. Ah, caramba, Nat. — Jogo o telefone de lado e a levo comigo para a cama, nossos lábios e línguas se unindo em um beijo urgente que conduz minha necessidade tão profundamente na zona vermelha, que não consigo pensar em nada além de estar dentro dela. Agora mesmo.

Puta que pariu. Nunca vou sobreviver a isso.

Natalie

NUNCA O VI ASSIM ANTES. Seu beijo é tão feroz, tão fora de controle que tudo o que posso fazer é seguir em frente com ele. Sua língua está em toda parte, provocando, me tentando e me fazendo querer implorar por qualquer coisa que venha a seguir. Quero que ele me toque, me tome e me faça dele.

Nunca quis nada como eu o quero dentro de mim agora mesmo.

— Flynn — murmuro quando ele, finalmente, se afasta para tomar fôlego.

— O que foi, amor? Fale comigo.

É tudo que posso fazer para respirar quando ele ataca o meu pescoço, encontrando o ponto que eu não sabia que me deixava louca até que ele o descobrisse.

— Quero você agora.

— Estou aqui.

Não levei muito tempo para me tornar corajosa no que diz respeito a ele, então passo as mãos pela frente do seu corpo, tiro a boxer do caminho em minha busca para chegar onde quero. Quando envolvo a mão ao redor da sua grossa ereção, ele geme. Eu o acaricio do jeito que ele me ensinou, com firmeza.

— É isso que eu quero. Faça amor comigo. Por favor, Flynn. Agora mesmo.

Ele, literalmente, arranca a calcinha do meu corpo em um movimento que me deixa deslumbrada pelo poder absoluto do seu desejo.

— Não quero te machucar. Me avise se doer.

— Não vai. — Nem me importo se isso acontecer.

Ele segura sua ereção, coloca um preservativo e entra em mim em um impulso profundo que me faz gritar com o impacto, o prazer e o calor que se juntam no ponto onde estamos unidos e sinto a vibração por todas as partes do meu corpo. Posso senti-lo tremer pelo esforço necessário para permanecer completamente imóvel até que esteja certo de que estou pronta para mais.

— Nunca senti nada melhor que isso, Natalie.

— Se mova, Flynn. Por favor...

Ele não precisa que eu peça duas vezes. Ficando de joelhos, ele começa devagar, me penetrando profundamente e, em seguida sai, se retirando para me penetrar de novo, sem parar.

Ergo os braços, buscando por algo em que me segurar enquanto ele me leva na mais louca corrida da minha vida.

Em seguida, ele está sobre mim, segurando minhas mãos para uni-las enquanto sua outra mão agarra meu traseiro, me mantendo no lugar para sua posse feroz. Quando percebo que não posso mexer as mãos ou qualquer outra parte do meu corpo, começo a sentir uma leve pontada de pânico.

Ele está me beijando enquanto faz amor comigo e, de repente, não consigo respirar. Não posso me mexer. Não posso fazer isso. Viro a cabeça para a esquerda, interrompendo o beijo e solto um grito quando as memórias voltam para me lembrar que, embora eu possa estar determinada a superar meu passado, mais cedo ou mais tarde, ele me alcança.

Luto com ele como um animal selvagem, me debatendo, chutando e gritando.

Ele para imediatamente, me solta e se afasta.

— Natalie.

Estou histérica, gritando, chorando e lutando contra os demônios, com tudo que tenho dentro de mim. No fundo da minha mente, ouço Fluff ficando histérica também, latindo e rosnando.

— Meu amor, meu Deus, sou eu, baby. Por favor... Natalie. Sou eu e amo você mais que tudo.

Suas palavras permeiam a histeria, e eu esvazio como um balão preso a um alfinete. Fluff aparece ao meu lado, lambendo meu rosto e oferecendo seu próprio tipo de conforto.

Bom Deus, perdi totalmente a cabeça enquanto fazia amor com meu marido pela primeira vez. Os soluços sacodem meu corpo, e tenho medo de abrir os olhos para ver como ele deve estar encarando essa mulher arrasada e traumatizada com quem ele se acorrentou por toda a vida.

— Natalie... — Ele coloca a mão no meu abdômen ofegante.

Eu recuo e Fluff rosna, mas Flynn não remove a mão.

— Linda, olha para mim. Abra os olhos.

Balanço a cabeça. Não posso. Nunca mais vou poder olhar para ele depois de arruinar o que deveria ter sido o momento mais especial das nossas vidas.

Ele substitui a mão por seus lábios, beijando minha barriga, meus quadris, entre meus seios, meu pescoço, meu queixo, meu rosto e, finalmente, meus lábios. Cada beijo é como um curativo na ferida que carrego comigo. Cada beijo é de amor e devoção e não tem nada a ver com o que aconteceu comigo há muito tempo.

Digo isso a mim mesma, mas será que ele vai me perdoar por perder o controle enquanto ele estava dentro de mim? Será que ele vai voltar a me tocar sem pensar no que pode acontecer se ele fizer um movimento errado?

— Foram as mãos — digo a ele, mantendo os olhos fechados.

— Segurei suas mãos e isso desencadeou uma lembrança?

Eu concordo.

— Sinto muito. — As lágrimas deslizam pelos meus olhos fechados e deixam marcas quentes enquanto deslizam pelo meu rosto.

Ele as beija e acaricia meu cabelo, meu rosto, meu corpo, o que me suaviza e me acalma.

— Posso te abraçar?

Eu me viro em seus braços e o abraço com força enquanto soluços sacodem meu corpo. Que outras lembranças reprimidas estão esperando para ressurgir e me lembrar de todas as maneiras como estou traumatizada? Como meu amado marido saberá se o que está prestes a fazer é a coisa errada?

— Sinto muito.

— Não se desculpe comigo, Natalie.

Seu tom agudo me faz choramingar como o animal ferido que sou.

— Sinto muito — ele diz em um tom mais suave. — Não quis dizer isso de forma tão dura. Você é perfeita do jeito que é e se isso continuar pelo resto das nossas vidas, descobriremos o que funciona – ou não – para nós. Não importa o que aconteça, nunca vou te culpar por nada disso. Nunca.

— Odeio ter arruinado a nossa noite de núpcias.

— Você não estragou nada. Nossa noite de núpcias está longe de terminar. Está apenas começando.

Ele me abraça por bastante tempo, fazendo círculos suaves nas minhas costas e beijando minha testa várias vezes até eu começar a relaxar.

— Está se sentindo melhor?

Eu concordo.

— Você está bem?

— Estou ótimo só por estar aqui com você.

— Você acha que... nós poderíamos... podemos...

— O que, amor?

— Podemos tentar de novo?

— Não precisamos. Temos todo o tempo do mundo.

— Sei que não precisamos, mas quero. Se você estiver disposto. Não te culpo se não estiver.

Ele se apoia em um cotovelo e olha para mim.

— Estou sempre disposto a fazer amor com você. Nunca haverá

um momento em que eu não te queira, Natalie. Mas você é livre para dizer não.

— Estou dizendo sim. Estou dizendo sim para tudo.

— Vamos fazer isso de forma calma e suave. — Ele me beija. — Mas precisamos de uma palavra, algo que você vai falar se algo for demais ou te assustar. Precisa ser uma palavra que nós dois saibamos que significa parar. Não importa o que esteja acontecendo, se você disser essa palavra, tudo para.

— Certo.

— Qual palavra você quer usar?

Finalmente abro os olhos, olho para o seu rosto sério e preocupado e ofereço um leve sorriso.

— Que tal Fluff? — Minha cachorrinha solta um latido quando ouve seu nome.

Ele sorri para mim.

— Perfeito.

Me aconchego a ele.

— Eu te amo. Nada que você possa fazer jamais estará errado. Não é culpa sua. Por favor, me diga que você sabe disso.

— Sim. Eu sei.

— Amei o jeito que estávamos antes.

— Como estávamos?

— Selvagens e desinibidos. Quero ser essa pessoa. Quero ser assim com você.

— Vamos chegar lá.

Deslizo um dedo sobre a pulsação em sua bochecha, o que me deixa saber o quanto isso é difícil para ele.

— Fazer amor comigo é como brincar com dinamite sem saber onde está o fusível.

— Fazer amor com você é a coisa mais próxima do paraíso que já experimentei na vida, Natalie. Não há nada que possa acontecer que mudaria isso.

— Podemos tentar de novo?

— Só se formos devagar dessa vez. Vamos guardar o "selvagens e desinibidos" para outro dia.

Fluff solta um ronco que nos faz rir e vejo a tensão deixar o corpo de Flynn em um profundo suspiro. Ele recomeça com beijos profundos, suaves e pouco exigentes que fazem minha cabeça girar. Meu corpo desperta com um beijo de cada vez.

Ele não tem pressa quando um beijo se torna dois e dois se tornam três. Seu toque é mais cuidadoso do que antes. Posso senti-lo se segurar e sofro em saber o quanto está custando a ele me dar o que preciso. Ele me mostrou mais cedo o que realmente quer, e eu me assustei.

— Posso te *ouvir* pensando.

— Não consigo evitar.

— Shhh. Apenas relaxe e não se preocupe com nada. Está tudo bem. Somos só nós dois aqui, Nat. Mais ninguém. Eu te amo mais a cada minuto que passa. Te quero de qualquer jeito que eu possa te ter. Você é absolutamente perfeita para mim. Não mudaria nada, exceto tirar qualquer dor que você já experimentou e substituí-la por belas e novas lembranças. — Enquanto fala, ele está beijando meu rosto e retornando aos meus lábios com breves carícias antes de passar para o meu pescoço. e peito.

— Você é a única que desejo, a única que vou querer. — Ele cobre meus seios e passa a língua sobre os mamilos, o que afasta cada pensamento meu que não está relacionado com o prazer sublime que tenho encontrado em seus braços. Muito antes de eu ter tido o suficiente, ele segue em frente, deixando um caminho de beijos sobre minhas costelas e barriga antes de se mover para baixo. — Tão suave e tão doce. Amo seu cheiro e seu sabor. Eu poderia morrer feliz aqui mesmo. — Ele esfrega os pelos entre as minhas pernas, acariciando de forma hesitante com a língua na minha área mais sensível antes de descer para passar as mãos sobre as meias de seda que cobrem minhas pernas.

Estou mergulhada em um mar de sensações Suas palavras, beijos e carícias suaves iniciam uma nova onda de desejo entre as minhas pernas. Eu o quero lá, mas ele não está com pressa.

— Tão gostosa e tão sexy. Minha esposa é linda. Todos os homens do mundo irão invejar a mulher com quem durmo todas as noites. —

Seus lábios encontram um ponto na parte de trás do meu joelho que me faz gemer. — Vão te olhar e desejar ter a mesma sorte que eu. — Minhas pernas acabam apoiadas em seus ombros largos. Suas mãos estão apoiadas contra a parte interna das coxas e sua cabeça está curvada acima de mim. — Nunca provei uma boceta mais doce — ele sussurra antes de inclinar a cabeça e me abrir para sua língua. Mantendo as coisas lentas e pouco exigente, ele me leva ao limite da insanidade, me beijando em todos os lugares, menos onde mais preciso dele.

Seguro um punhado do seu cabelo para direcioná-lo, mas ele resiste.

Ele ri.

— Está tentando assumir o meu show?

— Só estou tentando seguir em frente.

— É isso que você quer? — Ele suga meu clitóris e passa a língua para trás e para frente enquanto penetra os dedos dentro de mim. A combinação provoca um orgasmo que me atinge devagar em ondas lentas, uma após a outra, até Flynn tirar os dedos de dentro de mim com cuidado.

Me aconchego a ele. Preciso que ele me abrace, e ele entende. Flynn pega outro preservativo antes de se aproximar de mim, me beijando com os lábios que têm meu gosto, mas me permite sentir o dele. Flynn está mais insistente agora, sua língua exigindo entrar enquanto se acomoda entre as minhas pernas, sua ereção pulsando contra mim.

Com minhas mãos nas suas costas, arqueio os quadris, pedindo que ele me tome e me faça sua. Ele ainda está me beijando quando começa a entrar em mim, devagar e com muito mais paciência do que eu depois dessa sedução lenta.

— Calma, baby — ele sussurra. — Lenta e suavemente.

Percebo que vai levar muito tempo até que eu veja Flynn agir com intensidade ou paixão de novo e isso me entristece profundamente. Amo quando ele é delicado, mas também amo o outro jeito.

Ele me conduz em passos lentos, me observando com atenção em busca de quaisquer sinais de angústia.

— Você é tão gostosa, linda. Tão quente, apertada e molhada. — Ele inclina a cabeça para trás. — Ah, caramba, você ficou ainda mais molhada. Adoro isso.

— Adoro quando você fala enquanto fazemos amor.

— Gosta quando falo sacanagem para você?

— Adoro tudo isso.

Ele movimenta os quadris e enfim está totalmente dentro de mim, latejante e quente enquanto meu corpo se adapta ao seu tamanho.

— Todos os homens são tão grandes quanto você? Lá em baixo?

— *Puta merda* — ele grunhe e juro que ele fica ainda maior. — Você sabe como deixar um cara excitado, baby.

— É você quem sabe como me deixar assim.

— Está bom?

— Está incrível. E apertado. Muito, muito apertado.

— Nos encaixamos perfeitamente. — Ele sai um pouco de dentro de mim antes de me penetrar de novo. — Estou bem no limite. Tudo bem se eu me mexer um pouco?

— Faça isso, *por favor*.

— Quero que você mantenha os olhos abertos e fixos em mim, tá?

Mordo o lábio e concordo. A parte interna das minhas coxas está tremendo com a pressão de manter as pernas afastadas.

— Qual é a sua palavra segura?

— Fluff.

O cachorro solta um bufo indignado e começa a roncar novamente.

Flynn sorri para mim.

— Estou surpreso que ela esteja permitindo esse comportamento escandaloso em sua cama.

Estou à beira de uma resposta espirituosa quando ele começa a se mover mais rápido. Ele está apoiado nas mãos, me observando atentamente enquanto seus quadris se movimentam cada vez com mais urgência dentro e fora de mim. Isso é muito bom. Meus olhos querem fechar, mas eu os mantenho abertos e fixos nele para que não haja risco de pânico.

Me movo com ele, pegando seu ritmo e experimentando um profundo sentimento de pertencimento.

— Vou afastar o olhar, linda. Mas me pare se não se sentir bem, tá?

— Tudo bem — digo com um longo suspiro.

Sua mão direita o apoia enquanto ele se curva para capturar meu mamilo direito, e sua mão esquerda alcança o local onde estamos unidos, me tocando exatamente onde preciso. Estou no limite do clímax quando ele mordisca o mamilo e pressiona o clitóris, provocando meu orgasmo e o dele.

— Caramba — ele fala quando goza, capturando meus lábios em um beijo profundo.

Ele beija entre meus seios e sua testa descansa contra o meu peito.

Passo os dedos nos cabelos umedecidos de suor, massageando seu couro cabeludo, o que o faz suspirar com o que parece ser satisfação. Espero que seja.

Vou fazê-lo feliz. Não importa o que eu tenha que fazer, vou conseguir fazê-lo feliz. Apesar da determinação, uma pontada de dúvida começa a tomar conta. E se eu não puder fazer isso? E se eu simplesmente não puder ser o que ele precisa?

13

Flynn

Seu ataque de pânico me deixou arrasado. Não quero ter medo de tocá-la, mas tenho. Estou com medo de fazer algo que desencadeie esse medo de volta aos seus olhos. Espero nunca mais ver isso. É como navegar em um campo minado, sem saber o que irá provocar o pânico.

Seu medo foi muito forte e assustador. O meu ficou em silêncio, mas não menos aterrorizante.

Meu principal pensamento é agradecer a Deus por não me entregar à culpa e contar a ela a respeito do clube. Isso teria sido um erro fatal. Ela nunca teria se casado comigo se soubesse disso.

Quando meu coração acelerado, finalmente, retorna a uma batida normal, eu a beijo e me retiro para ir ao banheiro pegar uma toalha. Uso uma em mim e volto para a cama com uma para ela.

Ela se inclina na minha direção e apoia a mão na minha barriga.

— Obrigada pelo que você fez.

— O que eu fiz?

— Você me deu exatamente o que eu precisava naquele momento. A maioria dos caras correria chamando um advogado depois daquele show que eu fiz.

— Não sou como a maioria dos caras, linda e nunca vou te deixar. Nunca.

— Não te culpo se isso for demais para você.

Me dói saber que ela está preocupada comigo.

— Vou fazer de conta que você não falou isso. Eu sabia exatamente o que estava recebendo quando disse "sim" e nada mudou desde então, exceto que agora você não pode conseguir uma anulação.

Sinto seus lábios pressionados contra o meu peito.

— Essa é a última coisa que quero.

— É a última coisa que eu quero também. — Eu a abraço mais forte. — Tenho tudo o que quero bem aqui.

Gostaria de descobrir o que fazer sobre o meu medo de desencadear outro *flashback* nela. Prefiro morrer a fazer qualquer coisa que lhe cause dor e vai demorar muito tempo até que eu me esqueça do olhar aterrorizado em seu rosto, os gritos, o choro...

Foi insuportável.

Horas depois, finalmente caio em um sono agitado. Em meu sonho, estamos no calabouço em Nova York. Ela está de bruços no banco, seus braços e pernas apoiados nas almofadas, sua bunda erguida para o meu prazer. Estou ciente de que estou sonhando e devo parar com isso enquanto ainda posso, mas não consigo. Quero ver como a história vai se desenrolar. Preciso saber.

Sua bunda está vermelha do *paddle*, que é o nome que damos a uma espécie de palmatória de madeira no BDSM, e o maior dos meus plugs está encaixado em seu traseiro. Ainda não é tão grande quanto eu, como ela está prestes a descobrir. Estamos preparando esse momento há semanas, mas algo está me atrapalhando.

Tenho medo de assustá-la, pressioná-la demais. Ela está tensa, as pernas tremendo violentamente.

— Nat. — Passo as mãos na parte de trás das suas pernas para acariciar seu traseiro quente. — Não precisamos fazer isso. Você ainda pode dizer não. Me deixe ouvir sua palavra segura se não estiver pronta.

— Não vou dizer não nem a minha palavra segura.

— Você está tremendo.

— Estou animada.

— Não está com medo?

— Só um pouco. Você disse que vai doer.

— Vai. No começo, mas se você ficar comigo, posso fazer com que isso seja bom para você. Vai gozar mais do que nunca.

Ela estremece.

— Vá em frente. — Ela está tão molhada que a parte interna das suas coxas está brilhando.

Eu me inclino para capturar a umidade, lambendo-a da frente para trás, onde ela está esticada pelo plug. Ela está tão pronta como sempre, e não posso esperar mais. Tenho que tomar seu traseiro doce. Preciso saber que cada parte de seu corpo é minha.

Segurando a base do plug, começo a retirá-lo, removendo-o com movimentos lentos e firmes que a fazem gemer com por causa da pressão. A retirada é tão difícil quanto a inserção, e o faço com calma, prolongando a dor prazerosa até que ela esteja tremendo e vibrando em uma confusão de sensações. Quando o plug se solta, me movo rapidamente para acariciar um pouco de lubrificante no meu pau duro. Aplico mais lubrificante nos meus dedos e os pressiono nela, me certificando de que ela esteja tão pronta quanto possível.

Removo os dedos e os substituo pelo meu pau, pressionando contra ela de forma insistente.

Ela grita.

— É muito grande, Flynn. Não consigo.

Dou uma palmada com força em sua bunda e ganho um centímetro. Ela é tão apertada e quente que sinto receio de gozar antes de entrar por completo.

— Quem sou eu aqui?

— Senhor. — Ela está chorando, mas não usa a palavra segura.

— Não se esqueça disso. — Acaricio o lugar onde bati, querendo acalmá-la e confortá-la. — Empurre contra mim, linda. Você consegue. Você pode me tomar.

— *Não posso.*

— Pode, sim. Sei que pode. — Envolvo o braço ao redor dela para acariciar seu clitóris e seu corpo inteiro parece apertar meu pau, me fazendo trincar os dentes com a poderosa necessidade de gozar. Mas isso não vai acontecer até que ela me receba por inteiro.

Fico onde estou, cerca de cinco centímetros dentro dela, dando um tempo para ela se ajustar.

— Pronta para mais?

— Tem *mais*?

Não posso acreditar que ela me faz rir em um momento como este.

— Muito mais. — Me curvando sobre seu corpo, beijo suas costas, que está toda arrepiada. Deslizo as mãos pelo seu torso, beliscando seus mamilos, tentando lhe dar algo mais para pensar além do pênis que está violando seu traseiro.

Acariciando os mamilos, aperto cada um deles com firmeza, o que a faz gritar e me permite ganhar mais um centímetro.

— Puta merda — ela sussurra. Nunca a ouvi usar essa palavra antes e é sexy demais vindo dela.

— Ainda dói?

— Não... não como antes. Mas ainda não está bom.

— Dê uma chance, linda. Tente relaxar e se deixar levar. Prometo que vai ser incrível.

Ela resmunga e não tenho certeza, mas ela pode estar rindo.

— Relaxar... certo. Tente relaxar quando se tem um pau gigantesco em sua bunda. — Ela ofega. — Ah, caramba, ficou *maior*.

— Isso é o que você ganha por falar sacanagens para mim. — Me retiro rapidamente, fazendo-a soltar um gemido agudo e a penetro novamente, mais fundo do que antes. Agora, ela está com mais da metade do meu pau dentro de si, grunhindo e gemendo sem parar. Repito os movimentos de entra e sai várias vezes, adicionando mais lubrificante para facilitar. — Isso, linda. Só um pouco mais.

Ela geme — alto — e depois grita quando empurro a base larga. Seus músculos tensionam com tanta força que tenho que morder o interior da bochecha para me dar outra coisa para pensar além da necessidade desesperada de gozar. — Conseguiu, linda. Me tomou inteiro.

Seu grunhido é sua única resposta.

Fico enterrado em sua bunda por um momento longo e incrível até que começo a me mexer com movimentos suaves para que isso seja tão bom para ela quanto possível.

— Isso, baby. Eu te amo assim. Quente e apertada. Nunca senti nada tão gostoso quanto isso. Sua bunda está pegando fogo.

Aumento o ritmo, entrando e saindo do seu traseiro incrivelmente apertado até sentir os sinais reveladores do clímax iminente enquanto seus músculos estremecem. De jeito nenhum vou gozar antes dela. Envolvendo o braço em seu corpo, encontro o clitóris duro. Uso a umidade entre suas pernas para deixar meu dedo escorregadio e, em seguida, acariciá-lo em círculos até que ela esteja gritando o seu clímax e me apertando com força, me impedindo de segurar por mais tempo.

Gozo com um rugido de prazer quente e líquido que parece vir da minha alma, continuando pelo que parece uma hora.

Natalie está como uma boneca de pano embaixo de mim, mantida de pé só pela pressão do meu corpo contra o seu.

Me retiro de dentro dela tão lentamente quanto entrei. Alcançando uma toalha, limpo a nós dois e, em seguida, a pego do banco e a coloco em meus braços. Seus olhos estão fechados, seu rosto está corado e os lábios estão inchados do sexo oral que ela fez em mim mais cedo.

Beijo seu rosto, lábios e nariz.

— Nat.

— Humm.

— Abra os olhos.

— Não posso.

— Tente.

Eles se abrem para encontrar os meus e o que eu vejo me surpreende — ela está absolutamente radiante.

— Fale comigo. Me diga como você se sente.

— Sinto... eu... você tinha razão. Quando parou de doer, foi incrível. Quando podemos fazer de novo?

— Natalie... — Estou chocado e encantado por sua aceitação de quem sou e das necessidades que me impulsionam. — Te amo, meu amor.

— Humm, também te amo. Agora, quando podemos fazer isso de novo?

Rindo, beijo seus doces lábios.

— Vamos falar sobre isso amanhã, quando você souber como será o dia seguinte.

Ela me puxa para outro beijo e morde meu lábio. A pontada aguda de dor me acorda do sonho para descobrir que aconteceu de novo. Sonhei até chegar ao orgasmo enquanto Natalie dorme ao meu lado sem suspeitar de nada.

O sonho volta para mim pouco a pouco, me torturando com cenas de coisas que não podem acontecer. Me sinto traído pelo meu próprio subconsciente. Ele está me punindo por minha decepção, me mostrando coisas que nunca vou ter com a mulher que amo mais do que a mim mesmo.

Natalie se vira para mim, a mão pousando no meu peito, acima da sujeira que fiz na minha barriga.

Levanto sua mão e saio da cama, deixando-a dormir enquanto vou ao banheiro para me limpar.

Estou com nojo de mim mesmo e com medo, um medo profundo de que eu não consiga viver sem as coisas das quais desisti por ela.

ACORDO COM A LUZ do dia e meu celular tocando. O toque de Addie. Natalie está enrolada em mim, dormindo profundamente. Me movendo com cuidado, levanto sem incomodá-la e levo o telefone para atender em outro cômodo.

— Oi. — Minha voz está rouca e a cabeça está latejando da porcaria do champanhe, a falta de sono e por ter tido outro sonho perturbadoramente erótico, estrelado pela mulher que é agora minha esposa. — Está tudo bem?

— Você sabe que eu nunca, jamais te incomodaria esta manhã a menos que eu realmente precisasse.

— Sim, eu sei, e é por isso que você está me deixando nervoso.

— O mundo todo está ficando louco por você ter se casado. É a história principal em *todos os lugares*.

— "Todos os lugares" significa...

— A porra do mundo todo, Flynn. Os paparazzi foram para Vegas. Todas as ruas da cidade estão cercadas. Fiz contato com a empresa de segurança hoje de manhã, e eles estão querendo tirar vocês daí hoje.

Não posso evitar. Começo a rir.

— Você está *rindo*? O que há de errado com você?

— É tão ridículo, Addie. Eu me casei. Por que alguém se importa com isso?

— Humm, é uma pergunta retórica?

— É, no sentido de que não espero que você responda.

— Bem, isso é um alívio. A culpa é sua por dizer que nunca se casaria de novo e depois fez exatamente isso com alguém que conheceu há algumas semanas.

— Você tem que admitir que é uma história legal.

— Exatamente por isso que o mundo inteiro está interessado, especialmente por tudo que saiu a respeito dela na semana passada.

— Tenho uma ideia de como podemos sair daqui. Me deixe fazer umas ligações e te retorno.

— Estarei aqui.

Ligo para Gordon Yates, o dono da empresa de segurança com quem trabalhamos para todas as necessidades da Quantum em L.A. Ele atende no primeiro toque.

— O cara do momento.

— Foi o que ouvi dizer.

— Acho que te devo parabéns.

— Obrigado, Gordon.

— Estamos tentando descobrir a melhor maneira de tirar vocês daí. Estive em contato com a segurança do hotel e estamos trabalhando em algumas ideias.

— Que tal através de um helicóptero no telhado?

— Isso está na nossa lista.

— Vamos fazer assim. Gostaria de tirar Natalie daqui e voltar para L.A. com o mínimo de barulho e sem paparazzi.

— Me dê duas horas para colocar tudo em prática.

— Leve três. Me casei ontem à noite. Quero acordar minha esposa do jeito certo.

Gordon ri.

— É isso aí. Te ligo em três horas com os detalhes.

— Obrigado, Gord.

Ligo de volta para Addie para lhe contar o plano e pedir a ela que leve minha Ducati para o aeroporto de L.A com dois capacetes.

— Pode deixar.

— Obrigado, Addie. Um dia desses, você terá uma folga. Prometo.

— Vou esperar sentada para não me cansar, mas tudo bem. Por acaso, amo meu trabalho.

— Obrigado novamente por tudo nessas últimas semanas. Nós dois apreciamos muito.

— A foto da noite passada estava incrível. Espero que tenham tido o melhor dia de todos.

— Foi, sim. Falo com você quando voltarmos para L.A.

— Combinado.

Deixo o telefone em uma mesa na sala principal e volto para o quarto, onde Natalie ainda está dormindo. Uso o banheiro e escovo os dentes antes de voltar para a cama com ela. Nat murmura em seu sono e se aconchega em mim, seu braço ao meu redor como se dormisse comigo há anos em vez de dias.

Tudo entre nós é natural: a atração, a brincadeira, o desejo. Está tudo lá. Seu corpo está quente e macio contra o meu e minha reação é rápida e previsível. Onde quer que ela esteja, eu a desejo. Quando ela está nua na cama comigo, fico indefeso.

Ficamos abraçados por um bom tempo antes de ela se mexer, me encarando com aqueles grandes olhos.

— Por que você está acordado tão cedo?

— Lidando com a logística para sair daqui. Aparentemente, somos a história do dia em todo o mundo.

— Uau — ela fala com uma risada nervosa.

— Como você se sente ao se tornar famosa praticamente da noite para o dia?

— Do mesmo jeito que me sinto em me casar praticamente da noite para o dia. Muito bem.

— É mesmo.

— Então, o que acontece na manhã seguinte ao casamento do ator mais famoso do mundo?

— Você tem várias opções como a esposa do ator mais famoso do mundo: a) pode pedir o que quiser no café da manhã. B) pode fazer amor com seu marido ator famoso e c) pode fazer tudo isso.

— C — ela responde com um sorriso caloroso e sexy. — Todas as opções acima.

~

Natalie

DEPOIS QUE FLYNN descreve nosso plano de fuga, fico curiosa e nervosa com meu primeiro passeio de helicóptero. Será outra primeira experiência de uma longa fila desde que o conheci. Estou preocupada com Fluff entrar em pânico no helicóptero, então Flynn segura sua coleira enquanto somos levados para o telhado, acompanhados da equipe de segurança do hotel.

O helicóptero é enorme e, aparentemente, vai nos levar até Los Angeles, porque os dois aeroportos estão cercados por repórteres que esperam nos ver hoje. Somos acomodados, e Flynn coloca o cinto de segurança em mim e me entrega Fluff, que está confusa com a coisa toda.

Em seguida, os motores são ligados, e ela fica histérica, latindo e rosnando. Mais uma vez, a cachorrinha nos faz rir quando mais precisamos.

Eu a pego em meus braços e a acaricio, esperando acalmá-la.

— Nós tínhamos uma vida tão chata e tranquila, Fluff-o-Nutter. — Estamos sentadas muito perto de Flynn para que possamos nos ouvir sobre o rugido do motor.

— Acho que ela preferia aquela vida à que você está vivendo agora.

— Ela vai se adaptar. Já passou por isso antes.

— Como você a pegou depois que tudo aconteceu?

— Sabe o detetive que foi legal comigo? Ele foi até minha casa e a pegou para mim.

— Eles a entregaram?

— Ele nunca disse e eu não perguntei. Não me importo como isso aconteceu. Tudo o que eu queria era tê-la comigo. Ela sempre foi minha. Foi, literalmente, a única coisa que levei comigo da minha antiga vida para a nova. As roupas que eu estava usando quando saí da casa de Stone e os itens da minha mochila foram consideradas evidências.

Ele balança a cabeça em descrença.

— Espero nunca cruzar com seus pais. Não serei responsável pelas minhas ações.

— Isso não vai acontecer. Durante anos, eu meio que esperava que eles aparecessem do nada para dizer que tudo havia sido um grande erro. Após uns dois anos, parei de esperar que isso acontecesse.

— As pessoas são estranhas quando se trata de dinheiro. Agora que você tem muito, eles podem se interessar por você de novo.

— Acha que podem?

— Não perca um minuto se preocupando com isso. Eles não irão se aproximar de você. Não enquanto eu tiver vida.

Apoio a cabeça no seu ombro.

— O que você deve pensar... ter uma família como a sua para ouvir sobre uma como a minha.

— Isso me faz sentir ainda mais sortudo do que já me sentia por ser filho de Max e Estelle. Até conhecer você, o maior golpe de sorte na minha vida era tê-los como pais. — Ele emoldura minha bochecha e passa o polegar sobre o meu rosto. — Não quero que perca um segundo se preocupando que eu vá pensar menos de você por causa dos seus pais. Tenho uma grande admiração por você. Você tem que saber disso.

— Eu sei, mas obrigada por me lembrar.

— Sempre que precisar de um lembrete, me avise.

— Continuo pensando nas minhas irmãs e no que dissemos no final da entrevista. Acha que elas vão tentar entrar em contato comigo? E se elas nem mesmo assistirem ao programa ou não souberem das notícias sobre mim?

— Elas souberam, vão ver e ligar. Claro que vão.

— Não posso criar esperanças.

— Se não receber notícias delas, vou contratar alguém para encontrá-las.

— Vai mesmo? Jura?

— Vou, sim. O que aconteceu entre você e seus pais não teve nada a ver com elas. Vamos encontrá-las e esclarecer as coisas com elas. Você quer suas irmãs na sua vida, é o que vai ter. Droga.

Sorrio para ele, o amando ainda mais por me amar com tanta intensidade.

Nossa primeira manhã como marido e mulher foi tão doce e suave como a nossa primeira noite. Como na noite passada, ele se esforçou para não fazer nada que pudesse desencadear um *flashback*. Foi um perfeito cavalheiro em todos os sentidos possíveis. Apesar da conclusão satisfatória para nós dois, fiquei querendo mais.

Depois de vê-lo desequilibrado e perdido na paixão que geramos juntos, fico triste em saber que ele estará se segurando toda vez que me tocar de agora em diante.

Penso no terapeuta que foi inestimável em me ajudar a refazer minha vida depois do ataque. Passei dois anos me consultando três vezes por semana antes de trocar de nome e ir para a faculdade. Não falo com ele desde então, mas estou tentada a ligar para que ele possa me ajudar a navegar neste novo relacionamento com Flynn.

A primeira chance que eu tiver, vou falar com ele. Preciso de toda a ajuda que puder conseguir para tentar ser a esposa que Flynn precisa e merece.

Nossa chegada em L.A. é tranquila. Pousamos em uma área segura do aeroporto e depois de entregar Fluff à equipe de segurança, partimos na moto de Flynn com capacetes cobrindo nossos rostos e ocultando nossas identidades. À medida que voamos pela autoestrada, começo a entender por que ele se sente tão livre quando está dirigindo e mais ainda na moto. Pressionada contra ele, segurando firme o homem que amo, sou capaz de deixar de lado muitas das preocupações que ocuparam minha cabeça nos últimos dias. É difícil pensar em outra coisa quando se está na interestadual 405, com as pernas ao redor do maior astro de cinema do mundo, que também é seu marido lindo.

Minha vida hoje pode não ter qualquer semelhança com a vida despretensiosa que eu levava há duas semanas, mas se eu tivesse que fazer isso de novo, não mudaria nada. Eu me reinventei antes e sobrevivi. Desta vez, não estou sozinha. Agora, tenho o amor do homem mais excepcional, que segura minha mão enquanto navego através destas águas desconhecidas.

Como a casa de Flynn em Hollywood Hills está cercada por repórteres, voltamos para a casa de praia de Hayden, em Malibu. Passamos uma tarde relaxante à beira da piscina com Fluff. Naquela noite, fazemos um jantar na churrasqueira e tomamos uma garrafa de Chardonnay antes de nos acomodarmos para assistir à exibição da entrevista com Carolyn.

Evidentemente, ela gravou uma nova abertura que inclui a foto que divulgamos na noite passada e as notícias do nosso casamento.

— A Internet está literalmente em chamas hoje com a notícia de que o solteiro mais cobiçado do mundo está oficialmente fora do mercado desde a noite de ontem. A notícia de que Flynn Godfrey se casou com Natalie Bryant em Vegas surpreendeu o twitter na noite passada depois que sua equipe divulgou a notícia com uma única frase e única foto. Tive a distinta honra e privilégio de conversar com Flynn e a incrível mulher, que agora é sua esposa. Depois de ouvir sua história, acho que vocês entenderão por que Flynn mudou de ideia sobre se casar novamente.

Flynn segura minha mão, e Fluff está enrolada em seu lugar favorito no meu colo enquanto me vejo na TV com uma sensação de descrença. Estou realmente na TV, em rede nacional, sendo entrevistada por ninguém menos que Carolyn Justice?

— Você parece ótima, linda — ele fala. — O país inteiro vai ficar tão apaixonado por você quanto eu sou depois disso.

— Não sei como me sinto — respondo com uma risada nervosa.

— A vantagem é que você pode fazer o que quiser, ser quem desejar. As portas irão se abrir de maneiras que você não pode começar a imaginar.

— Não sei como me sinto sobre isso também.

— Você não precisa decidir agora. A palavra "não" vai se tornar sua melhor amiga. Diga sim às coisas que lhe interessam e não ao que não lhe interessar. Você pode aproveitar ao máximo sua nova fama para promover a fundação. O lado bom é que com a fama vem oportunidade. Tenho certeza de que minha equipe vai receber uma série de ligações sobre você.

— Uau, sério?

— Sim. Mas não se preocupe. Eles verificam cada uma e só nos trazem o que for mais interessante.

— Estou tendo problemas para lida com isso.

— Não falei isso para te assustar. Só para conscientizá-la do que esperar.

— Me casei para estar com você, não para fazer parte da sua carreira.

—Você não precisa fazer parte disso. Como eu disse, você escolhe o que quiser. Você tem o poder de dizer não a tudo isso.

— Há pouco mais de duas semanas, eu era professora em Nova York e agora estou casada com você e fiquei sabendo que, talvez, seja a nova *it girl* de Hollywood. É muito para absorver de uma vez.

— Você não tem que tomar tudo de uma vez. Contanto que você me tome de vez em quando...

Rindo, empurro meu cotovelo em suas costelas.

Quando a entrevista termina, o telefone de Flynn começa a tocar. Ele atende à ligação dos seus pais, colocando-a no viva-voz para que nós dois possamos ouvir.

— Você foi brilhante — Max fala. — Absolutamente perfeita.

— Todo mundo em Hollywood vai querer te conhecer — Stella completa.

— Acabei de dizer isso a ela. Ela não tem certeza de como se sente quanto a isso.

— Não se preocupe com isso, querida — Stella fala. — Você está cercada por pessoas que podem lidar com todo esse absurdo por você.

— Também disse isso a ela.

— Não queremos atrapalhar os recém-casados — Max fala. — Só queríamos que soubessem que amamos a entrevista. Você foi ótima, Natalie. Foi muito espontânea.

— É disso que tenho medo — falo, fazendo-os rir. — Obrigada por ligarem. Estou muito feliz que vocês achem que tudo correu bem.

— Foi melhor que bem, querida — Stella responde. — Só preciso dizer uma coisa... depois de ouvir sua história, estou muito orgulhosa por conhecê-la e recebê-la em nossa família. Nosso filho não poderia ter escolhido uma mulher mais digna para compartilhar sua vida.

Estou tão tocada por suas palavras amáveis que não consigo nem responder.

— Ela está tentando não chorar agora, mãe.

— Muito obrigada por isso, Stella. É muito gentil da sua parte dizer isso.

— Vamos deixar vocês à vontade — Max fala.

— Obrigado por ligarem, pessoal.

— Amamos vocês dois — Stella fala.

— Também te amamos. — Ele encerra a ligação e coloca o telefone na mesa de centro. — Imediatamente, o aparelho começa a tocar. — Quer falar com seus fãs?

— Amanhã é melhor.

— Quer saber o que as pessoas estão dizendo sobre a entrevista?

— Mais ou menos. Você quer saber o que estão dizendo?

— Mais ou menos. — Ele me dá um sorriso sugestivo. — O que quer fazer?

— Gostaria de ficar com meu marido sexy.

— Vai precisar realocar a selvagem se quiser fazer isso.

Me levanto devagar e com cuidado para colocar Fluff em um cobertor em uma parte diferente do sofá. Depois de fazer um grunhido de irritação, ela volta a roncar. Posso dizer que surpreendo Flynn quando deslizo em seu colo, montando sobre ele.

— Bem, bem, o que é isso?

— Esta é sua esposa, que te ama desesperadamente, que não quer que você tenha medo de me tocar, de fazer amor comigo do jeito que quiser. Ela não quer que você se segure ou a trate como se ela pudesse se quebrar.

— Nat...

— Sei que o que aconteceu ontem à noite te incomodou muito mais do que você deixou transparecer. Isso me chateou também, mas superamos. É possível que aconteça novamente, talvez mais de uma vez, e também vamos superar. Mas não suporto te ver tentando se controlar, porque tem muito medo de me assustar ou fazer algo errado.

— Estou com medo de te assustar. Nunca mais quero te ver daquele jeito, especialmente pela forma como eu te toco.

— Você estava envolvido com o que estávamos fazendo e não estava pensando sobre o que não deveria fazer e está tudo bem. Preciso que você saiba...

— O quê? — ele pergunta baixinho.

— Adorei o que estávamos fazendo e como estávamos antes das coisas ficarem ruins na noite passada. Amei te ver assim, sabendo que te deixei louco.

— Você me deixa muito louco. Receio que se eu te mostrar uma fração do quanto você me enlouquece, vou te perder.

Balanço a cabeça.

— Eu não suportaria ter que me preocupar se você está pensando sobre o que aconteceu ontem à noite toda vez que chega perto de mim. — Com as mãos em seu rosto, eu o beijo, provocando-o com a língua até que sua boca se abra para me deixar entrar.

Um gemido ressoa através dele quando segura minha bunda e me puxa contra sua ereção. Nos beijamos por muito tempo, sua língua esfregando contra a minha em uma dança sensual que me faz querer mais. É sempre assim com ele. Ele me beija, e eu estou perdida. Ele me toca, e eu preciso de mais. Ele me olha e vejo tudo o que ele sente por mim.

Seus braços se apertam ao meu redor enquanto ele me puxa para o sofá.

— Está tudo bem?

Concordo e estendo a mão para ele, querendo sentir seu peso em mim, suas mãos me tocando, seus lábios me beijando. Quero tudo isso.

— Não tenha medo, Flynn. Por favor, não tenha medo de mim.

— Eu nunca poderia ter medo de você. Se lembra da sua palavra segura?

— Sim.

— E vai usá-la se precisar?

— Prometo.

Ele tira a minha camisa e me despe com uma urgência que me dá esperanças. As roupas voam e outra calcinha se perde com sua pressa.

— Vou te comprar mais. Umas cem.

Estou realmente aliviada que ele rasgou a calcinha de novo. Considero um bom sinal de que possamos ultrapassar este rápido aumento de velocidade no que, espero, será um longo caminho juntos.

Ele coloca um preservativo e depois me pega com força e rapidez, me observando o tempo todo em busca de sinais de problemas. Ele está mais brusco do que ontem à noite e esta manhã e, embora não esteja tão solto quanto antes, vou aceitar.

Vou aceitá-lo de qualquer maneira que eu possa tê-lo.

Deslizando as mãos debaixo de mim, ele me levanta e nos acomoda, me colocando sentada em cima dele, preenchida por aquela enorme ereção que me estica quase ao ponto do desconforto.

— Como se sente? — ele pergunta.

— Preenchida. Apertada. Quente. — Solto um gemido quando essas três pequenas palavras o tornam maior.

— Adoro quando você fala sacanagem, baby. Me diga mais.

— Não posso.

— Pode, sim. Me dê as palavras. Quero ouvir. Me conte mais sobre como se sente.

— Estou esticada e tão apertada que quase dói.

— *Quase* dói?

— Quase, mas não completamente. A pontada de dor é parte do prazer. — Suspiro quando ele fica ainda maior. — Me recuso a dizer outra palavra se isso vai continuar acontecendo.

— Não posso evitar, baby. Isso é o que você faz comigo.

— Não há mais espaço, então ele não pode ficar maior. — E ainda assim, ficou e não posso acreditar que ele *ri*. Ele realmente ri. — É isso aí. Terminei com você.

Seus braços ao meu redor me impedem de escapar.

— Você não pode terminar comigo nunca. Eu morreria sem você. — Ele acaricia meu pescoço e pressiona mais fundo em mim. — Segure firme.

— Por quê?

— Por isso. — Agarrando meus quadris, ele nos vira novamente, ficando por cima.

— Suave.

— Gosta disso?

— Gosto de tudo.

A declaração parece jogar gasolina em seu fogo, e ele se solta. Ainda segurando meus quadris, ele me penetra várias vezes até que estou gritando com o prazer que me queima.

— É isso, baby. Caramba, você é tão gostosa. Isso é tão bom. — Ele mantém o ritmo até que goza também, gemendo enquanto me aquece por dentro com a sua libertação. Abrindo os olhos, ele me observa, procurando por sinais de problemas. — Você está bem?

— Ótima. E você?

— Nunca estive melhor. — Ainda enterrado dentro de mim, ele

aproxima os lábios dos meus enquanto olha nos meus olhos. — Não posso acreditar que podemos fazer isso a qualquer momento que quisermos para o resto das nossas vidas.

— A qualquer momento, não.

Ele me beija novamente.

— A. Qualquer. Momento. — Outro beijo. — O. Tempo. Todo.

— Sim, amor — respondo com um suspiro de satisfação total.

— É disso que estou falando!

Eu me seguro firme nele, meu coração cheio de amor pelo homem que agora é meu marido.

14

Natalie

É quase meio dia do dia seguinte quando me arrasto para o chuveiro. Estou enxaguando o condicionador do cabelo quando Flynn entra no banheiro, segurando seu telefone e com um sorriso enorme.

— Natalie. Rápido.

Quase acabo com condicionador nos olhos antes de sair do chuveiro.

— O que houve?

Ele me entrega uma toalha e o telefone.

— É a Candace.

Estou congelada no lugar. Não consigo fazer nada, exceto ficar parada olhando para ele.

Ele me enxuga, me ajuda a vestir um roupão e me leva para o quarto, sentando ao meu lado na cama e acenando para eu ir em frente e falar com ela.

— A-alô?

— April. — Sua voz é mais madura, mas é ela. É a minha irmãzinha. Imediatamente, começo a chorar.

— Candace.

— É você mesmo?

— Sim, sou eu. — Flynn coloca o braço ao meu redor, e eu me inclino para ele.

— E você está mesmo casada com *Flynn Godfrey*?

Rio do jeito que ela grita, mesmo quando ouço soluços através do telefone.

Flynn ri ao meu lado e beija minha testa.

— Parece que sou. Me conte tudo. Onde você está? E a Livvy? Senti muita saudade de vocês.

— Não tínhamos ideia de onde você estava. Te procuramos por anos.

— Tive que desaparecer para que pudesse ter a chance de levar uma vida normal.

— E como estão as coisas para você?

Rio, mesmo enquanto luto contra uma torrente de lágrimas.

— Estava indo muito bem até que fui surpreendida por um astro de cinema sexy e minha vida bem ordenada ficou completamente de cabeça para baixo da melhor maneira possível.

— Te vi ontem à noite no programa da Carolyn. Você parece tão diferente, mas sabia que era você. A Liv ligou e estava gritando, porque você disse que queria nos ver. Estava morrendo, esperando que fossem nove horas aí para que eu pudesse tentar ligar para o escritório do Flynn... ah, April, é você mesmo?

— Sou eu, estou aqui e muito feliz em ouvir sua voz. — Uso a manga do roupão para enxugar mais lágrimas. — Me conte sobre você. Onde está?

— Estou no segundo ano da Universidade do Colorado, me formando em Administração. A Liv está no ensino médio. Agora ela mora com a mamãe em Omaha.

— Espere, o quê? Ela mora com a *mamãe*? Onde o papai está?

— Não tenho certeza. Eles se separaram mais ou menos um ano após o término do julgamento. Não o vimos mais.

— Uau... meu Deus, a mamãe realmente o deixou?

— Sim. Também não pudemos acreditar, mas as coisas estão muito melhores agora, April. Ela está muito diferente sem ele lhe dizer o que fazer a cada segundo da sua vida.

Esta notícia me deixa cambaleando. Nunca imaginei que ela pudesse deixá-lo um dia.

— Eu não deveria te chamar assim. Você não é mais April.

— Não, mudei o nome, mas você pode me chamar como quiser. Estou muito feliz em ouvir sua voz. Você não pode imaginar o quanto.

— Acho que sei — ela fala rindo. — O que você disse na entrevista... sobre como você foi procurar a polícia por nossa causa... eu e Liv não pudemos acreditar. O que você fez... o que sacrificou por nós...

— Faria tudo de novo em um minuto. Ele era um predador, Candace. Não teria parado comigo.

— Muitas peças se encaixaram para nós na última semana. Sinto muito que isso tenha acontecido. Você já passou por tanto.

— Sim, mas estou feliz agora. Feliz de verdade com o Flynn e esta nova vida incrível com ele.

— Podemos te ver? Queremos tanto te encontrar. E gostaríamos muito de conhecer nosso cunhado — ela acrescenta com uma risada.

Flynn concorda.

— Diga que vou organizar tudo.

— Flynn está me dizendo para lhe dar o meu número. Eu não teria deixado você desligar sem fazer isso. Ele e a sua assistente incrível, Addie, que é mágica, vão organizar os detalhes.

— Não posso acreditar que estou falando com você. Estávamos com tanto medo de nunca mais vê-la.

— Estava com medo da mesma coisa. Vamos organizar tudo para nos vermos em breve.

— Mal posso esperar.

— Eu também. Nunca deixei de te amar. Vocês duas.

— Nós também não. Falamos sobre você o tempo todo.

— Fico feliz em saber que não se esqueceram de mim ou me odeiam. Estava preocupada com o que havia sido dito.

— Ele tentou nos colocar contra você, mas nos recusamos a acreditar nele. *Te* conhecíamos e conhecíamos o Oren. *Acreditamos* em você. Aquele homem sempre me dava arrepios.

— Bem, você era mais esperta do que eu, porque nunca suspeitei que ele fosse capaz de fazer aquilo comigo.

— Não quero desligar. Você não vai desaparecer de novo, vai?

— Acho que vai ser fácil nos reencontrarmos depois dos eventos dos últimos dias. — Trocamos os números de telefone antes de finalizar a ligação com relutância, prometendo conversar novamente em breve e enviar mensagens uma a outra todos os dias. Por muito tempo depois, Flynn me abraça enquanto choro lágrimas de alegria absoluta.

— Estou muito feliz por vocês, linda. Vamos trazê-las para cá o mais rápido que pudermos e assim que elas conseguirem.

— Não posso acreditar que acabei de falar com a Candace. Eu fantasiava sobre como seria conversar com elas novamente, mas sempre tive medo, porque não sabia se elas haviam se voltado contra mim. Teria me matado se eu as encontrasse e descobrisse que elas me odiavam.

— Ela parecia muito feliz em falar com você.

— Eu sei! Muito obrigada.

— Pelo quê? Não fiz nada.

— Fez, sim. Você me arrastou para sua vida, se recusando a aceitar um não como resposta, e agora tenho minhas irmãs de volta.

— Odeio ressaltar que você pulou uma parte bastante traumática da história.

— Você não vê? Tudo valeu a pena, não só porque consegui você, mas elas também.

Seu sorriso ilumina os olhos.

— Você fica tão bonita quando está feliz.

— Então devo ser a mulher mais bonita do mundo agora.

— Você não vai me ouvir discordar.

PASSAMOS por dois dias absolutamente felizes em que não vimos ninguém além de um ao outro e a equipe de segurança que está por perto se precisarmos, mas na maior parte do tempo fica fora de vista. Troco mensagens com minhas irmãs sem parar e, finalmente, converso com Olivia quando ela tem a chance de ligar sem nossa mãe ouvi-la. Não estamos prontas para dizer a ela que voltamos a ter contato. Elas estão muito ocupadas com os estudos e o trabalho, então estamos tentando encontrar um tempo para nos reunir nas próximas semanas.

Todo dia, Flynn me leva para praticar direção. Ele diz que é a oportunidade perfeita para me mostrar o sul da Califórnia. Um dia, dirigimos para o norte até Santa Barbara. No outro, descemos a *Pacific Coast Highway*, de Long Beach a San Diego e vice-versa. Encontramos lugares fora da rota para o almoço e a equipe que nos acompanha ajuda a garantir nossa segurança e privacidade.

Exceto por algumas garçonetes e garçons atônitos para quem Flynn dá autógrafos e posa para fotos, não somos importunados durante esses passeios. Quando me sinto mais confiante, descubro que *amo* dirigir.

Na noite de quinta-feira, Flynn organiza uma viagem especial à Disney, em Anaheim. Temos o lugar quase que só para nós depois que está fechado ao público. Vamos em cada brinquedo, alguns deles duas vezes e temos todo o tempo do mundo. Como é a primeira vez que visito um parque da Disney, me sinto novamente uma criança, e Flynn, que já esteve aqui muitas vezes, diz que é como se fosse a primeira vez para ele também, porque está aqui comigo.

Vamos a Palm Springs e Palm Desert, San Bernardino e Big Bear. A cada cidade, me apaixono mais pelo sul da Califórnia. Não fico nem um pouco incomodada com os tremores de um pequeno terremoto que sacode a casa na manhã de sexta-feira. Flynn diz que isso é comum ali e, desde que se saiba o que fazer, não é preciso ter medo.

Ele dedica um tempo para me ensinar tudo o que preciso saber sobre sobreviver a um grande terremoto e depois não falamos mais sobre isso, o que é bom para mim.

Passamos horas — no carro, na cama, no sofá, à beira da piscina — discutindo nossos planos para a fundação, trocando ideias e fazendo listas. Com seus contatos extensos, Flynn não está preocupado em levantar o dinheiro necessário para colocar a base em funcionamento. Está muito mais preocupado em garantir que o dinheiro chegue aos necessitados na forma de programas que façam uma diferença real. É aí que o *brainstorming* é necessário.

Estou muito feliz por fazer parte de um projeto tão importante. Isso preenche o vazio criado pela perda do meu emprego e me dá um senso de propósito. Falamos sobre metas para a fundação, e Flynn diz que não ficará feliz até que todas as crianças da América recebam três refeições nutritivas por dia. Qualquer coisa menos do que isso não será suficiente para ele ou para mim. Estamos em completo acordo sobre esse ponto.

Quando não estamos dirigindo pelo sul da Califórnia ou falando sobre a fundação, estamos fazendo amor — na cama, no sofá, na piscina, no chuveiro e uma vez no chão da cozinha. Não nos cansamos um do outro e temo o dia em que ele terá que voltar ao trabalho. Esta pequena bolha em que estamos vivendo não vai durar para sempre, mas estou determinada a aproveitar cada segundo o máximo que puder.

No domingo à noite, pegamos uma limusine para o *Screen Actors Guild Awards* no *Shrine Auditorium*. Mais cedo, Flynn me explicou que esses prêmios são, particularmente, significativos, pois são decididos pelos colegas, o que os torna muito mais especiais. O prêmio de melhor ator é muito cobiçado. Ao contrário do Globo de Ouro, que ele ganhou por atuar pela primeira vez, ele já ganhou dois *SAGs* por papéis anteriores.

Por causa da sua natureza supersticiosa, ele não vai admitir querer ganhar por sua atuação em *Camuflagem*, mas sei que ele está animado para ver este papel, em particular, ser reconhecido por seus colegas. Ele colocou seu coração e alma na interpretação de um oficial das Forças Especiais que tem que lutar para recuperar a vida depois de ter sido gravemente ferido no Afeganistão.

— Você está radiante hoje, Nat.

Em deferência ao meu status de recém-casada, escolhi um vestido branco para o evento. Flynn me diz que usar branco é meio que "mandar um foda-se" para a imprensa que ainda está enlouquecida á respeito do nosso casamento. Meu marido tem uma maneira única de expressar as coisas.

O vestido é sutilmente sexy e destaca o bronzeado que adquiri durante minhas tardes na piscina. Também parece ótimo com as joias que ele comprou para eu usar no Globo de Ouro. Disse a ele para não me comprar nada novo para essa premiação. Estou muito feliz com o que já tenho.

Aprecio o quanto ele é sempre tão generoso, mas não preciso de presentes caros para ser feliz.

No caminho para a cidade, ele abre uma garrafa de champanhe.

Abro um envelope de ibuprofeno. Cada um de nós toma analgésicos preventivos, já que o champanhe nos dá dores de cabeça terríveis na manhã seguinte e gostaríamos de aproveitar a noite.

Quando estamos com uma taça na mão, ele coloca o braço ao meu redor e me puxa para perto.

— Ah, droga, o que é isso? — Ele retira uma caixa de veludo do bolso. — De onde veio?

— O que é?

— Não sei. Você deveria abri-la e descobrir.

— Não vou abrir, porque te avisei para não me comprar nada.

— Avisou? Não me lembro de você ter falado isso.

Olho para ele, incrédula.

— *Claro* que se lembra, porque falei isso com você há *dois dias*.

Ele balança a cabeça.

— Não me lembro mesmo.

— Não me admira que você esteja pronto para todos esses prêmios. Você é um ator talentoso mesmo.

— Obrigado por isso, linda. Agora, que tal você me fazer feliz na minha grande noite e abrir isso?

— Se eu abrir, vou gostar. Se eu gostar, vai te incentivar a fazer de novo quando eu disser que não quero que faça.

— Humm — ele murmura, coçando o queixo com a barba por fazer —, posso ver seu dilema. Por um lado, você está morrendo de curiosidade, porque *realmente* quer ver o que tem aí. Mas se fizer isso, é provável que esteja estabelecendo um precedente para o nosso casamento. Quero dizer, pode *imaginar* se eu tiver a grande ideia de comprar algo novo para cada evento formal que formos juntos? Do jeito que somos os queridinhos de Hollywood, você vai precisar de um cofre para as suas joias. É realmente um dilema.

— Você está tirando sarro de mim.

— Não! Estou simplesmente resumindo a situação e o impasse em que nos encontramos. — Ele fica todinho sexy neste smoking Armani.

Seus olhos brilham de alegria enquanto me provoca e tenta me convencer a pensar. Ele está absolutamente certo sobre uma coisa: se eu aceitar este presente, estarei estabelecendo um precedente, e isso me preocupa.

— Abra.

— Não.

— Sim.

— Não.

— Que tal eu abri-lo e se você não gostar, não tem que ficar com ele?

— Que tipo de *M* é essa? Claro que vou gostar.

— Jura? A *M* não conta a menos que você fale a palavra.

Me aproximo bem do seu rosto e falo:

— Merda.

Ele tira o máximo de proveito da minha proximidade para me beijar.

— Te amo, sra. G e adoro escolher coisas brilhantes que acho que você vai gostar. Você vai ferir meus sentimentos se não aceitar, então acho que deveria abrir só para que isso não aconteça.

— Ah, meu Deus. Você vai mesmo usar de chantagem emocional?

— Acho que foi o que acabei de fazer.

Arranco a caixa de veludo da mão dele e a abro. Na verdade, acho que fico cega por um ou dois segundos em decorrência do brilho dos diamantes no veludo azul.

— Flynn... o quê? Quero dizer... — Suspiro profundamente. É demais para mim. Perdi essa batalha antes mesmo de começar.

Ele segura a minha taça e coloca com a dele no porta-copos para que possa pegar a deslumbrante pulseira de diamantes da caixa e colocá-la no meu pulso.

— Pronto. Agora estou feliz.

— É lindo, mas...

Colocando um dedo sobre meus lábios, ele me interrompe antes que eu possa terminar o pensamento.

— Nada de *mas*. Você é minha esposa e isso me dá o direito legal de comprar qualquer coisa que eu queira, na hora que quiser.

Arqueio a sobrancelha.

— Direito legal?

— Aham. E a lei diz que você precisa aceitar o que eu compro para você, não importa o que seja.

— Em que parte da lei está escrito isso?

— Você quer algo como o artigo da lei?

— Seria bom.

— Vou pedir ao Emmett para te enviar.

— Faça isso. — Olho para baixo para ver o bracelete de novo. — É demais, Flynn. Não estou confortável em ser mimada assim.

— Dê um tempo a si mesma. Vai se acostumar.

— Não acredito nisso.

— Por que, de repente, temo que haja uma questão mais profunda em andamento aqui?

Levo um momento para me recompor, engolindo o nó de emoção que fecha a minha garganta.

— Você é incrivelmente generoso. Nunca conheci ninguém que pensa nos outros de forma tão abnegada quanto você. Não quero que pense que não aprecio sua consideração ou generosidade, porque aprecio. Agradeço muito.

— Mas?

— Mas fico desconfortável em ser presenteada com coisas como diamantes quando mal posso pagar o jantar para você. — Uma olhada no meu saldo pela internet no início do dia me deixou arrasada. Ele mencionou que eu seria paga pelo meu trabalho na fundação, mas ainda não havia recebido.

— Uau. Bem, nem sei por onde começar a responder isso. Você é minha *esposa*, Natalie, o que significa que tudo o que tenho é seu também. Pode me comprar o que quiser. Pode comprar qualquer coisa que quiser ou precisar. Amanhã, vamos resolver a questão de te dar acesso a dinheiro. Eu deveria ter feito isso mais cedo e lamento que não tenha pensado nisso antes.

— Não estou te pedindo para fazer isso.

— Sei que não. Eu estou te *informando* que é isso que vai acontecer.

Não tenho certeza se gosto de ser *informada* a esse respeito. Decido deixar o assunto de lado por enquanto para que possamos aproveitar essa noite especial, mas a questão está longe de estar encerrada.

Flynn

inha linda e doce esposa está preocupada com *dinheiro*? Fiquei louco ao ouvi-la me dizer que não pode me pagar um jantar. Ela não tem ideia do que é ser casada comigo ou dos recursos que possui agora — e a culpa é toda minha. Por que não pensei nisso antes? Claro que ela está preocupada com dinheiro. Ela perdeu o emprego por minha causa, pelo amor de Deus.

Sinto que estou aprendendo cada lição com ela da maneira mais difícil e, mais uma vez, estou me repreendendo por não antecipar suas preocupações. Ela ficou quieta, o que significa que está chateada. Minha Natalie é uma lutadora e não recua. O silêncio, no que se refere a ela, não é algo bom.

— Nat?

Ela me olha.

— Não quis dizer isso dessa maneira. Você tem que entender de onde venho. Ter o que tenho e ouvir que a minha esposa está preocupada com dinheiro... esse tipo de coisa me atinge bem aqui. — Coloco a mão sobre o coração.

— Não estou preocupada com isso. Só estou um pouco receosa por não estar mais recebendo salário.

— Você será paga pelo trabalho da fundação em breve e está longe de ficar sem dinheiro, linda. Somos casados agora. Suas preocupações são minhas. Se você tem contas a pagar ou precisa cuidar de algo, só tem que me dizer e será providenciado.

— Não quero tirar vantagem de você.

— Sou seu *marido*. É meu papel cuidar de você.

— Não estamos na Idade da Pedra, Flynn. Sempre fui independente e cuidei de mim mesma. Não sei agir de outra forma.

— Entendo e respeito muito isso. É maravilhoso estar com uma mulher que quer ser responsável por si mesma. Nunca vou te impedir de seguir seus sonhos. O que você quer, eu quero. Mas nunca, jamais, você vai se preocupar com dinheiro novamente. Isso ficou claro?

— Acho que vou acabar me acostumando com a mudança de circunstâncias da minha vida, mas não vai acontecer da noite para o dia. Aprecio que você queira cuidar de mim, mas tem que entender que isso não significa comprar diamantes para cada ocasião. Coloque esse dinheiro na fundação. Isso me deixaria muito mais feliz.

— Entendo o seu lado. Entendo mesmo, mas você precisa me deixar te mimar um pouco.

— Tenho a sensação de que nossas ideias sobre *mimar um pouco* são muito diferentes.

Acaricio seu pescoço, focando nos pontos que a fazem suspirar.

— Vamos encontrar um meio termo. Em algum momento.

— Até lá, nada de diamantes.

— Combinado. Agora, quanto aos seus empréstimos estudantis...

— Flynn!

Rindo, eu a abraço com firmeza e a beijo, afastando a indignação dos seus lábios.

— Você estragou meu batom.

— Vou te comprar mais.

— Você é incorrigível.

— Eu amo a minha esposa.

— Ela também te ama, mesmo quando você é incorrigível.

— Eu me divirto mais com você do que com qualquer outra pessoa, Nat. Mesmo quando estamos brigando. Especialmente depois.

— Continuo esperando para descobrir algo a seu respeito de que não gosto.

Suas palavras são como uma flecha no meu coração. Deus... ela nunca pode saber sobre o meu lado que, definitivamente, não vai gostar ou entender.

— Mas até agora, não há nada para não gostar.

— Igualmente, linda, embora eu não esteja esperando encontrar algo ruim. Sei que não há nada para encontrar.

Pouco tempo depois, quando chegamos ao *Shrine Auditorium*, minha ansiedade aumenta um pouco. Nossa equipe de segurança está em contato direto com a segurança do evento para garantir que não haja problemas durante nossa entrada. Desde que fui esfaqueado na fila de um evento em Londres, no ano passado, as aparições públicas não são como costumavam ser. As pessoas são loucas e sempre fico na expectativa de que a loucura seja mil vezes pior do que o normal, já que esta é a nossa primeira aparição pública desde que nos casamos. O pensamento de expor Natalie a esse nível de insanidade me deixa extremamente desconfortável.

Pediram que esperássemos no carro até que os seguranças chegassem até nós.

Natalie segura minha mão entre as suas.

— Você está tremendo.

— Depois do que aconteceu em Londres, essa merda me deixa louco. Especialmente agora, que demos à imprensa a história do ano ao nos casarmos.

— Esta noite vai ser uma loucura, mas depois disso, vão se acostumar conosco e nós seremos só mais um casal.

— Certo — digo com uma risada. — De alguma forma, não acho que isso vai acontecer por um tempo. Vai ser insano, então se segure em mim, sorria e acene se quiser, mas não me deixe. Ok?

— Não vou te deixar. Nunca.

— Promete?

Ela apoia a cabeça no meu ombro.

— Acredito que já fiz essa promessa em Vegas.

Ela me aquieta e me acalma com sua doçura. Saber que vou para casa com ela — hoje e todas as noites — alivia a minha ansiedade.

A porta se abre e está na hora do show. Saio primeiro, provocando a gritaria da multidão que se reuniu para assistir às festividades do tapete vermelho. Quando estendo a mão para Natalie a fim de ajudá- -la, o nível de decibéis aumenta exponencialmente. A multidão enlouquece com minha linda esposa.

Ela me olha com nervosismo, mas depois parece se recuperar, sorrindo amplamente enquanto segura meu braço com firmeza.

As pessoas gritam nossos nomes e os flashes quase nos cegam. O tapete vermelho se desdobra diante de nós e avançamos com os seguranças, mantendo uma ligeira distância para não nos esconder da multidão. Não quero isso. É uma linha tênue entre estar seguro e ser reservado. Sempre tive uma relação próxima com meus fãs e nunca esqueço de que foram eles que me fizeram um astro.

Mas uma faca cortando as costelas em uma fila, tende a mudar sua visão sobre multidões, fãs e celebridades. Mantenho certa distância agora que não costumava ter e, embora me entristeça ter que fazer isso, não vou arriscar minha segurança, muito menos expor Natalie a nenhum perigo.

Aceitando minha sugestão, ela acena e sorri como uma profissional. As pessoas estão chamando seu nome e dizendo que a amam. Estou impressionado e comovido pela demonstração de apoio à minha esposa. Paramos para um enorme grupo de fotógrafos que me deixam meio cego com a explosão de flashes.

Com o canto do olho, noto uma confusão que chama minha atenção. Uma das repórteres do *Hollywood Starz*, uma mulher que me entrevistou muitas vezes no passado, está chorando — no ar — enquanto uma celebridade atrás da outra passa por ela sem olhar em sua direção.

O boicote está em andamento. Me inclino para mais perto de Natalie.

— Dê uma olhada a sua direita. Foram eles que publicaram a sua história. Todo mundo está passando direto.

Ela dá uma olhada sutil.

— Uau. Ela está chorando no ar?

— Parece que sim. — Mantenho o braço ao seu redor. — Parabéns, linda. Hollywood inteira é *Team Natalie*.

Um produtor da *Hollywood Starz* tenta chamar nossa atenção enquanto passamos pelo tapete vermelho. Como o resto dos meus colegas, continuo andando quando, normalmente, pararia para uma conversa breve com cada membro da imprensa. Em vez disso, me dirijo para seus concorrentes e apresento a minha mulher aos repórteres.

— O que você tem a dizer sobre o boicote no tapete vermelho ao *Hollywood Starz*?

— Acho que os atores estão enviando uma mensagem forte de que não toleraremos a exploração dos nossos entes queridos em nome de publicações ou cliques. O que fizeram com a Natalie não deveria acontecer com ninguém.

— E você, Natalie, o que tem a dizer?

Ela me olha, e eu aceno, na esperança de encorajá-la a falar o que pensa.

— Fiquei extremamente comovida com todo o carinho e apoio que recebi de Flynn, seus amigos e familiares, bem como da comunidade de Hollywood. Tem sido impressionante para dizer o mínimo.

— Flynn, você sabe que o mundo inteiro está falando sobre você e sua adorável esposa hoje. Uma vez, você falou publicamente que nunca se casaria novamente. O que a Natalie tem que te fez mudar de ideia?

Olho para ela, que está me observando com aqueles olhos expressivos que me encantaram desde o primeiro segundo em que a conheci.

— Tudo. Cada. Pequena. Coisa.

Ela sorri para mim e fico simplesmente deslumbrado. Não há outra palavra para o jeito que me sinto quando ela me olha, como se eu pegasse a lua só para ela.

— É seguro dizer que todas as mulheres na América acabaram de desmaiar.

Nós rimos, nos despedimos e seguimos para o próximo repórter. As perguntas são semelhantes e os parabéns são genuínos, assim como o apoio a Natalie. Amo o jeito que meus colegas se uniram para nos apoiar.

No caminho para o auditório, somos parados a cada poucos metros por pessoas que querem nos cumprimentar e conhecer Natalie. Eu a apresento a alguns dos maiores nomes do entretenimento. Ela é graciosa e adorável enquanto tenta manter a compostura e não se transformar em uma fã maluca.

— Ah, meu Deus, ah, meu Deus, *ah, meu Deus* — ela sussurra depois de conhecer Julia Roberts. — Eu tinha pôsteres dela no meu quarto quando pequena.

— Ela é uma boneca. Fico feliz que você a tenha conhecido.

— Posso ir ao banheiro antes de entrarmos? O champanhe e a emoção estão me alcançando.

— Claro. Acho melhor ir também. Gesticulo para os seguranças para que saibam que iremos ao banheiro.

— Te encontro aqui, linda.

— Serei rápida.

~

Natalie

TODO MUNDO É MUITO LEGAL. Não tenho certeza do que estava esperando, mas o carinho da comunidade de Hollywood foi emocionante. Encontrar a Julia Roberts e ouvi-la me *chamar pelo nome* foi a coisa mais louca que já me aconteceu. Bem, além de conhecer Flynn, é claro.

Quando estou indo para uma cabine, uma mulher sai de outra. Dou uma olhada quando reconheço Valerie Ward, a ex-mulher de Flynn. Ah, Deus...

— Bem, o que temos aqui? — ela pergunta com um daqueles sorrisinhos que as mulheres prepotentes fazem tão bem. — *A nova* sra.

Godfrey. Parabéns. Você conseguiu fazer o que muitas não conseguiram. Você é o antídoto da ex-esposa.

Sei que ela quer que eu reaja e diga algo de que vou me arrepender, mas me recuso a deixá-la me provocar. Em vez de morder a isca, começo a entrar na cabine, mas ela segura a porta, se recusando a me deixar fechar.

Se inclinando, ela pergunta:

— O que uma garota legal e doce como você está fazendo com uma fera como ele? Ele já te amarrou? Te bateu? Apertou seus mamilos com grampos? Usou plugs na sua bunda? — Ela respira fundo, seus olhos brilhando de forma maníaca. — É, acho que não. Boa sorte, *linda*. Vai precisar. — Com a palma da mão, ela bate a porta na minha cara. Por pouco, não atinge a lateral da minha cabeça.

Minhas mãos tremem quando a travo. Do que ela estava falando? As palavras de Valerie correm pela minha cabeça enquanto tento dar sentido ao que ela disse. O homem que ela descreveu não tem nenhuma semelhança com o meu Flynn. E o jeito que ela me chamou de linda naquele tom condescendente... Era assim que ele a chamava também? Estou sendo boba em pensar que o termo carinhoso é só para mim?

O encontro com Valerie durou uma questão de segundos, mas ela me deixou balançada e imaginando se há alguma verdade no que disse. Ela é boa. Tenho que reconhecer. De alguma forma, consigo usar o banheiro, mas preciso de um tempo a mais para recuperar a compostura.

Flynn a viu sair? Será que está falando com ela agora? Estão tendo uma discussão? Ou ele está insatisfeito em vê-la e preocupado com o que ela poderia ter me falado? Uma fila se formou dentro do banheiro feminino e sinto os olhos de todas em mim enquanto lavo as mãos e reaplico o batom. Respiro fundo algumas vezes, esperando não demonstrar nada para as mulheres curiosas que estão me observando. Algumas delas eu reconheço.

Murmuro olá para todas que falam comigo ao sair.

Quando me vê chegando, Flynn se afasta da parede entre os banheiros feminino e masculino e abre um sorriso enorme. Ele não parece chateado ou irritado, o que me leva a acreditar que não encontrou com Valerie. Sortudo. Decido não falar sobre o encontro com ela, de modo a não perturbá-lo em sua grande noite.

Ele coloca o braço ao redor dos meus ombros e me puxa perto o suficiente para beijar minha têmpora.

— É muito ruim eu ter sentido saudades no tempo que você levou para fazer xixi?

Sua doçura me deixa, imediatamente, à vontade, apesar da maldade que Valerie lançou em mim.

— Muito.

— Se isso é ruim, baby, não quero ver quando for bom.

Todo mundo está olhando para nós. Estão interessados. Curiosos. Sou a mulher que mudou a cabeça de Flynn Godfrey a respeito de casamento. Percebo que pelo resto da vida, sempre serei a mulher que o fez mudar de ideia sobre o casamento. Posso viver com isso.

Mais uma vez, estamos sentados com os amigos de Flynn da Quantum. Marlowe, Jasper e Kristian nos abraçam e nos parabenizam novamente pelo casamento. Hayden é o último a nos cumprimentar. Ele nos abraça, o que considero um sinal de esperança.

Nos acomodamos, escolhemos o jantar e somos servidos até que a premiação comece, pouco tempo depois. Enquanto a conversa vibra ao meu redor, viajo em meus pensamentos, intrigada com as coisas que Valerie me disse.

Ele já te amarrou? Te bateu? Apertou seus mamilos com grampos? Usou plugs na sua bunda? Flynn havia *espancado* Valerie? Não há como isso ser verdade. Ele nunca foi nada além de um perfeito cavalheiro comigo. Claro, as coisas ficaram particularmente quentes algumas vezes, como no avião e na nossa noite de núpcias antes do meu colapso. No entanto, tudo entre nós tem sido excitante e totalmente consensual. As coisas que ela descreveu não parecem consensuais.

Mas há também a possibilidade de que ela tenha agido assim por ciúmes. Gostaria de saber o que Valerie esperava conseguir me dizendo essas coisas.

— Você está bem? — Flynn pergunta durante um intervalo.

— Sim. Está quente aqui.

— Está? Para mim está bom.

— Quanto tempo até a sua categoria?

Ele sorri e pisca quando fala:

— É perto do final.

Alguém bate no seu ombro, e ele se levanta para cumprimentar. Marlowe desliza para o assento ao lado do meu.

— Como vai, sra. G?

— Está quente aqui ou sou só eu?

— Estou assando. É sempre quente nesses eventos. Muitas pessoas e ar insuficiente.

Meu estômago se agita com o pensamento de perguntar a Marlowe sobre Valerie. Mas preciso saber.

— Ei, Marlowe.

— O quê?

Olho por cima do ombro para me certificar de que Flynn ainda está ativamente envolvido em sua conversa.

— Me fale sobre a Valerie. Como ela é?

— Uma víbora. Eu a odeio, e não apenas por causa do inferno que causou a Flynn, mas por não ser uma pessoa legal. As pessoas nesta cidade estão cheias dela. Não conheço muitos diretores que ainda queiram trabalhar com ela.

— Humm, interessante.

— Por que pergunta?

— Eu a encontrei no banheiro feminino. Ela foi... pouco amigável.

Marlowe bufa da maneira mais grosseira, o que me faz gostar dela ainda mais.

— Imagino. Ela não só perdeu o Flynn, mas por anos ele disse ao mundo que ela o afastou do casamento de forma permanente. Isso te deixa como um alvo. Você disse a Flynn que a viu?

— Não. Não quis aborrecê-lo em sua grande noite e sabia que ele ficaria chateado com o que ela me falou.

Marlowe se inclina mais perto.

— O que ela disse?

— Nem vale a pena repetir. Acho que se eu fosse idiota o suficiente para perder o amor de um homem como Flynn, seria uma vaca ciumenta também.

— Você nunca, na história do universo, será capaz do tipo de merda que a mulher vomita. Ah, e você fez a coisa certa em não dizer nada a ele. Ele ficaria irado, e esta é uma grande noite para ele. Ou espero que seja.

— Não o agoure.

Ela sorri para mim.

— Você o ama mesmo, não é?

— Amo, sim.

— Que bom. Você é exatamente o que ele precisa em sua vida.

— Você acha que o Hayden vai perceber isso?

— Hayden tem seus próprios demônios — Marlowe fala, olhando para o homem em questão enquanto ele ri e brinca com os amigos. — Não acho que a reação dele tenha algo a ver com você ou Flynn, e você não deveria levar isso a sério.

— Flynn fica sentido.

— Esses dois sempre tiveram seus altos e baixos. É a natureza do relacionamento deles. Eles sempre superam os obstáculos, então tente não se preocupar.

Um anúncio é feito de que o intervalo está prestes a terminar e todos são convidados a retornar aos seus lugares.

— Marlowe, obrigada. Você tem sido uma boa amiga para mim. Eu agradeço.

Ela me dá um abraço rápido.

— Espero que nos tornemos ótimas amigas.

Marlowe Sloane quer ser minha amiga. Que loucura. Ela volta para o seu lugar, e Flynn desliza o braço ao meu redor.

— Como vai?

— Bem. E você?

— Pronto para sair daqui.

— E perder as festas?

Ele balança a cabeça.

— Sou recém-casado. Vou pular as festas.

— E se você ganhar?

— Vou fingir que você não disse isso...

— Você não pode perder as festas.

— Você vai ver.

A maneira como ele diz essas palavras — e como ele me olha quando as diz — faz loucuras comigo. Amo o quanto ele me deseja e quer ficar sozinho comigo. Me inclino contra ele enquanto esperamos que sua categoria seja anunciada.

Marlowe é a apresentadora do prêmio de melhor ator. Ela anuncia os indicados e quando chega ao clipe de Flynn, o público fica louco. Ele sorri para as câmeras, mas debaixo da mesa está segurando minha mão.

Dou-lhe um aperto em sinal de apoio.

— E o prêmio de melhor ator vai para... meu amigo Flynn Godfrey, por *Camuflagem*!

O lugar fica uma loucura.

Ele me beija, abraça Hayden, Jasper e Kristian e, em seguida, vai para o palco. Estamos todos de pé batendo palmas, comemorando e, no meu caso, tentando não chorar. Marlowe o cumprimenta com um abraço e lhe entrega o prêmio.

Demora muito tempo para o aplauso diminuir. Usando aquele sorriso humilde que amo tanto, Flynn está diante de seus colegas, segurando seu prêmio e aproveitando o seu grande momento.

Mesmo se eu tivesse assistido à premiação em casam sem nunca ter conhecido Flynn, ficaria feliz por ele, porque *Camuflagem* é um dos melhores filmes que já vi. Mas como sua esposa e a mulher que o ama... estou atordoada de felicidade e orgulho por suas realizações.

— Muito obrigado ao *Screen Actors Guild* por esta incrível honra — ele fala depois que o público, finalmente, se aquieta. — Sou abençoado por trabalhar com muitos de vocês e poder chamá-los de amigos e colegas. Somos as pessoas mais sortudas do mundo por podermos fazer esse trabalho que amamos. Ser reconhecido por isso é como a decoração de um belo bolo. Vocês todos sabem que este filme é muito importante e querido para mim e para todos na Quantum. A história de Jeremy me levou a uma jornada incrível e me deu uma visão totalmente nova dos sacrifícios que nossos militares e suas famílias fazem por nós todos os dias. Por favor, façam sua parte em apoiar nossos veteranos e suas famílias. Nós lhes devemos tudo. — Outra rodada de aplausos entusiasmados segue essa declaração.

— Ninguém chega aqui — ele fala, segurando a estatueta — sem muita ajuda, e eu tenho as melhores pessoas do mundo trabalhando comigo, assim como a maior família que alguém poderia esperar ter. E agora... — Ele leva um momento e parece estar se recompondo enquanto olha diretamente para mim.

Meu coração para, e eu prendo a respiração, esperando o que ele vai dizer.

— ... agora também tenho a Natalie. Não é segredo que essas últimas semanas foram difíceis para a minha esposa – com certeza, adoro dizer isso – e para mim. Nenhum de nós esquecerá o carinho e apoio que recebemos desta comunidade. Tenho uma enorme dívida de gratidão para com a cachorra selvagem de Natalie, Fluff-o-Nutter — ele fala, despertando a risada do público. — Sem o mau comportamento da Fluff, Natalie poderia ter passado pelo parque onde eu estava filmando, em Nova York, e eu nunca saberia que o amor da minha vida estava escapando. Então, obrigado, Fluff. — Olhando diretamente para mim, ele acrescenta: — Natalie, eu te amo com todo o coração e mal posso esperar para ficar com você pelo resto da vida.

Ele segura o prêmio.

— Muito obrigado por esta incrível honra.

Enxugo as lágrimas enquanto Flynn e Marlowe deixam o palco de braços dados, rindo enquanto saem. Não posso acreditar que ele agradeceu à Fluff! Ele retorna ao palco alguns minutos depois com o elenco da *Camuflagem* para receber o prêmio de Melhor Performance de Elenco em filme.

Que momento incrível para testemunhar, mesmo que eu não tenha nada a ver com isso. Sua alegria é minha, e estou cheia de orgulho por esse homem que me arrebatou e conquistou meu coração. Aquele dia no parque parece que aconteceu há uma vida, quando se passou apenas algumas semanas. Flynn e eu acumulamos um ano de vida nesse curto período de tempo, e estou muito animada para ver o que vem a seguir para nós.

Quando a premiação termina, ele desce as escadas do palco. Mesmo com um prêmio em cada mão, ele consegue me levantar e me beijar com a maior parte de Hollywood olhando.

Coloco meus braços ao seu redor e o beijo de volta.

Ele, finalmente, parece se lembrar onde estamos e interrompe o beijo, mas posso sentir sua relutância.

— Estou tão orgulhosa e tão feliz por você — sussurro em seu ouvido para que ele possa me ouvir sobre o barulho ao nosso redor. — Obrigada por reconhecer a contribuição da Fluff para o nosso relacionamento.

— Ela desempenhou um papel essencial. Melhor atriz coadjuvante.

Sorrio para ele, que me abraça novamente. Como estou usando salto alto, posso ver por cima do seu ombro. Meu olhar foca em Valerie, que está olhando para nós com ódio mal contido. Não tenho certeza do que acontece comigo, mas sorrio para ela enquanto abraço meu marido bonito e bem-sucedido. Deixe-a se arrepender por tê-lo deixado fugir.

O olhar que ela me dá é vil e percebo que, com um sorriso, fiz uma inimiga para a vida. Tudo bem. Eu me agarro mais a Flynn. Vamos nos vingar sendo felizes juntos.

— Vamos sair daqui — ele fala em um grunhido baixo.

— Você não tem que dar entrevistas e outras coisas?

Ele geme.

— Sim, tenho, mas depois vamos sair daqui.

— Estou com você, amor.

— Sim, com certeza você está.

Natalie

Adoro vê-lo dar entrevistas. Com suas estatuetas nas mãos, ele age da forma que mais amo: com humildade, charme, diversão e sinceridade. Os repórteres fazem a mesma pergunta várias vezes: como ele se sente sendo o favorito para o Oscar? É emocionante, ele fala, mas muitas coisas em sua vida têm sido empolgantes ultimamente. A última repórter quer saber o que ele está achando da vida de casado.

— Espetacular — ele fala com um sorriso para mim. — E será ainda mais quando terminarmos aqui.

— Longe de nós manter os recém-casados afastados por mais tempo — a repórter fala. — Parabéns mais uma vez, Flynn. *Camuflagem* foi incrível. Você merece toda a aclamação e prêmios.

— Muito obrigado. — Ele vem me buscar. — Vamos dar o fora daqui.

Seguimos a equipe de segurança até a limusine, que já está pronta para nos levar embora.

— As pessoas vão ficar bravas se você não for às festas?

— Não me importo com isso. — No segundo que estamos acomodados no carro, ele coloca o braço ao meu redor e me puxa para si, seus olhos brilhando de felicidade e intenção.

— Me beije, linda, antes que eu morra de tanto te desejar.

O que mais posso fazer quando ele coloca as coisas dessa maneira? Eu o alcanço e o trago para mim, colocando meus lábios sobre os seus e respirando seu perfume infinitamente atraente. O cheiro sempre me faz querer enterrar o rosto em seu pescoço. Por muito tempo, não fazemos mais do que beijar: lábios pressionados contra os outros, compartilhando o mesmo ar. A pura intimidade do momento me atinge como uma flecha no coração. Este homem, que poderia ter qualquer mulher no mundo, escolheu passar o resto da sua vida comigo.

Ele emoldura meu rosto em suas mãos grandes e recua para me estudar.

— Como você pode ser tão linda e toda minha?

— Estava me perguntando a mesma coisa sobre você. — Envolvo a mão em seu pulso. — Adorei o que você disse no palco. Fluff ficará satisfeita quando souber disso também. Foi muito gentil da sua parte incluí-la.

— Sabe o que eu disse sobre o quanto chegamos perto de nunca nos encontrarmos? Se ela não tivesse se soltado, se você não tivesse corrido atrás dela... me dói pensar no que poderíamos ter perdido.

Ele me beija novamente, sua boca deslizando sobre a minha, sua língua persuadindo a entrar. Sua mão desliza para cima da minha perna, empurrando o vestido enquanto ele desliza as pontas dos dedos sobre a minha coxa e mais acima. Interrompendo o beijo, ele fala:

— Tire a calcinha. Quero te provar. Agora mesmo.

— Flynn... — Olho para a divisória fechada que nos isola do motorista. — Aqui, não. Em breve estaremos em casa.

— Bem aqui. Agora mesmo. — Ele puxa a calcinha para mostrar seu ponto.

O pensamento de fazer isso aqui e agora faz meu coração bater rápido e as palmas das mãos suarem, sem mencionar a inundação de calor entre as minhas pernas.

— Flynn...

— Shhh. — A calcinha desce pelas minhas pernas e é colocada no bolso do paletó. Ele se ajoelha no chão à minha frente. Estou de costas, com o vestido erguido até a cintura e as pernas abertas, apoiadas em seus ombros. Caramba, esta é realmente a minha vida agora? Quando ele me separa e me lambe da frente para trás antes de mergulhar dentro de mim, percebo que estava apenas meio viva antes de conhecê-lo e descobri o quanto mais era possível.

Falando em mais, ele desliza os dedos em mim. Geme contra minha parte mais sensível.

— Porra, amo o seu sabor, Nat. Nunca vou ter o suficiente de você. — Ele esfrega o queixo com a barba por fazer contra mim e a excitação aumenta o ataque aos meus sentidos. Meu corpo está completamente excitado enquanto ele me lambe e suga, me levando a um orgasmo que me faz gritar. Quando volto do clímax incrível, me lembro de onde estamos.

— Ah, o motorista...

— Não ouviu nada. Pedi que ele ligasse o som.

Ele continua como se fosse me fazer gozar ainda mais intensamente do que antes.

— Quero outro.

— *Não posso.*

— Pode sim, baby. — Ele me prova que estou errada e me faz gritar mais uma vez quando agarro um punhado do seu cabelo e me seguro com força.

Estou desesperadamente tentando respirar quando o sinto pressionado contra mim.

— Já se passaram sete dias? — ele pergunta, parecendo tão desesperado quanto eu.

Levantando os quadris para encorajá-lo, respondo:

— Sim. Perto o suficiente. — Abro os olhos para olhá-lo enquanto ele entra em mim em um movimento suave que me preenche e quase me faz gozar de novo. Não posso acreditar que estou fazendo sexo na parte de trás de uma limusine.

— Você me transformou em uma viciada em sexo em aviões e limusines, sr. Godfrey.

— Hummm, temos tantos outros lugares para explorar e uma vida inteira para fazer isso – e agora, sem preservativo. Uau, isso é incrível, Nat.

— Para mim também. — Enfio as mãos em seu paletó, sentindo o suor em suas costas e as desço para agarrar seu traseiro enquanto ele empurra para dentro de mim. Amo a sensação que isso provoca, seus músculos trabalhando em harmonia para fazer amor comigo.

Ele tem a mesma ideia quando alcança embaixo de mim, segurando a minha bunda para me manter no lugar de sua posse absoluta. Pela primeira vez desde o meu colapso em nossa noite de núpcias, sinto que ele está deixando o controle de lado.

Quero que ele saiba que adoro o que ele está fazendo.

— Sim, Flynn, *sim...* não pare.

Minhas palavras são como combustível para seu fogo. Ele acelera o ritmo e seus lábios descem sobre os meus. Abro a boca para a sua língua, que toma posse feroz. Esqueci onde estamos ou que há um motorista do outro lado de uma divisória fina. Não consigo pensar em outra coisa senão no magnífico prazer de fazer amor com meu lindo marido.

Ele levanta a cabeça, abre os olhos, me olha e eu perco meu coração para ele de novo quando percebo que ele está verificando se estou bem. Mesmo tomado pela paixão e pelo desejo, ele cuida de mim de uma maneira que ninguém jamais fez ou fará.

Me inclino e coloco as mãos ao redor do seu pescoço.

— Estou bem. Venha até aqui e me beije novamente. Eu amo te beijar.

Ele me dá exatamente o que quero e preciso até que estamos gozando juntos, seus dedos me segurando com firmeza enquanto ele me prende com a força do seu corpo e atinge orgasmo.

Eu o abraço apertado.

— Te amo muito, Nat. Muito mesmo. Todo mundo naquele salão queria ser eu, porque você é incrível e linda por dentro e por fora.

— Assim como você. E somos ainda mais lindos juntos.

Ele levanta a cabeça para olhar para o vidro embaçado.

— É melhor nos arrumarmos. Estamos quase em Malibu. —

Sorrindo para mim, ele se retira de dentro do meu corpo e pega lenços de papel de uma caixa em um compartimento da limusine.

— Eles estão preparados para encontros no banco de trás, hein?

— Nem pense nos restos de DNA nos assentos.

— Isso é nojento. Você precisa comprar sua própria limusine para que o único DNA nos assentos seja o nosso.

Seus olhos ficam arregalados e animados.

— Além de você, nada me excita mais do que ser informado de que preciso comprar outro carro.

— Porque os sessenta que você tem não são suficientes.

— Nunca são suficientes. — Ele puxa a calça e se acomoda no assento ao meu lado. — Sério, baby, carros novos me deixam excitado. Não tanto quanto você me deixa, mas chega muito perto... humm... só consigo pensar em uma coisa neste mundo que tem o cheiro melhor que o de um carro novo.

— E você *não* vai dizer o que é.

Oferecendo um sorriso feroz, ele concorda:

— Tudo bem, não vou dizer. — Ele pega a calcinha do bolso, leva ao rosto e respira fundo.

Nunca vi nada tão vulgar ou erótico na vida.

— Te deixo terrivelmente chocada?

— Não.

Ele inclina a cabeça, me olhando com ceticismo.

— Você me faz sentir como se durante toda a minha vida eu estivesse parcialmente adormecida e só passei a viver completamente depois que te conheci.

— Essa é a coisa mais incrível que você já me disse. — A calcinha retorna ao bolso. Ele me abraça e me beija até chegarmos à casa de praia.

— Acho que já é seguro irmos para a minha casa amanhã — ele comenta quando entramos, onde uma Fluff muito entusiasmada nos cumprimenta como se estivéssemos fora por seis meses. Ela até parece feliz em ver Flynn.

— Ela deve ter assistido hoje à noite, quando você a tornou famosa.

— Talvez sejamos amigos agora. — Flynn vai atender uma batida na porta. — Muito obrigado. — Ele retorna segurando duas sacolas.

— O que é isso?

— Entrega do *In-N-Out*. Os melhores hambúrgueres de Los Angeles.

— Como conseguiu isso?

— Mandei uma mensagem para os seguranças e pedi que um deles parasse lá no caminho de casa. Não consigo pensar em uma maneira melhor de comemorar esta noite do que com uma coisa *tão gostosa* — ele fala com uma piscadela sacana.

— Ainda estamos falando sobre hambúrgueres?

— Claro. Sobre o que mais seria?

Flynn acende a lareira a gás e, ainda usando roupas formais, desfrutamos de um piquenique no chão da sala de estar.

— Tenho que dizer, este hambúrguer é incrível.

— Eu te disse — ele responde com a boca cheia. Ele mergulha batatas fritas no ketchup e as segura para me alimentar, dando também algumas para Fluff.

Hambúrgueres e batatas fritas nunca tiveram um gosto melhor do que esta noite. Me aproximo para limpar um pouco de ketchup do seu lábio.

— Você se sente tão feliz assim quanto eu?

— Linda — ele fala com a voz rouca, claramente comovido com a minha pergunta. —, para mim, a felicidade se parece muito com isso.

— Tenho que ir para o escritório hoje — Flynn diz de manhã —, mesmo que eu prefira ficar com você.

— Tudo bem. Vou dormir mais um pouco e depois me organizar com algumas coisas básicas, sem mencionar uma tonelada de roupa que precisa ser dobrada e embalada para voltarmos para sua casa. Tenho muito para me manter ocupada. Não se preocupe comigo.

— Vou me preocupar com você. Sempre vou me preocupar. — Ele se senta ao meu lado na cama. Está de banho recém-tomado, barbeado e está vestido com camiseta preta justa e jeans desbotado que o abraça nos lugares certos. Como sempre, fico com água na boca só de olhar para ele. — Esta será a primeira vez que ficamos separados desde que nos casamos.

— Não podemos passar todos os minutos juntos. E quando você estiver gravando em algum lugar exótico?

— Você vai comigo.

— E se eu conseguir meu emprego de volta?

Ele ergue as sobrancelhas com uma expressão que parece consternação, mas rapidamente disfarça e se inclina para me beijar.

— Vamos descobrir o que fazer, linda. Preciso ir antes que o Hayden me mate. Depois de mais um beijo longo e apaixonado, ele geme e se afasta. — Voltarei assim que puder. Há seguranças do lado de fora. Se quiser ir a qualquer lugar, basta falar com eles. Eles também têm o código para voltar para cá.

— Vou ficar bem. Vá trabalhar, amor.

— Vamos sair em lua de mel — ele fala quando sai. — Uma longa lua de mel. Assim que pudermos.

— Pensei que era o que estávamos tendo.

— Ficar por aqui não conta de jeito nenhum. Vamos para algum lugar incrível.

— Por mim, ficar aqui já seria bom o suficiente.

— Posso fazer melhor que isso.

Ele me deixa com um grande sorriso bobo no rosto enquanto me aconchego sob as cobertas, esperando voltar a dormir depois de ter ficado metade da noite fazendo amor com meu marido insaciável. Estou a caminho de cochilar quando meu telefone toca.

Pego o aparelho na mesinha de cabeceira e vejo o nome de Leah na tela.

— Oi — falo, reprimindo um bocejo. — O que está acontecendo?

— São oito horas aqui, então onze lá. — Por que você não está na aula?

— Estou — ela sussurra. — Estou me escondendo no armário de materiais, mas a porta está entreaberta para que eu possa ver os monstros.

— Por que você está no armário?

— Tenho notícias. Esta manhã, a Sue me disse que o conselho quer reintegrá-la, mas a sra. Heffernan negou. Ela disse que era você ou ela. De acordo com a Sue, escolheram você.

Eu me sento na cama.

— Você está brincando comigo? Me escolheram em vez dela?

— Antes de você tomar isso como um grande elogio, precisa saber que os advogados do Flynn estavam jogando duro. Parece que entrariam com um grande processo se não a readmitissem. Mas a Sue disse que todos acharam errado a sra. Heffernan te demitir pelos motivos que ela o fez, especialmente quando os pais estavam tão satisfeitos com o trabalho que você estava fazendo.

— Uau. Não sei o que dizer.

— Parece que o conselho vai te ligar mais tarde. Queria te avisar, mas não diga que eu contei.

— Eu nunca faria isso. Não se preocupe.

— O que vai fazer, Nat? Você quer voltar?

Se ela me perguntasse isso no dia em que fui demitida, eu teria dito que sim, é claro que queria voltar. Mas agora... agora tudo é diferente.

— Não sei. Preciso falar com o Flynn e ver os nossos planos.

— Bem, não importa o que você decida, estão fazendo a coisa certa oferecendo-lhe seu emprego de volta. As pessoas aqui andam alvoroçadas pelo incidente. A maneira como ela te tratou foi errada, Natalie. Todo mundo pensa assim.

— Obrigada por isso e, por favor, agradeça a todos também.

— Pode deixar. Tenho que ir antes que os monstrinhos tenham uma grande ideia para me trancar aqui.

— Eles *não* são monstrinhos!

— São, sim. Me ligue depois e me conte como foi.

— Pode deixar. Obrigada pela informação.

— Disponha.

Termino a ligação com Leah e ligo para Flynn.

— Já sentindo saudades, baby?

— Você sabe que sim, mas acabei de falar com a Leah e tive notícias do meu emprego. — Relato a ele o que Leah me contou. Quando termino, ele está totalmente em silêncio. — Flynn?

— Estou aqui, linda, apenas processando tudo. O que você está pensando?

— Não sei. Por um lado, me sinto feliz pela sra. Heffernan ir embora, porque ela era ruim não só comigo. Ninguém gosta dela.

— E o que há do outro lado?

— Você, eu e nossa vida juntos. Você está aqui. Não tenho tanta certeza se quero estar tão longe de você por um dia ou dois.

— Ainda que essa seja uma decisão total e completamente sua, seu pensamento combina com o meu na coisa de não querer ficar longe.

— Imaginei.

— Você tem que dar uma resposta imediatamente?

— Não tenho certeza. A Leah disse que vão me ligar hoje para pedir que eu volte.

— Veja se você pode pensar a respeito por um dia ou dois e vamos conversar sobre isso hoje à noite quando eu chegar em casa.

— Certo. Farei isso.

— Estou feliz por você, feliz que esse erro terrível será corrigido, não importa o que aconteça depois.

— Também estou. A Leah disse que o conselho foi intimidado por tudo o que Emmett disse a eles.

— Bom, deveriam mesmo se sentir assim. O que a sra. Heffernan fez provocou uma enorme responsabilidade a eles. Fico feliz que viram isso. — Ele faz uma pausa antes de acrescentar: — Você está bem?

— Estou, sim. Só processando tudo.

— Falaremos mais depois, ok?

— Claro. Nos vemos mais tarde.

— Amo você, baby. Estou muito feliz por estarem fazendo a coisa certa.

— Também te amo. Obrigada por não deixá-los fugir da responsabilidade.

— Nunca. Estarei em casa assim que puder.

— Estarei aqui. Vejo você mais tarde.

Coloco o telefone de volta na mesa e me aconchego na cama, minha cabeça acelerada com as implicações de conseguir meu emprego de volta. Depois de ficar deitada por meia hora, fica claro que não vou voltar a dormir. Decido me levantar e fazer algo de útil, lavando a tonelada de roupas que se acumulou nas últimas duas semanas.

Recolho nossas roupas em uma cesta que encontro no armário do quarto principal. Flynn me disse que a lavanderia era "em algum lugar", gesticulando para o segundo andar da enorme casa.

Subo as escadas, apreciando a vista da praia pelas janelas enquanto caminho. Tento imaginar como seria ganhar dinheiro suficiente para comprar um lugar como este.

— Não vai acontecer nesta vida — murmuro para Fluff, que me segue no andar de cima. Como há seis portas para escolher, coloco a cesta no topo da escada e vou até o final do corredor para encontrar a lavanderia.

As primeiras três portas se abrem para quartos espaçosos com vista para a praia. Não há uma vista ruim neste lugar. Atrás da quarta porta, há um enorme quarto principal. Intrigada, eu me arrisco a entrar e encontro a maior cama que já vi. É facilmente duas vezes o tamanho da cama king de Flynn. Para que um cara solteiro precisa de uma cama desse tamanho?

Fora do quarto, há um banheiro igualmente enorme, onde encontro a lavadora e secadora escondidas atrás de uma porta fechada. Vou pegar a cesta quando o armário me chama a atenção e, aparentemente, a de Fluff também, que entra no closet. Eu a chamo para voltar, mas ela não sai. Isso não é nenhuma surpresa, então vou atrás dela.

Caramba, o cara tem muitas roupas! A maioria delas em cores clássicas — cinza, preto, marrom. Tudo é coordenado por cores e muito bem organizado. Me aventuro mais no closet, passando por fileiras de sapatos e gavetas de todos os tamanhos para outra porta que Fluff abriu.

— Fluff, venha cá. Não deveríamos estar aqui. — Ela está no canto mais distante. O segundo cômodo parece uma espécie de academia — até que olho mais de perto para o equipamento. Nunca vi nada disso nas academias que frequentei. Que diabos é isso? Em uma parede, um conjunto de gavetas me chama.

Neste ponto, tenho que reconhecer que o que estou fazendo conta como bisbilhotar. Encontrei a lavanderia e dei uma olhada no closet incrível. Se eu abrir essas gavetas para ver o que tem dentro, cruzarei uma linha e não poderei voltar atrás. Mas parece que não consigo evitar. Quero saber o que é tudo isso.

Olho para Fluff.

— O que você faria?

Ela late, o que eu acho que significa "vá em frente".

— Você é uma má influência. Não tem nenhuma bússola moral.

Sua resposta é mais dois latidos aguçados que soam como concordância.

Não posso explicar o que me leva a fazer isso. É completamente contrário ao caráter de alguém que guardou segredos durante a maior parte de sua vida. Como eu era discreta, ninguém prestava muita atenção em mim, e eu gostava. Não tenho qualquer experiência em tomar conta da vida dos outros.

Mas quero saber o que tem nessas gavetas, então vou até elas e começo a abri-las. Estão repletas com uma variedade de objetos que não reconheço — a maioria de materiais emborrachados em formas e tamanhos estranhos. Na segunda gaveta, encontro mais do mesmo, só que com o formato de pênis — pênis muito grandes. Por que é que Hayden mantém grandes pênis de borracha em sua casa?

A questão me faz rir de nervoso. Flynn sabe disso? O pensamento de contar a ele só aumenta minha risada nervosa. Na terceira gaveta, encontro objetos metálicos brilhantes que parecem clipes de algum tipo ao lado de penas e tiras de veludo.

Dou outro olhar ao redor da sala, no banco de peso de formato estranho e na grande cruz que ocupa a maior parte do espaço. Na parede, uma espécie de remos que se parecem com grandes raquetes de pingue-pongue estão presas ao lado do que pode ser uma coleção de objetos de equitação. Afixado no teto, há uma série de cordas presas às polias.

— Que merda é essa, Fluff?

Abro a gaveta de baixo e encontro caixas de preservativos e vidros de lubrificante.

— Ah, meu Deus. — De repente, quero sair dali. Já vi mais do que o suficiente para garantir que nunca mais posso encarar Hayden Roth.

Tiro Fluff do cômodo e vou pegar a roupa. Quando começo a lavar, tento não pensar no que vi no quarto secreto de Hayden. O que isso significa? Como funciona? O que ele faz com todas aquelas coisas? Com a máquina de lavar funcionando, desço e minha cabeça gira enquanto tento processar tudo.

Vou direto para o laptop do escritório e começo a bisbilhotar na internet, minha curiosidade só aumenta à medida que percebo que o que descobri é o que chamam de "quarto de jogos" de Hayden. Descobri que essas salas são frequentemente encontradas nas casas de dominadores sexuais.

Clicando de um site para outro, sigo um rastro de informações e imagens que fazem meus olhos quase saltarem da cabeça. As pessoas realmente fazem isso? Vejo uma mulher esticada sobre o que agora percebo que é um banco de surra enquanto seu "Dom" usa uma palmatória em seu traseiro. Outra mulher está amarrada à cruz de St. Andrew com grampos nos mamilos. Uma corrente os conecta, bem como o que, aparentemente, está afixado em seu clitóris.

Cruzo as pernas para conter o formigamento entre elas. Como seria isso? Doeria muito? Ou o prazer anularia a dor? Minha curiosidade me leva a clicar em vídeos que demonstram como o equipamento no andar de cima é usado em situações sexuais. Não posso desviar o olhar.

Quando me dou conta, duas horas se passaram. Faço questão de limpar o histórico do navegador no computador antes de ficar de pé e sair do escritório com mais perguntas do que antes. Agora sei que os objetos menores de borracha e vidro são plugs. Foi isso o que Valerie quis dizer quando perguntou se Flynn tinha colocado plugs no meu traseiro. Meu corpo inteiro se arrepia com esse pensamento. O formigamento significa que quero ou não?

Sou completamente principiante quando se trata de sexo. Fiquei longe dos homens e de qualquer coisa a ver com sexo por tanto tempo que me falta o contexto que preciso para satisfazer minha curiosidade. No entanto, a julgar pelo calor entre as minhas pernas, estou incrivelmente excitada com o que vi. Isso significa que quero tentar?

Não necessariamente. O pensamento de estar amarrada ou algemada faz eu me sentir tonta — e não de um jeito bom.

As perguntas mais urgentes que tenho depois de ver o quarto de Hayden e duas horas de "pesquisa" são se meu marido gosta das mesmas coisas que o melhor amigo e como vou ter coragem para perguntar isso a ele.

Preciso de ajuda para lidar com essa situação. Ajuda profissional. Percorro meus contatos em busca de um número que não uso há 6 anos. Quando troquei o celular para o meu telefone como Natalie, me certifiquei de incluir o número para casos de necessidade. Não tenho certeza se ainda é o mesmo.

— Só tem um jeito de descobrir. — Fluff levanta a cabeça para me olhar. Dou um tapinha nela e faço a ligação.

Ele atende no quarto toque. Ouvir sua voz me leva de volta aos dias sombrios após o ataque, quando ele foi uma parte essencial do grupo que me apoiou. O dr. Curtis Bancroft é especialista em estresse pós-traumático e aconselhamento de sobreviventes de agressões sexuais.

— É o Curt. Olá?

— Dr. Bancroft... É a April. April Genovese. — Ele nunca me conheceu pelo meu novo nome, já que parei de vê-lo antes de trocá-lo.

— April — ele diz em um longo suspiro —, é tão bom ouvir sua voz. Fiquei muito preocupado com você. Eu realmente esperava que me ligasse. Como você está?

— Estou surpreendentemente bem, considerando tudo. Estou te ligando em um momento ruim?

— Estou de férias no Caribe com minha família, mas estou muito feliz em conversar com você.

— Tem certeza?

— Claro. Então você se casou! Essa é uma ótima notícia. Está indo bem?

— Sim, Flynn... ele é incrível. Tem sido muito gentil e compreensivo.

— Esse é o primeiro relacionamento que você teve?

Sei que ele quer dizer relacionamento sexual.

— Sim.

— April? Você está conseguindo lidar com tudo?

— Acho que sim. Consigo... fazer amor com ele.

— Isso é maravilhoso. E consegue aproveitar?

Deus, é embaraçoso falar sobre essas coisas pessoais, mesmo para alguém com quem tenho poucos segredos.

— Sim, é... é incrível. Eu amo isso.

— Estou muito feliz em ouvir isso. Você trabalhou muito para se libertar do seu passado e espero que esteja se dando permissão para ser feliz.

— Eu estou. É só... Flynn, ele... bem, tive um *flashback* em nossa noite de núpcias. Ele... ele segurou minhas mãos e...

— Isso foi um gatilho para você?

— Sim! Nem pensei nisso até que ele fez e então, tive uma crise de pânico. E agora... ele está com muito medo de acontecer de novo. Está se segurando. Disse a ele que fazer sexo comigo é como fazer malabarismos com dinamite. Nunca se sabe quando vai explodir – e não é de um jeito bom.

Sua risada baixa ressoa pelo telefone.

— Embora seja uma metáfora interessante, se o seu marido te ama...

— Ama. Não tenho nenhuma dúvida quanto a isso.

— Então tenho certeza de que ele está apenas tentando ser cuidadoso ao se acostumar com seu primeiro relacionamento sexual.

— Algumas vezes, antes de saber tudo que aconteceu comigo... ele era diferente.

— Como assim?

— Mais solto, selvagem... ele dizia e fazia coisas.

— E você gostava?

— Sim. Gostava, porque era com o Flynn e confio nele. Mas desde a coisa com minhas mãos, ele está... diferente. Eu me preocupo que ele queira coisas, mas que nunca vou saber, porque ele tem medo de me contar.

— Você falou com ele sobre isso?

— Mais ou menos. No entanto, é difícil. Isso é muito novo para mim. E seus amigos... bem, um deles, pelo menos, é ligado em coisas bem pesadas, o que me faz pensar se o Flynn também gosta. Pareço ridícula, porque não consigo nem encontrar as palavras certas para descrever tudo isso para você. Como vou falar com ele sobre isso?

— Você está fazendo um ótimo trabalho explicando isso para mim.

— Isso é fácil. Você não é meu marido. E encontrei a ex-mulher dele no SAG Awards. — Continuo, contando a Curt o que Valerie me disse.

— Uau, bem... você tem que se lembrar de que a fonte é alguém que tem um motivo para se colocar entre vocês.

— Eu sei. Pensei nisso. Mas ela me fez pensar.

— Me parece que ele realmente se importa com você e quando os vi juntos na TV, ele foi muito atencioso.

— Ele se importa mesmo e é muito gentil. Ele é mais do que imaginei encontrar.

— Então confie nele, April. Confie nele para saber como ser o que você precisa. Mas ele não lê mentes. Flynn não pode saber o que você está pensando se não contar a ele.

— É estranho ser chamada de April depois de todo esse tempo.

— Prefere Natalie?

— Não tenho certeza do que prefiro. É estranho estar falando sobre April, quando tenho sido Natalie há tanto tempo.

— Gostaria de dizer que por mais que eu odeie como isso aconteceu, fico feliz em saber que você está indo bem em sua nova vida. Há anos me pergunto a seu respeito e espero ter notícias suas.

— Eu deveria ter ligado antes. Sinto muito.

— Não sinta. Você estava vivendo a sua vida e todo o seu trabalho duro comigo tornou isso possível.

— Tudo bem se eu ligar de vez em quando?

— Seria ótimo. Vou adorar ouvir notícias suas sempre.

— Obrigada mais uma vez. Não estou sendo dramática quando digo que você salvou minha vida.

— Não, April... você salvou sua própria vida. Eu só ajudei. Sua força interior fez com que você seguisse antes e vai ser assim novamente. Não tenha medo de confiar nisso.

— Não terei. Ligo novamente em breve.

— Estou ansioso por isso. Cuide-se e converse com seu marido.

— Pode deixar. Obrigada novamente.

Termino a ligação me sentindo mais confiante de que posso lidar com a conversa que preciso ter com Flynn.

Flynn

Chegando aos escritórios da Quantum, paro em uma vaga de estacionamento e fico sentado por um momento, deixando o Mercedes em ponto morto enquanto penso no que Natalie me disse. Ela vai conseguir o emprego de volta, o que significa que voltará a Nova York enquanto eu preciso estar aqui pelos próximos meses.

Se o pensamento de um único dia sem ela é insuportável, como vou ficar com ela em Nova York por semanas a fio enquanto estou aqui? Eu poderia ir para lá com ela e, provavelmente, vou se isso acontecer, mas preferiria estar aqui.

Odeio a maneira como a vida está interferindo no meu desejo de estar completamente sozinho com minha esposa. Então me chamo de idiota. Posso fazer o que quiser e não entendo o motivo de não fazê-lo.

Com a equipe de segurança logo atrás, vou para o escritório, que está cheio de atividade. Todos ainda estão entusiasmados com o *SAG Awards*, bem como com as indicações ao Oscar para *Camuflagem*, especialmente depois de toda a campanha que foi feita para garantir que o filme recebesse o reconhecimento que merece da Academia. Na maioria das vezes, fiquei fora dessa batalha, deixando os outros fazerem o trabalho pesado. A ideia de fazer campanha por prêmios nunca pareceu boa para mim, mas é um mal necessário em nosso mundo.

Depois de aceitar os parabéns pelo *SAG Awards* de todos que vejo ao longo do caminho, vou para o escritório de Hayden, onde me disseram que ele está na sala de edição. Pego o elevador e subo um andar. Eu o encontro no escuro, olhando para dois monitores enormes e com fones de ouvido ligados. Bato em seu ombro para chamar sua atenção.

Ele faz uma pausa no vídeo e remove os fones.

— Olha o que temos aqui. Meu parceiro sumido que agora é indicado ao Oscar. Parabéns de novo.

— Digo o mesmo e peço desculpas por tudo que fiz para irritá-lo nas últimas semanas.

— Bem, isso resolve tudo. Obrigado.

Não deixo de perceber o sarcasmo.

— Sinto muito, Hayden. Sei que escolhi um momento ruim para me afastar do trabalho.

Ele dá de ombros.

— Várias coisas ruins aconteceram. Eu entendo. Está de volta agora?

— Mais ou menos.

— O que isso significa?

— Que preciso de uma pausa. Preciso de uma folga de verdade. Tenho trabalhado sem parar há anos e estou cansado.

Depois de uma longa pausa, ele fala:

— Talvez você pudesse, no mínimo, ser honesto sobre o motivo para querer tirar uma folga. Não está cansado. Você não se cansa. Quer passar tempo com sua esposa. Por que não ir direto ao ponto?

— Bem. Você tem razão. Mas não sou louco de querer falar com você a respeito dela, quando já deixou seus sentimentos a respeito de Natalie muito claros.

— Não tenho nada contra ela. Eu mal a conheço. Meus sentimentos, como você chama, foram para você, não para Natalie.

Suspirando, me sento ao lado dele.

— Odeio estarmos nos desentendendo.

— Assim como eu.

— Olha, sei que pisei na bola com o trabalho e te deixei lidar com as coisas por conta própria e me desculpe por isso. Essa coisa toda com a Natalie... isso só... aconteceu. E explodiu na nossa cara. Eu precisava estar com ela durante tudo isso, Hayden.

— Claro que tinha, mas não precisava se casar com ela.

— Fiz isso porque queria. Não por qualquer outro motivo.

— Você tem que olhar a situação pelo meu ponto de vista, Flynn. Te conheço a vida toda e nunca te vi assim antes. É... inquietante.

— É *amor*.

— Se é o que você diz.

— Entendo que seja difícil para você me ver fazendo coisas que parecem fora do normal para você.

— Fora do normal... é uma boa forma de descrever isso.

— Mas só posso esperar que um dia você se permita sentir por alguém o que sinto por ela. É a melhor coisa que já aconteceu comigo e me recuso a pedir desculpas a qualquer um, inclusive a você, por ser mais feliz do que já fui em toda a vida.

— Justo o suficiente — ele fala a contragosto. — Então o que quer fazer?

— Quero ficar com ela e longe de tudo por um tempo. Sei que temos várias coisas para fazer, mas posso fazê-las de qualquer lugar. Posso revisar as edições e mandar o *feedback*. Posso tomar decisões sobre projetos futuros. Não preciso estar aqui para fazer isso.

Hayden coça a barba enquanto pensa.

— Para onde vai?

— Ainda não sei. Pode ser Nova York ou, talvez, o México. Depende do que ela decidir fazer a respeito do trabalho.

— Achei que ela havia perdido o emprego.

— Parece que o conselho afastou a diretora que a demitiu e está se preparando para convidar Natalie para voltar.

— Uau! Isso é incrível. Era o mínimo que poderiam fazer.

— Especialmente depois que o Emmett os ameaçou com um processo de rescisão injusta, com valor de causa de dez milhões de dólares.

Hayden sorri.

— Fantástico.

— Mas não acho que essa seja a única razão pela qual eles voltaram atrás. O conselho sabe que é a coisa certa a fazer.

— É, sim. Então ela pode voltar a morar em Nova York?

— Ainda não decidimos nada.

— Quero que você saiba... estou feliz por você. De verdade. Ela parece ser uma pessoa muito legal e a maneira como aguentou firme durante toda essa situação diz muito sobre quem ela realmente é.

— Ela é incrivelmente corajosa. Você não tem ideia do quanto. Todos nós podemos aprender com ela.

— É admirável. Digo com sinceridade. O que ela suportou tão jovem... e passar por tudo isso inteira e intacta... é incrível, e entendo por que você ficou tão louco por ela.

— Por que ouço um "mas" vindo?

— Só me preocupo com você e com os sacrifícios que está fazendo para ficar com ela. Me preocupo por meu melhor amigo, Flynn, que é uma das pessoas mais espertas e inteligentes que já conheci, se casar sem um acordo pré-nupcial. Esse não é o Flynn Godfrey que conheço e amo. O Flynn que conheço e amo compreende o modo como as coisas funcionam neste mundo em que vivemos e como as melhores situações podem ir mal em um piscar de olhos.

Não quero falar sobre a possibilidade do meu relacionamento com Natalie ir mal. Isso não vai acontecer.

— Ouço e aprecio o que você está dizendo. Você deveria saber que Natalie me perguntou sobre um acordo pré-nupcial e queria assinar um.

— E você disse não?

— Isso mesmo.

— Você é louco, cara. Maluco de verdade.

— Se chegar o dia em que eu tiver que dar a ela metade de tudo que tenho, não vou me importar o suficiente para discutir isso. E vamos encarar. Eu poderia viver em alto estilo pelo resto da vida com metade do que tenho. Quis entrar nesse casamento sem nada entre nós além do amor. Assinar um acordo pré-nupcial teria feito disso um acordo de negócios, e eu não queria. Sei que é difícil para você entender, mas realmente acredito que a coisa certa para nós é não ter um. Ela precisa ser capaz de ter fé em mim, e eu preciso acreditar que ela não está comigo pelo dinheiro.

— Como você sabe que ela não está?

— Porque ela ficou irada quando comprei uma pulseira de diamantes depois de ter me dito para não comprar nenhuma joia. Ela não se interessa por isso. Depois da premiação na noite passada, nos sentamos na sua sala de estar e comemos hambúrgueres e batatas fritas do *In-N-Out*. Sabe o que ela me disse?

— O quê?

— *Você se sente tão feliz assim quanto eu?*

Hayden olha para o quadro de controle e mexe em alguns botões.

— A maioria das mulheres que conhecemos ficaria chateada por perder as festas e as fotos. Natalie estava bem contente em ir para casa, comer *fast food* e mergulhar suas batatas fritas no ketchup. Isso é tudo que ela precisa para ser feliz, Hayden. Sabe como isso é maravilhoso?

— Definitivamente, posso ver o apelo.

— E, ainda assim, você não está convencido?

— E o outro lado da equação?

— Você está realmente me perguntando como é o sexo com a minha esposa?

— Estou, sim! Sei como você gosta disso e não posso te ver se comportando dessa maneira com uma mulher que passou pelo que ela teve que enfrentar.

— Também não consigo ver, mas o sexo com ela é incrível. Há uma conexão que nunca tive com mais ninguém. Sempre foi mecânico. Com ela é... divino.

Ele fica quieto de novo, mas posso ver suas engrenagens girando.

— O quê? Fale logo para que possamos acabar com isso.

— Não me mate por bancar o advogado do diabo, mas você também se sentiu assim a respeito da Valerie.

— Nunca senti pela Valerie o que sinto pela Natalie. *Nunca.*

— Certo, mas você estava realmente apaixonado por ela no começo e depois de um tempo, achou difícil negar a si mesmo as coisas que queria dela. E todos nós sabemos como ela se sentia a respeito dos seus desejos. Tudo o que estou dizendo é que foi difícil ver isso acontecer e ver você ser arrasado depois de tudo. Isso afetou tudo por muito tempo, incluindo o trabalho. Não quero que aconteça de novo. Nenhum de nós quer.

— Isso não vai acontecer. — Enquanto digo as palavras, um formigamento de ansiedade percorre minha coluna.

— Você se convenceu de que preferiria viver sem o estilo de vida do que sem ela. Estou certo?

— Algo parecido.

— Acredite ou não, eu quase entendo. Você sabe a respeito do meu... carinho, acho que chamaria assim, pela Addie.

— Sim, e espero que você faça algo a respeito qualquer dia. Tenho certeza de que ela também sente.

— Nunca vou fazer nada a respeito disso, porque eu me conheço e sei do que posso — ou não — viver sem. Não vou nos colocar nesse tipo de inferno. E é o que aconteceria assim que a empolgação inicial passasse e eu aceitasse que teria que viver o resto da vida negando quem e o que eu sou. Se você pode fazer isso, eu lhe dou crédito. Eu não posso.

As palavras de Hayden me atingem no peito como uma flecha, me enchendo de um medo irracional. E se eu não puder também? O que será de nós se o meu Dom interior tentar se libertar? Me lembrar do pânico nos olhos de Natalie depois que segurei suas mãos me faz suar frio.

Addie bate à porta e coloca a cabeça para dentro.

— Flynn.

— Sim?

— Você pode, hum, vir aqui, por favor?

Meu primeiro pensamento é para Natalie.

— Aconteceu alguma coisa? O que há de errado?

— Há um agente do FBI aqui para falar com você.

Hayden e eu nos entreolhamos e depois para ela.

— Para me ver? Por quê?

— Ele não disse. Está esperando no seu escritório.

— Você ligou para o Emmett?

— Ele e o resto da equipe jurídica estão em um treinamento hoje — Addie responde. — Mas posso ligar se você achar que precisaremos dele.

— Vamos ver o que ele quer comigo primeiro.

Nenhuma palavra é dita enquanto Hayden se levanta para vir comigo. Nós três entramos no elevador que nos leva ao andar onde ficam nossos escritórios em silêncio. Entramos na minha sala, onde um homem de terno está parado junto à janela admirando a vista. Ele se vira quando nos ouve entrar.

— Sr. Godfrey, sou Vickers, agente especial do FBI.

Aperto sua mão.

— Meu sócio, Hayden Roth.

— Prazer em conhecê-lo. Admiro seu trabalho. De vocês dois.

— Obrigado. — Estou ansioso para dispensar a conversa fiada. — No que podemos ajudar?

— Um advogado chamado David Rogers, de Lincoln, Nebraska, foi encontrado morto em seu escritório esta manhã. Esse nome desperta alguma lembrança a você?

Tenho um momento de pura e absoluta alegria ao ouvir que o homem que feriu tanto Natalie está morto.

— Como você e todas as pessoas na América sabem, sei exatamente quem ele é. O que isso tem a ver comigo?

— No programa da Carolyn Justice, você fez uma declaração que despertou o interesse da polícia. — Ele consulta um caderno que tira do bolso. — Você disse: *Nunca pensei que fosse capaz de matar, mas neste caso...*

— Está sugerindo que eu o matei?

— Estou sugerindo que você disse que gostaria.

— Sim, falei, mas não *fiz*.

— Contratou alguém para fazer isso?

— Não, não contratei. Sequer pensei nesse cara nos últimos dias, além de manter o controle sobre os esforços de meus advogados para garantir que ele nunca tivesse a chance de fazer a qualquer outra pessoa o que fez com a minha esposa.

— Sendo assassinado?

— Não, sendo expulso da Ordem dos advogados. Não sou assassino, sr. Vickers.

— É agente especial Vickers.

O cara está todo prepotente.

— Podemos acabar com isso imediatamente — Addie fala. — O sr. Godfrey esteve acompanhado de uma equipe de segurança por dias. Ele não saiu do estado da Califórnia desde que voltou de Nova York há duas semanas.

— Isso pode servir como um álibi — Vickers fala —, mas não descartaria a contratação de alguém para fazer isso.

— Está se ouvindo? — Hayden questiona, incrédulo. — Você está realmente acusando *Flynn Godfrey* de contratar alguém para matar um advogado em Nebraska?

— Não o estou acusando de nada. Estou simplesmente apontando que ele tinha motivo e oportunidade. Ele tem recursos para contratar qualquer serviço que possa precisar.

— Bem, não *contratei* serviços de assassinato. Estava muito mais interessado nas formas legais de fazer o sr. Rogers sofrer pelo que fez com a minha esposa. Estávamos trabalhando para garantir que sua vida fosse um inferno durante a próxima década. Estou um pouco desapontado por não conseguirmos fazer isso agora.

— Se você acha que ele mandou assassinar esse cara, vai ter que provar — Hayden retruca.

— Estou bem ciente disso. — Ele retira um pedaço de papel de um fichário e me entrega.

— O que é isso?

— Uma autorização para levar seu telefone e computador, só para que possamos descartá-lo como suspeito.

Retiro o telefone do bolso e o entrego.

— Aqui está. — Gesticulo para o computador na mesa. — Faz três semanas que não toco em um computador, mas divirta-se.

— Este é o único celular que você possui?

— Sim.

— Podemos solicitar autorizações adicionais para os telefones de seus funcionários.

Com o canto do olho, vejo Addie enrijecer e tenho que reprimir a vontade de rir. A ideia de Addie sem o telefone por até uma hora é hilária. Ela teria convulsões.

— E onde está a sua esposa?

Todos os pensamentos divertidos desaparecem quando endireito a coluna.

— Em casa. Por quê?

— Gostaria de falar com ela também.

— Ela esteve comigo todos os minutos de todos os dias durante duas semanas. Ela não tem nem o desejo nem recursos para matar alguém.

— Mas certamente tinha motivo.

— Sabe, sr. Vickers — falo, apreciando o rubor que aparece em seu rosto quando me recuso a usar seu título —, descobri que quando alguém é uma cobra como Rogers, geralmente há mais de uma pessoa que foi ferrada por ele. Espero que você esteja olhando além do óbvio aqui. Provavelmente, há uma longa lista de pessoas que gostariam de vê-lo morto.

— Estamos conduzindo uma investigação completa.

— Quando vou receber meu telefone de volta?

— Espero que possamos devolvê-lo amanhã, desde que não haja nada que possa ser usado como prova neste caso.

— Vou sair em lua de mel para o México nos próximos dias. Gostaria de recebê-lo de volta antes de ir. — Espero que ele me diga que não devo deixar o país.

— Qual é o código?

Tento não mostrar meu alívio por ele não ter se oposto à ideia da minha viagem para fora do país, o que confirma que ele só está investigando com esta visita e não sou um suspeito real.

— Nove, seis, três e dois. — Então me lembro das fotos de Natalie que tirei em nossa noite de núpcias e um sentimento de profundo medo me ultrapassa. — Há fotos muito pessoais no celular que eu gostaria de remover antes de você pegá-lo.

— Receio que isso não seja possível. Tudo aqui é evidência.

— Fotos da minha esposa na nossa noite de núpcias *não* são evidências. Me dê o telefone.

Vickers me olha com uma expressão sombria no rosto.

— Eu e meu pai somos grandes amigos e apoiadores do presidente. Me dê o telefone ou vou tirar seu trabalho. — Estendo a mão e encaro o agente fixamente.

Ele pisca primeiro e coloca o celular na minha mão.

Me dói excluir as fotos sensuais de Natalie da nossa noite de núpcias, mas não vou deixá-las sair da minha custódia. O telefone tem backup na nuvem, por isso ainda temos acesso a elas.

— Aí está. Foi tão difícil?

— Pessoas como você são muito arrogantes. Acham que estão acima de tudo, até mesmo da lei.

— Acho que nossa conversa está encerrada, sr. Vickers. O senhor pode ir.

Ficamos em silêncio até depois que ele sai, batendo a porta atrás de si.

Addie quebra o silêncio.

— Puta. *Merda*. Isso realmente aconteceu?

— Eles só estão te excluindo — Hayden fala. — Você não saiu da Califórnia, então não há como eles conseguirem te culpar.

— Claro que há. Há várias formas que eles podem fazer isso se realmente quiserem.

— Seriam tolos em tentar — Addie fala. — Nenhum júri deste mundo iria condená-lo, mesmo se você tivesse feito isso.

Embora eu aprecie seu apoio, não sou tão ingênuo a ponto de acreditar que não há muitos americanos que adorariam ver um astro de cinema importante e famoso se dar mal.

— Preciso ir para casa e conversar com a Natalie. Pode enviar uma mensagem a ela e dizer que estou a caminho?

— Claro — Addie responde. — Vou solicitar outro telefone para você.

— Não se incomode. Você tem o número da Natalie se precisar me contatar, e eu vou avisar aos meus pais. — Para Hayden, pergunto: — Tudo certo com relação aos planos sobre o filme e as outras coisas?

— Sim, tudo. Vou te enviar um e-mail quando houver novas cenas.

— E eu vou trabalhar uma parte de todos os dias até que esteja terminado.

— Enquanto isso, precisamos da droga de um nome para este filme.

— Estive pensando sobre isso também. Vou lhe enviar algumas sugestões.

Tínhamos o que consideramos o título perfeito, mas o estúdio que está distribuindo o filme o rejeitou. Estávamos tão apegados ao título original que estamos tendo problemas para criar outra coisa.

— Se alguém mais falar com o FBI, me avise.

— Pode deixar.

— A propósito — Hayden fala —, ali estão os prêmios do *Critics Choice*.

Eu nem havia notado as duas estatuetas de cristal na mesa até que ele as apontasse para mim.

— Obrigado por aceitá-los por mim.

— Sem problemas.

Antes de sair do escritório, peço um momento com Addie, gesticulando para que ela feche a porta quando Hayden sai.

— Tudo bem?

— Preciso dar acesso a Natalie a todas as minhas contas pessoais. Ela precisa de um cartão do banco, cartões de crédito, etc. Pode cuidar disso para mim?

— Claro, vou ligar para o banco e pedir que te liguem no telefone dela caso tenham alguma dúvida.

— Obrigado.

Ela me dá um olhar questionador.

— O quê? Estou com espinafre nos dentes ou algo assim?

— Não — ela diz com uma risada. — Ainda estou tentando entender o fato de você estar realmente *casado*. Flynn Godfrey está *casado*.

Eu me divirto com seus comentários.

— Sim, e ele está e muito feliz. Ficarei ainda mais feliz quando minha esposa tiver acesso a dinheiro. Aparentemente, ela está preocupada com a falta dele.

Addie arregala os olhos.

— Ela não faz *ideia*?

— Não, não faz, mas vai descobrir.

— Vou cuidar disso imediatamente.

— Obrigado. Podemos precisar de alguma ajuda para uma viagem amanhã ou no dia seguinte.

— Para onde?

— México ou Nova York, dependendo se ela decidir aceitar a oferta de voltar para a escola.

— Estou muito feliz em saber que estão pedindo para que ela volte.

— Eu também. Não importa o que aconteça agora, cabe a ela decidir, como deve ser.

Addie escreve um número em um pedaço de papel e me entrega.

— O que é isso?

— Meu número de telefone. Está programado no seu há tanto tempo que você, provavelmente, não sabe qual é. Ligue para mim quando decidir para onde vai.

— Pode deixar, obrigado.

— E antes que eu me esqueça, a Liza enviou tudo isso para você. — Ela coloca cópias de todas as principais revistas de entretenimento na mesa à minha frente.

Estamos nas capas de toda. A revista *People* publicou com a grande manchete: *Bem, olá, sra. Godfrey!*, A *US Magazine* proclama *Fora do mercado!* E a *In Touch* diz: "Flynn diz: *aceito*".

— E veja isso. — Addie abre o exemplar da *People* na página onde Natalie é eleita uma das mulheres mais bem vestidas do Globo de Ouro. Dentro da *US*, um dos principais designers se refere a ela como um ícone instantâneo da moda. Tenho um momento de orgulho puro e inalterado com a beleza da minha esposa em todas as fotos. — Muito legal, né?

— Muito. Acho que nosso casamento afastou o passado dela das primeiras páginas.

— É o que parece.

— Posso levar isso?

— São todas suas. Outra coisa... a Danielle quer falar com você.

Todo mundo passa por Addie para chegar até mim, inclusive minha empresária.

— O que ela precisa?

— Quer falar sobre todas as ofertas que estão fazendo para Natalie e como você quer que ela cuide disso. Tem aparecido de tudo, de empresas de cosméticos a estilistas, agências de modelos e agentes de elenco.

— Elenco? Sério?

— Sim. Ela disse que foram bombardeados com ligações desde que vocês apareceram no programa da Carolyn.

— Avisei a ela que isso aconteceria. Entrarei em contato com Danielle quando tiver uma chance.

Antes de sair do escritório, ligo para Emmett. Depois de contar a novidade sobre o trabalho de Natalie, falo:

— E você não vai acreditar no que acabou de acontecer no escritório.

— O quê?

— Nosso amigo, David Rogers, foi assassinado e o FBI veio falar comigo sobre isso.

— Está brincando comigo?

— Queria estar. Levaram meu telefone em busca de evidência e tudo mais.

— Flynn... Jesus.

— Não se preocupe. Não fiz nada, então não tenho com o que me preocupar.

— A porcaria do FBI realmente falou com você sobre isso?

— Sim, por causa do que eu falei no programa da Carolyn sobre ser capaz de matar.

— Qualquer um diria isso depois do que ele fez com sua namorada – agora esposa.

— Acho que facilitei para quem quer que realmente o tenha matado ao falar demais em rede nacional.

— Eu não me importaria com isso. Você não esteve em nenhum lugar perto de Nebraska, e nós dois sabemos que você não contratou ninguém para acabar com o cara. — Depois de uma breve pausa, Emmett pergunta: — Você não fez isso, não é?

— Não — respondo, rindo —, mas não estou nem um pouco triste que ele esteja morto.

— As pessoas recebem o que merecem. Tenho certeza de que você não é o único inimigo que ele criou. Ele devia muito dinheiro a várias pessoas. Tem motivações em vários lugares.

— Você acha que deveria ligar para esse cara do FBI?

— Não — ele responde. — Nada se parece mais com "tenho algo a esconder" do que a ligação de um advogado. Vamos esperar e ver o que acontece. Mas não quero que você fale com ele novamente sem estar comigo, ok?

— Certo. Pode deixar. Obrigado, Emmett.

— Essa coisa toda é uma merda de tão irreal, não é?

— Sim, especialmente o que a Natalie teve que suportar – sozinha – aos quinze anos.

— Nem me fala. Me mantenha informado.

— Pode deixar.

Alguns minutos depois, saio do estacionamento do escritório e vou para Malibu, ansioso para chegar em casa e ver minha esposa.

1 8

Natalie

Meu telefone toca com uma mensagem de Addie para me avisar que Flynn está a caminho de casa, o que desperta uma emoção de antecipação em mim. Pensei que levaria horas até que o visse novamente.

Corro para o chuveiro e estou secando o cabelo quando ele entra. Desligo o secador e começo a dizer olá, mas ele tem outras ideias. Seus braços me envolvem, e ele me beija antes que eu possa falar.

Ele me coloca na bancada e se acomoda entre as minhas pernas, abrindo o meu roupão.

Fluff enlouquece e circula os pés de Flynn. Temendo que ela possa tirar outro pedaço dele, interrompo o beijo.

— Vá deitar, Fluff. Mamãe está bem. Continue.

Mais calma, ela sai do banheiro e vai para o quarto.

— Senti sua falta — Flynn sussurra. Seus lábios são suaves e persuasivos contra o meu pescoço.

— Você ficou fora só por algumas horas.

— Muito tempo. — Recapturando meus lábios em outro beijo quente, ele se atrapalha com o botão da calça jeans até que empurro suas mãos e assumo a tarefa.

243

Ele está em posição de sentido lá embaixo e cai na minha mão, quente, duro e pronto para gozar.

Agarrando meu traseiro, ele me puxa para a beirada da banca e mergulha em mim.

Minha cabeça inclina em sinal de rendição à sensação esmagadora de ser possuída por ele.

— Caramba, Nat... isso vai ser rápido. — Fiel à sua palavra, ele nos conduz em uma transa rápida e selvagem. Ele chega até onde nossos corpos estão unidos e me acaricia com um final explosivo.

Arqueio em sua direção enquanto ele goza comigo, gritando quando atinge o clímax.

Ainda estou me recuperando quando ele me levanta do balcão e me leva para a cama que ainda não arrumei.

— Quero fazer algo novo — ele fala, me olhando. — Tudo bem?

— Sim. — Estou dentro de qualquer coisa que ele queira agora.

Ele me ajuda a tirar o roupão e tira o resto das suas roupas.

— Fique de bruços.

Sinto uma pontada de apreensão, mas faço o que ele pede, porque estou morrendo de curiosidade.

— Não vou conseguir ver seu rosto nesta posição, então estou contando que você se lembre da sua palavra segura, ok?

Li sobre as palavras seguras esta manhã e como são um elemento essencial do estilo de vida do BDSM. O uso desse termo indica que ele está familiarizado com isso?

— Nat?

— Ok.

Ele coloca dois travesseiros sob meus quadris, o que deixa minha bunda em plena exibição. Antes que eu possa ficar envergonhada, suas mãos passam sobre elas, apertando-a e abrindo.

— Você tem a bunda mais sexy que já vi. Não consigo ter o suficiente. — Então sua língua está entre as minhas pernas e ele não deixa *nada* intacto. Estou chocada e excitada com o quanto gosto de tudo o que ele está fazendo. Até ele aparecer e ficarmos juntos, eu nem sabia que as pessoas faziam essas coisas umas com as outras. Ele me deixa à beira de outro orgasmo em poucos minutos, mas depois se afasta, me deixando desolada.

— *Flynn!*

— Espere, linda. — Ele segura meus quadris e gentilmente me puxa de volta para si, me penetrando e provocando a liberação que havia começado com sua língua talentosa.

— Está tudo bem?

Não posso acreditar que ele espera que eu fale agora.

— Humm.

— Preciso de palavras, Nat.

— Sim! Não pare!

— São ótimas palavras.

Sinto que estou sendo dividida em dois — de um jeito bom — enquanto ele me penetra mais fundo do que antes. Já é a melhor coisa que senti e, então, ele consegue melhorar apertando meus mamilos.

— Ahh, porra, sim... — Seu sussurro rouco faz minhas costas se arrepiarem. — Faça isso de novo.

Aperto meus músculos internos, tirando outro longo gemido dele.

— Me diga que você está bem.

— Tudo bem. Não pare.

Ele pega o ritmo, seus dedos segurando meus quadris e, em seguida, um deles está deslizando através da umidade entre as minhas pernas e provocando a minha entrada de trás.

Caramba... ele já fez isso antes e adorei. Desta vez, não é diferente. Nunca imaginei que gostaria disso.

— Ainda bem?

— Aham. Continue, Flynn.

Grunhindo, ele enfia o dedo na minha bunda, e eu gozo imediatamente.

— Puta merda — ele sussurra antes de entrar em mim mais uma vez, me enchendo com o calor do seu clímax. — Nat... eu te amo.

— Também te amo.

Ele se afasta de mim devagar, com cuidado, e, em seguida, remove os travesseiros que estão me apoiando. Beijando meu ombro, ele fala:

— Volto já.

Ouço a água correndo no banheiro antes que ele volte com uma toalha que usa para me limpar. Quando acaba, ele volta para a cama, moldando seu corpo à minhas costas. Sua mão me envolve para pousar entre meus seios.

— Muito bom, baby. Bom demais.

— Humm, com certeza. — Quero contar a ele sobre o quarto de Hayden no andar de cima e fazer as milhões de perguntas que tenho, mas ele está me deixando em um estupor. — Se é isso o que acontece depois de algumas horas separados, o que vai acontecer quando estivermos longe por semanas?

— *Não* vamos nos separar por semanas.

— Vai ser preciso em algum momento.

— Claro que não.

— Flynn, você não está sendo realista.

— Estou, sim. Quero estar onde quer que você esteja e te quero onde quer que eu esteja.

— Então o que isso significa para o meu trabalho em Nova York?

— Se você quiser voltar, vou com você.

— Sua vida é aqui.

— Minha *vida* é onde você está.

— E quando tiver que gravar em locações?

— Vou organizar a minha agenda para que eu filme apenas no verão e você possa ir comigo.

Eu me viro para encará-lo e coloco a mão em seu peito.

— Está ficando louco.

— Não estou, não. Neste ponto da minha carreira, posso fazer o que quiser. Não preciso mais gravar três filmes por ano. Um é muito e posso fazer isso no verão para que você possa lecionar.

— E o que vai fazer o resto do tempo?

— Produzir outros projetos. Talvez tentar o teatro. Há muitas coisas que posso fazer em Nova York.

— Você ficaria entediado.

Ele acaricia meu pescoço e provoca mais arrepios.

— Não se eu tiver você na minha cama todas as noites. Eu nunca poderia ficar entediado.

Meu celular toca, e eu o pego na mesa. O identificador de chamadas mostra um número com código de Nova York que não reconheço.

— Acho que pode ser da escola.

— Atenda a ligação, linda. Faça o que quiser. Nós vamos fazer dar certo.

Respiro fundo e atendo.

— Aqui é a Natalie.

— Natalie, é James Poole, presidente do conselho da *Emerson School* em Nova York.

— Oi, sr. Poole. Como vai?

— Bem, espero que você também.

Aperto a mão de Flynn.

— Estou, sim.

— Muito bem. Estou ligando com o que espero que você ache ser uma boa notícia. O conselho de administração votou para reintegrar sua posição, com efeito imediato e pagamento retroativo, é claro. E para responder a sua próxima pergunta, a sra. Heffernan decidiu se aposentar.

Acho interessante, tendo em vista o que Leah me disse antes, que estejam dizendo que a saída da sra. Heffernan se deu por aposentadoria em vez de demissão.

— Entendo que você possa se sentir inclinada a não aceitar a nossa oferta, tendo em vista o que aconteceu, mas esperamos que você considere retornar à sua classe e cumprir o restante do contrato conforme o planejado. Não ouvimos nada além de coisas maravilhosas sobre você dos pais de seus alunos. Você causou uma grande impressão neles.

— É bom ouvir isso.

— Gostaria apenas de dizer... sinto muito pela maneira como isso foi tratado. As ações da sra. Heffernan não refletem, de forma alguma, os sentimentos do conselho de administração. Acreditamos que ela agiu com demasiada pressa e antes de ter todas as informações. Espero que, não importa o que você decida fazer, aceite nosso sincero pedido de desculpas por isso ter acontecido.

— Claro. Aceito suas desculpas. Obrigada.

— E como você se sente a respeito de voltar a sua classe?

— Eu adoraria voltar, mas antes de decidir qualquer coisa, preciso de alguns dias para conversar com meu marido e ajustar nossos planos. Espero que entenda.

— Claro. Por favor, tome seu tempo e nos deixe saber sua decisão quando estiver pronta. Mais uma vez, minhas sinceras desculpas e os melhores desejos para você, não importa o que decidir. E, uma observação pessoal: você tem a minha admiração pelo que suportou e como perseverou.

— Obrigada — falo baixinho, comovida por suas palavras amáveis, mesmo que parte de mim suspeite que ele está muito mais preocupado em se esquivar de processos judiciais do que sinta qualquer coisa por mim. — Uma pergunta... — Acho que nunca estarei em uma posição melhor para barganhar, então por que não fazer isso?

— Claro.

— Tenho uma cadela idosa de 9 quilos chamada Fluff, que dorme o dia todo. Eu me pergunto se, caso eu voltasse, a diretoria permitiria que ela dormisse debaixo da minha mesa. Ninguém vai saber que ela está lá e é ótima com crianças. Ela os ama.

Depois de uma pausa hesitante, ele fala:

— Tenho certeza de que algumas acomodações poderiam ser feitas.

— Maravilhoso. Muito obrigada. Entrarei em contato.

— Estou ansioso por isso.

Nos despedimos e recoloco o telefone na mesa.

— Você pôde ouvir? — pergunto a Flynn.

— Sim e estou muito feliz por e por terem reconhecido o erro.

— Acho que você e seus advogados os ajudaram a ver isso.

— Ainda assim, foi o que aconteceu. Tenho certeza de que tem muito mais a ver com o ultraje dos pais e da equipe do que com os advogados.

Não estou tão convencida, mas o deixo acreditar no que ele quer.

— Ótima barganha com Fluff também. Foi um bom momento de negociar com a sua vantagem.

Sorrindo com seu elogio, falo:

— Você não me deu a chance de perguntar o que está fazendo em casa tão cedo. Achei que ficaria fora o dia todo.

— Está reclamando? — ele pergunta com um sorriso sexy.

— De jeito nenhum. Só imaginando o que está acontecendo.

Seu sorriso desaparece e ele afasta o olhar.

— Você teve outra briga com o Hayden? — Odeio ter ficado entre dois amigos de uma vida inteira.

— Não, na verdade, tivemos uma boa conversa. Acho que chegamos a um entendimento.

— Isso é um alívio. Então, o que há de errado?

Ele envolve uma mecha do meu cabelo no dedo.

— Enquanto eu estava no escritório, recebi a visita de um agente do FBI que me falou que David Rogers foi encontrado morto em seu escritório esta manhã.

A notícia me atinge como um soco no estômago, e eu me sento.

— O quê? Por que querem falar com você? Ah, Deus, aquilo que você falou no programa da Carolyn! Você é suspeito?

— Calma, linda. Foi só uma formalidade. Eles precisavam me excluir e foi o que fizeram. No entanto, ele levou meu celular.

— As fotos...

— Foram removidas do telefone, mas ainda estão armazenadas com segurança na nuvem, onde ninguém além de mim pode vê-las.

— Ah, bom. Certo. — Relaxo no travesseiro mais uma vez. — Você falou com o Emmett?

— Sim, antes de sair do escritório. Ele disse que é bobagem e que não temos com o que nos preocupar só porque eu disse que *queria* matá-lo. Coisa que não fiz.

— Não posso acreditar que ele está morto. O agente do FBI disse o que aconteceu?

— Não, e eu não perguntei.

— Acho que isso não importa.

— Emmett disse que Rogers devia muito dinheiro para várias pessoas. Há muitos motivos para investigarem e, provavelmente, precisavam me excluir. Ele disse que não devíamos nos preocupar com isso.

— Certo.

— Por que você ainda parece preocupada?

— Odeio que algo do meu passado tenha lhe causado problemas.

— Agora você sabe como me senti quando a minha fama causou problemas a você.

— É uma merda.

— Sim, é verdade, mas estamos bem, amor. Não há nada com que se preocupar. Estamos juntos, temos um ao outro e o resto é só... conversa fiada. Falando em conversa... o que acha de nos afastarmos de tudo por um tempo e sairmos em lua de mel?

— Para onde você quer ir?

— Que tal o México? A menos que você queira voltar para Nova York imediatamente, e vou entender se for o caso.

— Caramba, que decisão. México ensolarado ou Nova York congelante.

— Você adora o inverno de Nova York.

— Sim. — Amo Nova York no inverno, mas não tenho certeza se posso voltar para quem e o que eu era antes de conhecer Flynn. Meu lugar não é junto ao meu marido?

— A decisão é sua. Só dizer o que quer fazer e isso vai acontecer.

— Você ficaria bem em voltar para Nova York?

— Se é onde você quer estar, é onde eu quero estar.

— E quanto a Hayden, o filme, o trabalho e tudo mais?

— Chegamos a um entendimento. Ele sabe que quero e preciso estar com você agora. Trabalharei um pouco todos os dias, de onde quer que estejamos, e ele aceitou isso numa boa.

— Posso pensar um pouco?

— Leve todo o tempo que você precisar. — Ele solta um enorme bocejo que me diz que está tão cansado quanto eu por ter ficado acordado por metade da noite anterior. — O que você quer fazer hoje?

Ele me deu a abertura perfeita para fazer as perguntas sobre o quarto que descobri no andar de cima. Ele passa o dedo sobre o sulco entre minhas sobrancelhas.

— O que há de errado?

— Nada.

— Vamos, Nat. Seja o que for, apenas me diga.

— Prefiro te mostrar, se estiver tudo bem.

— Certo.

Me levanto da cama, pego o roupão do chão e o amarro na cintura. Flynn geme.

— Você não disse que eu tinha que me vestir para isso.

— Não precisa se não quiser.

— Não quero.

Eu o seguro pela mão, e ele me segue subindo as escadas, acariciando meu traseiro enquanto caminhamos.

— Flynn, pare!

— Nunca vou parar. Esta é a minha bunda favorita em todo o mundo.

Eu o levo para o quarto de Hayden.

— O que você quer me mostrar aqui além da maior cama do universo?

— Pois é! Por que ele precisa de uma cama tão grande?

Ele não responde.

— O que eu quero te mostrar está aqui.

— Como você foi parar no armário de Hayden?

— Estava procurando a lavanderia, e Fluff entrou aqui. Corri atrás dela e uma coisa levou a outra, que levou a isso.

19

Flynn

Natalie se afasta e quase ofego com o que vejo. A porra da sala de jogos de Hayden. Natalie está na porra da sala de jogos e não tenho ideia do que dizer agora. Estou em pânico. Sabia que Hayden tinha uma em casa, na cidade, mas não sabia que havia aqui também. Se soubesse, nunca teria deixado Natalie sozinha em casa. E por que essa merda não está trancada?

— Flynn?

Olho para ela e a encontro me olhando com curiosidade. É quando percebo que meu pau está duro e oferecendo meus verdadeiros sentimentos sobre o quarto.

— Acho que o Hayden tem seus segredos. — Não sei mais o que dizer.

— Então você não sabia sobre isso?

Estou numa ladeira muito escorregadia que está ficando pior a cada segundo.

— Não — digo, porque é a verdade. Não sabia que ele tem um quarto aqui.

— Ah.

Ela parece desapontada ou é a minha esperançosa imaginação?

— Sabe o que acontece aqui?

— Acho que sim. — Arrisco um olhar para ela. — E você?

— Pesquisei a respeito.

— Ah. — O pensamento dela procurando informações sobre salas de jogos sexuais e outras coisas assim só me deixa mais duro, o que ela percebe, mas, felizmente, não comenta. Estou morrendo de vontade de perguntar o que ela pensa sobre isso e se quer tentar, mas me lembro do que aconteceu quando segurei suas mãos acima da cabeça. Então não pergunto. Em vez disso, evito o assunto. — Como vamos para casa hoje à noite, devemos ir à praia enquanto pudermos.

Depois de uma longa pausa, ela responde.

— Claro, como quiser. Me deixe colocar as roupas na secadora e desço em seguida.

Ela sai na minha frente, e eu fecho a porta da sala de jogos. Meu coração está martelando no peito. Merda, merda, MERDA! Se ela descobrir o que escondi, ela nunca me perdoará, especialmente depois de todas as coisas dolorosas que compartilhou comigo e com mais ninguém.

Talvez eu devesse ver isso como uma oportunidade e apenas contar a ela a porra da verdade de uma vez por todas. Mas o pensamento faz a minha pele ficar quente e tensa como quando tive urticária na infância. Não posso contar. Não posso, mesmo sabendo que deveria.

Passamos uma tarde relaxante na praia. Pelo menos, ela está relaxada. Estou tão nervoso que meu peito dói com o estresse. Depois do jantar, arrumamos nossos pertences e voltamos para minha casa em Hollywood Hills. Os paparazzi desistiram quando não viram nenhum sinal de nós por mais de uma semana.

Natalie está estranhamente quieta, o que atribuo à decisão sobre seu trabalho que está pairando sobre ela. Quero perguntar o que está pensando, mas tenho medo do que ela possa dizer. Não quero voltar para Nova York. Quero levá-la para o México, para a lua de mel que ela merece. Quero passar mais algum tempo completamente sozinho com minha esposa.

Então me ocorre que ela, provavelmente, não tem passaporte.

— Ei, Nat — digo do meu lado da cama. Animado por estar de volta à minha própria cama e esperando que ela se junte a mim.

— Sim?

— Você tem passaporte?

— Aham. Tirei um quando troquei de nome. — Ela entra no quarto esfregando loção nas mãos e vestindo uma camisola linda que não vi antes. — Ironicamente, David Rogers sugeriu que eu tirasse um enquanto estávamos cuidando de todo o resto.

— Está aqui ou em Nova York?

— Aqui. Eu o mantenho dentro da bolsa para usar como identificação, já que não tenho carteira de motorista. Por quê?

— Só estava pensando... se acabamos indo para o México. Alguma vez você já o usou?

— Não. Nunca saí do país. Meus pais não se sentiam confortáveis por eu estar fora do país quando viajava com os Stone, então nunca fiz essas viagens.

— Agora eu realmente quero ir para o México para que eu possa estar com você para outra primeira experiência.

Ela se deita na cama e se vira para mim.

— Também quero ir ao México, Flynn. Quero uma lua de mel.

Seguro sua mão e entrelaço nossos dedos.

— E quanto ao trabalho?

— Vou ligar amanhã e perguntar se posso tirar a próxima semana para pensar a respeito. Tenho certeza de que estarão dispostos a me dar algum tempo, já que achei que seria demitida permanentemente.

— Tem o número da Addie no seu telefone?

— Sim, ela me mandou uma mensagem mais cedo.

— Pode mandar uma mensagem para ela e dizer que vamos para o México amanhã?

— Amanhã? Ela vai ficar acordada a noite toda fazendo planos se viajarmos tão rápido.

— Não, tenho uma casa lá, então tudo que precisamos é do avião e avisar aos funcionários que estou indo.

— Você tem uma casa no México.

— Aham.

— Onde mais você tem casas?

— Em Aspen e no sul da França. E o apartamento em Nova York. É isso.

— Ah, graças a Deus. Por um minuto, fiquei imaginando se a sua coleção de casas é tão grande quanto a de carros.

— Espertinha. — Sorrio enquanto a beijo. — Pode mandar a mensagem, por favor? Sinto como se tivesse um braço amputado sem meu telefone.

— Owwwnn, pobre bebê. Sim, vou enviar.

Addie responde imediatamente.

Pode deixar. Estou trabalhando nisso.

Natalie

— Aquela pobre garota não dorme. — Coloco o telefone na mesa de cabeceira e me aconchego em Flynn.

— Sim, ela dorme bastante.

— Quando? Você a incomoda de manhã, de tarde e à noite.

— Ela ama seu trabalho.

— Claro que ama.

— Ama, sim! Sou ótimo patrão. Pago um dinheirão a ela. Comprei um carro incrível e liberei uma casa em um condomínio que possuímos em Santa Monica para que ela possa morar gratuitamente. Ela está indo muito bem.

— Parece um ótimo negócio, especialmente porque ela trabalha para você.

— Eu sei, tá? — ele fala com um sorriso arrogante.

Cutuco sua barriga, e ele ri.

— Se formos para o México, quando poderei ver minhas irmãs? —

Troquei mensagens com as duas todos os dias e tudo o que falamos é em nos encontrarmos assim que estivermos todas livres ao mesmo tempo.

— A Addie entrou em contato com elas para ver a logística disso e parece que o fim de semana que vem será melhor por causa dos estudos, trabalho e tudo mais. Acha que está bom?

— Claro. Vai ser ótimo. — Esperamos tanto tempo. Mais uma semana não fará diferença. Tudo na minha vida parece tão incerto e no ar. Exceto pelo homem que agora está abraçando a mim e que começa a roncar suavemente.

Acaricio seus cabelos e a barba por fazer. Ele é sempre tão bonito, mas é ainda mais quando está dormindo. Mesmo com os lindos anéis em meus dedos, ainda não consigo acreditar que esse homem incrível é meu marido, que posso ficar com ele para sempre.

Meu telefone toca e o pego depressa, esperando que não acorde Flynn.

— Alô? — Saio da cama e do quarto, fechando a porta.

— Você pareceu muito presunçosa ontem à noite, o que me leva a imaginar o quanto sabe sobre o homem com quem se casou.

— Quem é?

— A *primeira* sra. Godfrey.

Sinto como se tivesse levado um soco no estômago. Como ela conseguiu meu número?

— Não tenho nada para falar com você.

— Eu tenho algumas coisas para te falar. Tenho certeza de que já ouviu falar de todas as formas que arruinei a vida dele, mas você deveria saber como ele arruinou a minha. Já viu o quarto de jogos no porão? Se não acredita em mim, deve verificar por si mesma. Ele o mantém trancado, mas há uma chave na cozinha. Está pendurada em um gancho perto da porta.

Preciso encerrar a ligação agora, porque sei o quanto ela foi horrível para Flynn. Mas lembrar da sua óbvia reação física à sala de jogos de Hayden me impede de desligar.

— Por que está me dizendo isso?

— Você parece uma boa garota. E eu odiaria vê-lo fazer com você o que fez comigo, tanto em privado quanto em público.

— Não é porque você o quer de volta, é?

Ela bufa alto.

— Preferiria ser sozinha e celibatária pelo resto da vida do que passar mais um minuto com aquele homem.

— Ainda bem que você não precisa então.

— Confira o porão, Natalie. Não seja ingênua.

— Não me ligue novamente. — Aperto o botão para encerrar a chamada e seguro o telefone nas minhas mãos trêmulas. Por vários minutos, fico na sala escura com vista para as luzes cintilantes de Los Angeles. Não posso me mexer. Não consigo pensar ou processar o que aconteceu.

Por que ela está fazendo isso comigo? Não é nenhum segredo que ela e Flynn se odeiam, então é claro que ela não quer que ele seja feliz com sua nova esposa. Eu deveria ser sensata, esquecer o que ela disse e continuar com a minha vida. Mas como vou fazer isso sem saber se o que ela disse é verdade?

E se for? O que vou fazer?

— Uma coisa de cada vez. — Volto para o quarto, onde Flynn ainda está dormindo. Fluff se mudou para o meu lugar e a mão de Flynn está nas costas dela. Meus olhos se enchem de lágrimas com a visão das duas "pessoas" que mais amo aconchegadas uma na outra. Chegamos bem longe desde aquele dia no parque.

E em todo esse tempo, ele tem escondido algo tão sério de mim? Algo que eu deveria saber antes de me casar e amarrar minha vida à dele para sempre? Fui uma idiota total? Em retrospectiva, tenho notado sinais de que meu marido tem interesses maiores do que demonstrou. Coisas que ele falou e fez. "Quero te comer aqui", ele havia dito enquanto acariciava meu traseiro.

Mais tarde, ele mostrou arrependimento por sua linguagem vulgar e por me apresentar coisas para as quais eu não estava preparada. Mas gostei, e ele fez de novo desde então. De pé ali, vendo-o dormir, me sinto muito confusa. Deveria acordá-lo e perguntar se o que a Valerie disse é verdade. Ele gosta do mesmo que Hayden e, em caso afirmativo, o que isso significa para nós?

Mas como vou saber se ele está sendo sincero? No que diz respeito a esse assunto, não sei tudo o que há para saber sobre o homem com quem me casei depois de um romance vertiginoso.

Deixando-os, saio do quarto e fecho a porta. Volto para a sala de estar onde me sento no escuro por mais de uma hora, tentando rejeitar o que Valerie disse como as palavras de uma vadia vingativa que perdeu o amor de um homem incrível e ganhou seu eterno desprezo. Quero colocar toda minha fé nele, porque Flynn não me deu razão para não fazer isso, mas ela foi tão específica, até mesmo onde a chave está.

Fica claro para mim que tenho que ver se é verdade por conta própria antes de perguntar a ele. Não vou ter paz interior nem na minha vida até que eu saiba com certeza. Na cozinha, encontro a chave exatamente onde Valerie disse que estaria, o que é um lembrete de que ela morou nessa casa. Ela escolheu os móveis? Os pratos foram dela?

— Argh. — *Foco, Natalie. Uma coisa de cada vez.*

A porta do porão fica no corredor. No curto espaço de tempo que passei nesta casa, não dei muita atenção. Foi assim que consegui não notar o fato de que há uma fechadura na porta. Insiro a chave e viro a fechadura, que se abre com um estalo alto que faz minha ansiedade chegar a um extremo. Tenho plena consciência de que, se eu abrir a porta e descer as escadas, estou violando a privacidade dele. Que uma vez que eu fizer isso, não pode ser desfeito.

Além da minha incursão acidental no armário de Hayden, nunca fiz nada parecido com isso antes. Cuido da minha própria vida, é assim que sou. Mas há uma primeira e segunda vez para tudo. Acendo a luz e começo a descer as escadas, meu coração batendo tão forte que posso ouvir a vibração ecoando em meus ouvidos.

Minha garganta está tensa e minha boca, seca. O que encontrarei aqui vai mudar tudo? Não tenho que ir longe para confirmar que Valerie estava dizendo a verdade.

— Ah, meu Deus — sussurro. A sala de jogos de Flynn é maior e ainda mais elaborada que a de Hayden. Existem inúmeros equipamentos, um deles é um *chaise* em forma de S que não vi em nenhum dos sites que acessei.

Como no quarto de Hayden, as cordas caem do teto e há uma fileira de pás em vários tamanhos, bem como *floggers* — uma espécie de chicote curto com várias tiras —, e chicotes longos pendurados em um gancho na parede. Não me incomodo em atravessar a sala até o armário, porque já sei o que vou encontrar lá dentro.

Já vi mais do que o suficiente para saber a verdade sobre meu marido e suas preferências. Meio que esperando encontrá-lo aguardando por mim, subo as escadas, a cabeça girando enquanto revivo cada momento que passamos juntos e todo encontro sexual. Fiquei impressionada com a nossa conexão física. Achava que ele também estava. Mas será que ele está só fingindo estar satisfeito enquanto deseja muito mais do que sua esposa problemática pode lhe dar?

Apago a luz, tranco a porta e devolvo a chave ao gancho na cozinha. Não tem como dormir, então preparo uma xícara de chocolate quente e levo para o sofá. Estou tão fora da minha realidade com esta situação que não sei como começar a pensar nisso.

Ao longo das próximas horas, fico sentada na escuridão e reavalio cada minuto e segundo, cada conversa, carícia e palavra que trocamos. Havia pistas aqui e ali, coisinhas que não faziam sentido na época, mas, nesse novo contexto, percebo que eram bandeiras vermelhas que não notei. Tal como a sua insistência por uma palavra segura, que é um dos pilares do estilo de vida BDSM. Me lembro de uma coisa que ele disse uma vez:

— *Já estive com muitas mulheres. Provavelmente demais. Eu as beijei, transei e fiz coisas com elas que, sem dúvida, você deve achar desagradável, na pior das hipóteses, censuráveis.*

É isso que ele quis dizer com censurável? Nunca suspeitei que meu marido era um dominador ou que participava de coisas tão fora do meu campo de entendimento que eu não os teria reconhecido se me dessem um tapa na cara.

Entre todos aqueles momentos que passamos juntos, estavam aqueles em que abri minha alma para ele, compartilhando meu passado doloroso e o trazendo para a minha vida. Estive mais perto dele nas poucas semanas que passamos juntos do que de qualquer pessoa da minha vida. Ele me conhece como mais ninguém.

Enquanto dava tudo a ele, Flynn estava mentindo sobre quem e o que realmente é. Se não fosse por sua ex-mulher se intrometendo, eu poderia nunca ter sabido. Agora estou zangada — por ele ter escondido sua verdade de mim e que sua ex-mulher, alguém que ele despreza, foi a pessoa a me contar e não ele. Ele nunca me diria? Qual era o seu plano? Me iniciar no sexo regular e mudar as regras?

Ou é possível que ele nunca tenha planejado me contar? Provavelmente... me lembro da nossa noite de núpcias e do ataque de pânico que tive quando ele segurou minhas mãos. Depois de ouvir minha história, posso ver por que ele decidiu manter seu lado dominador escondido de mim. Apesar de não achar correto entrar em um casamento com um grande segredo entre nós, entendo que ele pensou que estava me protegendo. E eu o amo por isso, apesar de não tolerar a manutenção de segredos dessa magnitude.

Penso em todas as coisas boas que aconteceram entre nós. Me lembro da sua generosidade para com Aileen e sua família, a maneira como ele pagou o aluguel do nosso apartamento de Nova York por um ano, pagou por refeições para todas as crianças da minha escola, organizou a reunião com meus alunos, aturou minha cadela hostil em sua cama e foi à guerra por causa da minha rescisão injusta. Revivo sua proposta sincera, a aceitação e o amor que sua família demonstrou a mim e a ternura que ele me deu quando mais precisei.

Vi seu coração inúmeras vezes. Ele me ama. Não tenho dúvidas sobre isso. Mas ele me ama o suficiente para me dizer a verdade? Para enfrentarmos isso juntos? Me ama o suficiente para me deixar ver o resto dele? A parte que ele manteve escondida de mim?

O que não vou tolerar são mentiras e segredos. Já tive o suficiente das duas coisas na vida. Quero a verdade. Quero que ele queira me dizer. O que farei se ele me olhar nos olhos e mentir?

Meu coração se parte em pedaços quando fica claro para mim que, se ele mentir, não terei escolha a não ser deixá-lo. Não posso — e não vou — ficar em um relacionamento baseado em mentiras. Mesmo que ele tenha meus melhores interesses no coração ao esconder isso de mim, agora é hora de deixar as coisas às claras. Darei a ele a chance de me contar a verdade e, se ele falar, descobriremos quais serão nossos próximos passos juntos. Se ele mentir... bem, então sei o que tenho que fazer.

20

Flynn

cordo com um cheiro terrível. Estou quase com medo de abrir os olhos para ver o que é. Quando faço isso, percebo que estou dividindo o travesseiro com a selvagem, e ela tem mau hálito matinal.

— Deus do céu — murmuro quando percebo que não só ela está compartilhando meu travesseiro, mas aparentemente estou aconchegando a ela também. Relembro dos dias em que ela me atacava. Como foi que acabei me aconchegando a Fluff ao invés da minha linda esposa? E falando dela, onde ela está?

Rolo para fora da cama, deixando a fera roncando, vou ao banheiro para tomar um banho e escovar meus dentes. Acho uma bermuda, que visto antes de ir à procura de Natalie. Na sala de estar, eu a vejo enrolada em uma bola no sofá, o cabelo escuro espalhado em uma almofada.

Por que ela está dormindo no sofá e não comigo?

Me sento ao seu lado e me inclino para lhe dar um beijo e acordá-la. Seus olhos se abrem e, por um segundo, ela parece feliz em me ver antes que a luz em seus olhos se apague. O que é isso?

— O que está fazendo aqui, linda?

— Não consegui dormir e não queria incomodá-lo.

— Você não teria me incomodado. Prefiro muito mais você e sua doçura a Fluff e seu bafo de gorila.

— Ela não tem bafo de gorila.

— Tem, sim. E estou sendo gentil. — Puxo sua mão. — Volte para a cama por um tempo. Ainda é cedo e não temos que sair até mais tarde.

— Addie vai nos reservar um voo no fim do dia para que possamos ter algum tempo para nos organizar antes de irmos para o México.

Natalie resiste aos meus esforços para atraí-la de volta para a cama.

— O que foi? — pergunto.

— Posso falar com você sobre algo?

— Claro.

Suas sobrancelhas franzem, e ela retorce os lábios como se estivesse criando coragem para me dizer o que está na sua cabeça.

— Linda, me diga o que há de errado.

Ela me olha e me ocorre que ainda não vi a verdadeira cor dos seus olhos sem as lentes de contato castanhas que ela usa. Quero ver a cor real. Talvez ela me mostre enquanto estivermos no México.

— Se eu te fizer uma pergunta pessoal, me fala a verdade? — ela pergunta.

— Sempre vou te dizer a verdade.

— Promete?

— O que foi, Natalie?

— O quarto na casa do Hayden...

Ah, merda...

— O que tem?

— Você também gosta daquilo?

Por um segundo, meu cérebro congela totalmente. Prometi dizer a verdade, mas se eu falar, ela vai saber que escondi isso até agora. Vai achar que fiquei insatisfeito toda vez que fizemos amor quando sinto o oposto disso.

— Flynn?

— Não, não gosto. Isso é coisa dele, não minha. Estou com você. Você é tudo que preciso, Natalie. — Eu me inclino para beijar sua testa. — Podemos voltar para a cama agora?

— Vá em frente. Vou tomar um banho.

— Me deixe te fazer suar primeiro. — Volto minha atenção para o seu pescoço, mas ela desliza debaixo de mim, seu rosto em uma expressão ilegível, que é nova. Sempre consigo lê-la. — Nat? O que está acontecendo?

— Nada. Só quero tomar um banho.

— Tudo bem então... — Ela sai da sala e me sento lá por um minuto, confuso com o seu comportamento. O que foi que acabou de acontecer aqui? Volto para o quarto e para a cama para esperá-la. Ela sai do banheiro trinta minutos depois, completamente vestida para um clima muito mais frio do que o do sul da Califórnia.

Então vejo a mala que ela está puxando. Saio da cama.

— O que está fazendo?

— Indo para casa em Nova York. Vou voltar para a escola e meu apartamento com a Leah.

Sinto que levei uma facada no coração.

— Que porra é essa, Natalie? Você está me *deixando*?

Seus olhos se enchem de lágrimas e sua mandíbula tensiona antes de concordar.

— *Por quê?*

— Porque você é um mentiroso e não vou ficar casada com um homem que mente para mim sobre quem e o que ele realmente é.

É quando percebo duas coisas: uma, ela está me deixando de verdade; duas, ela sabe a verdade a meu respeito. Como foi que ela descobriu?

— Natalie, espere. Vamos falar sobre isso.

— Nós conversamos, e eu te dei a oportunidade de me dizer a verdade. Em vez disso, você me olhou nos olhos e mentiu.

— Como sabe disso?

— Nós dois sabemos que você mentiu.

— E isso é um término? Depois de tudo o que passamos, você vai mesmo se afastar de mim? Achei que você me amava.

— Amo. Te amo com todo o meu coração e alma. Compartilhei cada parte de mim com você, até mesmo as mais dolorosas. Estive mais perto de você no último mês do que de qualquer outra pessoa por toda a minha vida. Não mantive *nada* em segredo. Você pode dizer o mesmo?

— Natalie... você não entende.

— Entendo perfeitamente. Você acha que eu não poderia lidar com isso, então escondeu de mim.

— Sim! É isso! *Exatamente.*

— Exceto que quando eu te dei a chance de consertar as coisas, você continuou a mentir. Essa é a parte com a qual não posso conviver. Como vou saber o que mais você está escondendo? Como vou saber se está satisfeito comigo quando você, obviamente, quer mais do que acha que eu posso dar?

O chão está se movendo embaixo de mim e não consigo me encontrar nessa situação. Uma sensação de desespero diferente de tudo que já experimentei me ultrapassa. Quero voltar a última hora para refazer os acontecimentos mais do que já quis qualquer coisa.

— Se você for embora, não teremos chance de passarmos por isso.

— Se eu ficar, não tenho como saber que você está me dizendo toda a verdade. Vivi meia vida por tempo suficiente, Flynn. — Sua voz falha, mas ela recupera a compostura. — Adorei cada minuto que passamos juntos. Você foi extraordinariamente generoso e gentil comigo desde o começo e nunca saberá o quanto sou grata.

— Não quero a merda da sua gratidão.

— E eu não quero a merda das suas mentiras. Vamos, Fluff. Vamos para casa.

Fluff sai da cama e segue Natalie e sua mala para fora do quarto.

— Natalie, espere. Isso é uma loucura. Você não pode voltar para a vida que tinha antes. A imprensa vai cair em cima de você. Não estará em segurança.

— Vou ficar bem. Depois de um tempo, perderão o interesse na professora chata de Nova York que teve um casamento breve com o astro de cinema.

Ouvi-la descrever nosso casamento no tempo passado me enche de pânico.

— Você vai desistir de nós tão rapidamente? Sem nem me dar uma chance?

— Eu te dei todas as chances. Você teve tempo mais do que suficiente para me dizer a verdade e não falou. E esta manhã, você mentiu na minha cara.

— Como você soube? Quem te contou?

— A Valerie.

Ao ouvir isso, quero rugir da raiva que surge através de mim como uma onda, me derrubando e me fazendo sentir ódio. Vou matá-la por isso. De alguma forma, consigo encontrar as palavras para fazer a única pergunta que precisa ser feita.

— Quando você se encontrou com ela?

— Na outra noite, no banheiro feminino do *SAG*. Ela me falou um monte de coisas, mas não acreditei. O Flynn que conheço e amo não tem qualquer semelhança com o homem que ela descreveu, então deixei de lado, considerando isso como ciúme da parte dela. Então, quando ela me ligou na noite passada, enquanto você estava dormindo para me contar sobre o seu quarto no andar de baixo e onde eu poderia encontrar a chave, tive a sensação de que ela não estava inventando no fim das contas.

Sinto como se tivesse sido atingido diretamente no coração. Nunca cheguei a me livrar das coisas no porão e agora ela as viu. Isso não pode estar acontecendo.

— Depois que vi o que você tem lá, sabe o que me ocorreu?

— O quê? — pergunto com os dentes cerrados.

— Ontem, quando estávamos no quarto do Hayden, você estava nu e duro como uma rocha. Aquilo fez com que você ficasse assim, não é?

— Sim — murmuro. — E daí?

— É muito ruim você não ter me dito isso. Agora, nunca saberemos o que poderia ter sido, não é?

— Você não pode me deixar assim. Não vou permitir!

— Não *vai* permitir? O que vai fazer?

Faço um esforço para suavizar meu tom para não piorar as coisas, se é que isso é possível.

— Você está exagerando, baby. Escondi isso, porque não queria te assustar depois de tudo que você passou.

— E eu entendo. Até sou grata. Mas quando te perguntei diretamente e você mentiu para mim, foi algo completamente diferente.

— Percebo isso agora. Não deveria ter agido assim. Juro por Deus, nunca menti para você sobre qualquer outra coisa – e nunca mais vou mentir. Não podemos conversar sobre isso e tentar resolver?

Ela quer. Posso ver isso, mas também sei que ela tem uma espinha dorsal de aço que a fez enfrentar algo pior do que essa situação.

— Muitas vezes — digo —, eu disse a mim mesmo que deveria ir embora, porque você merece mais do que alguém como eu. Se lembra do nosso primeiro encontro, quando não te liguei? Foi porque o Hayden me convenceu de que uma garota legal como você não se envolveria com alguém com meus gostos. Então você me mandou uma mensagem e me pediu para ver a Aileen. Assim que te vi naquele dia, soube que nunca poderia me afastar de você. Eu te amo muito, Nat. Coloco as suas necessidades à frente das minhas. É isso que você significa para mim.

Seus olhos estão cheios de lágrimas não derramadas que partem meu coração.

— Eu tinha o direito de saber sobre suas necessidades. Você deveria ter me contado, especialmente, antes de se casar comigo.

— Sim, deveria. Você tem total razão – e eu agi errado. Muito, muito errado. Estraguei tudo. Nunca vou negar isso. Mas podemos resolver. Sei que podemos. Já suportamos mais do que algumas pessoas precisam suportar na vida. Por favor, não desista de nós, Nat. Você me disse na noite em que nos casamos que não me deixaria. — Dou um passo para perto dela e coloco minhas mãos em seus ombros. — Você me fez promessas.

Ela empurra minhas mãos para longe.

— Você mentiu para mim! Não fale comigo sobre promessas, Flynn. É por isso que o Hayden não suporta me olhar, porque ele sabia a verdade sobre você – e eu não.

Eu a puxo para perto de mim, sentindo o cheiro do seu cabelo.

— Você não pode me deixar, Nat. Vai me arruinar.

Ela começa a chorar.

— Não quero te deixar, mas não posso viver com alguém que

minta para mim com tanta facilidade como você fez esta manhã, especialmente por algo tão importante.

— Não é importante! É o que estou tentando te dizer!

Ela sai do meu abraço, me empurrando.

— Se não é importante, então por que você tem uma sala cheia de equipamentos de BDSM *na sua casa*? E não piore tudo dizendo que não é seu ou qualquer besteira do tipo.

Antes que eu possa formar uma resposta, Fluff começa a latir e rosnar para mim do jeito que fazia quando Natalie e eu estávamos juntos.

— Tenho que ir.

— Você não pode sair sem segurança.

— Vou deixar que me levem até o aeroporto. Vou prender o cabelo e usar óculos. Ninguém vai me reconhecer.

— *Vão*, sim, Natalie. Você está sendo ingênua.

— Tenho sido ingênua desde o começo no que diz respeito a você. Por que parar agora? — Ela vai até a cozinha pegar sua bolsa e depois volta para o *foyer*, onde se inclina para prender a coleira de Fluff.

— Então é isso? Está acabado assim?

Depois de uma longa e interminável pausa durante a qual morro milhares de vezes, ela, finalmente, me olha.

— Preciso de um tempo.

— Quanto?

— Não sei. Te ligo quando estiver pronta para falar com você.

— Vou te dar uma semana e vou atrás de você. — Enquanto digo as palavras, me pergunto como vou sobreviver uma semana sem ela, a mesma semana que deveríamos passar em nossa lua de mel.

— Não faça isso. Não vou te ver até estar pronta.

— Sinto muito, Natalie. Ferrei com tudo. Admito isso. Por favor, não vá. Eu te amo muito. Por favor. — Nunca, em toda a minha vida, implorei a uma mulher por algo.

Até agora.

— Não quero ir, mas é o que preciso agora. Ligarei para você. Quando estiver pronta. — Com a coleira de Fluff presa a uma das mãos e a mala na outra, ela abre a porta, mas se vira de novo. — Também te amo. Você é a melhor coisa que já aconteceu comigo.

A porta se fecha com um clique que ecoa por toda a casa como um tiro.

Através do vidro chanfrado ao lado da porta, eu a vejo se aproximar da equipe de segurança. Um deles abre a porta de trás de um SUV para ela. Eu a vejo entrar com Fluff. Logo antes da porta se fechar, Natalie enxuga as lágrimas do rosto. E então elas se foram. Quase tão rápido quanto entraram na minha vida, elas saíram.

Puta merda.

Pego um vaso de cristal pesado que fica em uma mesa ao lado da porta e o jogo através da sala, quebrando uma das janelas de vidro dos fundos da casa.

Fico lá, respirando com dificuldade e cheio de raiva, a maioria dirigida à vaca venenosa que é minha ex-esposa. Quero encontrá-la e matá-la, exceto que isso não seria o que ela merece.

Também estou furioso comigo mesmo por não ter me livrado do equipamento no porão antes de trazer Natalie para cá, mas isso não é exatamente algo que eu poderia pedir a Addie para cuidar para mim, já que ela não sabe nada a esse respeito. E não houve tempo, com Natalie aqui comigo, para fazer isso sozinho.

A raiva lentamente se esvai do meu corpo, deixando apenas dor. Darei a Natalie o tempo que ela diz que precisa e vou atrás dela. Vou trazê-la de volta de qualquer jeito. Vou contar tudo o que deveria ter contado desde o início e, desta vez, não vou esconder nada.

Ela é minha. Sempre será.

A campainha, toca e eu corro para a porta, esperando que Natalie tenha voltado, que tenha mudado de ideia sobre me deixar.

Mas não é ela. É o agente do FBI. Vickers

— Sr. Godfrey, temo que tenhamos um problema.

Continua em *Vitória...*

VITÓRIA

SÉRIE QUANTUM — LIVRO 03

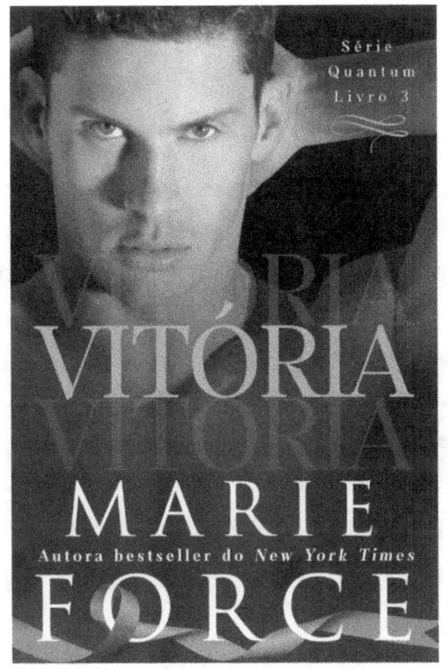

Capítulo 1

Flynn

— Não posso acreditar que ela me deixou. — Ando de um lado para o outro no deck da casa de Marlowe em Malibu, sem notar a vista maravilhosa do Pacífico. Sinto que meu coração foi arrancado do peito e atropelado por um taque de guerra. Natalie se foi e a dor é excruciante. — Ela me *deixou* mesmo, apesar de ter prometido que nunca o faria. Ela me fez promessas, Mo.

— Flynn... você precisa se acalmar.

— *Me acalmar?* Como me *acalmo* quando minha esposa me *abandonou?*

— Estou com medo de você ter um ataque cardíaco ou algo assim. Seu rosto está todo vermelho e você está suando.

Esfrego o peito, sentindo como se estivesse realmente tendo um ataque cardíaco.

— O que vou fazer, Mo? Me diga o que fazer. — Só contei a Marlowe que Natalie me pegou em uma mentira e foi embora.

Ela me olha por bastante tempo antes de romper o contato visual e olhar para o mar sem fim.

— Não sei. Isso é complicado.

Me sento na cadeira ao seu lado, só porque estou exausto, desanimado e não consigo mais andar. Não consigo imaginar passar uma hora sem Natalie, muito menos uma semana ou mais. Esse foi o tempo que ela disse precisar para "pensar" antes de me ligar. Uma *semana.* Parece uma vida inteira.

— Quebrei uma janela de casa.

— Quando?

— Hoje de manhã, depois que ela foi embora.

— Avisou alguém para que possa ser consertada?

Balanço a cabeça. A janela foi a menor das minhas preocupações depois que a merda do FBI apareceu cerca de cinco minutos após

Natalie ter ido para o aeroporto.

Marlowe pega o telefone e faz uma ligação.

— Addie, é a Marlowe. O Flynn está aqui e está com uns problemas. Ele me pediu para te avisar que quebrou uma janela de casa. Uma das grandes, nos fundos. Pode chamar alguém para consertar? — Ela faz uma pausa. — Me deixe perguntar a ele. — Ela segura o telefone para mim. — Ela gostaria de falar com você.

Estou tentado a dizer não. A única pessoa com quem quero conversar é Natalie, mas isso não é possível. Estendo a mão para o telefone de Marlowe.

— Oi.

— O que há de errado? — Como minha fiel assistente nos últimos cinco anos, Addie pode dizer com uma palavra que algo está muito errado. — Recebi uma ligação do piloto avisando que a Natalie pegou o avião que deveria levá-los para o México e foi para o Colorado – sozinha – e ela não está atendendo ao telefone.

Então ela foi ver a irmã, Candace. Não estou surpreso. Também me lembro de que o FBI está com o meu telefone e até que eu o recupere, Natalie não tem como me ligar. Essa é a primeira coisa a ser resolvida pela manhã.

— Eu, hum... — Não quero dizer as palavras em voz alta. Se eu continuar a dizê-las, vai se tornar real. — Nossos planos mudaram.

— Certo... então, o que há de errado?

— Natalie e eu... ela... nós... ela voltou para Nova York passando pelo Colorado para ver a irmã.

— Por quê? Por quanto tempo?

— É uma longa história e eu não sei.

Depois de uma pausa, Addie pergunta:

— O que posso fazer por você?

— Resolver o conserto da janela?

— Já está resolvido. Enviei uma mensagem de texto pelo computador enquanto estávamos falando. Vou até lá para receber a equipe.

— Obrigado.

— O que mais?

— Não sei ainda.

— Estarei aqui quando você souber.

— Obrigado.

— Flynn... não a deixe ir embora. Não importa como, *não* a deixe fugir.

— Não vou. — Mas enquanto digo as palavras, me sinto petrificado por ela já ter me deixado para sempre.

— O que o FBI queria com você hoje de manhã? — Addie pergunta.

— Como sabe sobre isso?

— Ele apareceu no escritório primeiro.

— Aparentemente, a esposa de Rogers disse aos policiais que investigam o assassinato que eu o estava ameaçando e que ele temia por sua segurança.

— Você o ameaçou com uma ação legal, não provocando danos físicos.

— Foi o que falei ao Vickers.

— Ele ficou satisfeito com isso?

— Acho que sim. Ele foi embora. Por enquanto. Addie, preciso dizer que estou com um pressentimento ruim de que estão tentando me culpar pelo assassinato.

— Deixe-os tentar. Todos sabemos que você não fez isso.

— Não fiz, mas queria.

— Querer é muito distante de realmente cometer assassinato. Ele disse quando você terá seu telefone de volta?

— Falou que seria enviado para o escritório em algum momento do dia.

— Vou buscá-lo assim que chegar.

— Obrigado.

— Não desista, Flynn. Seja lá o que aconteceu entre você e Natalie, dá para se resolver. O amor de vocês é verdadeiro. Você não pode desistir.

Eu me apego às suas garantias de que isso pode ser resolvido, mas não estou certo de que esse seja o caso.

— Ferrei com tudo, Addie.

— Ela é louca por você. O que quer que tenha acontecido, precisa se lembrar disso.

— Estou tentando.

— Vou deixar o vidraceiro consertar a janela e pego o telefone assim que for devolvido.

— Estou na Mo agora, mas vou para casa mais tarde.

— Te vejo, então. Aguenta firme, tá?

— Tudo bem. — Que escolha eu tenho? Natalie não me deixou outra alternativa a não ser esperar até que ela tenha tempo de entender o que aconteceu esta manhã. Termino a ligação com Addie e entrego o telefone de volta a Marlowe.

— Ela descobriu sobre o BDSM, não é? — Marlowe pergunta. Eu a considero minha "quarta irmã", mas é a única que sabe sobre isso.

— Sim. A vaca da Valerie contou a ela. Pode acreditar? — Quero encontrar a vadia da minha ex-mulher vingativa e matá-la de todas as maneiras em que eu puder pensar.

— Argh.

— As coisas ficaram piores, pois menti para ela a esse respeito quando Valerie já havia contado onde ela poderia encontrar o quarto na minha casa. Ela sabia que eu estava mentindo. — Fico de pé novamente, andando de um lado para o outro. — Fiz isso pelas razões certas, Mo. Você nunca vai me convencer do contrário. Ela não tem como lidar com esse meu lado depois de tudo que passou. Então escondi isso e a escolhi em vez do meu estilo de vida.

— Qual era o seu plano para quando você não pudesse mais esconder isso dela?

Começo a responder, mas ela levanta a mão para me impedir.

— Não é uma *escolha*, Flynn. É *quem você é*. Quem você sempre foi. Você já arruinou um casamento tentando ser alguém diferente de quem é.

— É diferente. A Natalie não é a Valerie.

— Não, ela não é. É alguém muito melhor. A Valerie só pode sonhar em ser uma fração da pessoa que a Natalie é.

— Então o que você está dizendo?

— Se você não puder ser quem é, Flynn, de verdade e por inteiro, ela não é a pessoa certa para você. Todos nós tentamos ter relacionamentos fora do estilo de vida, e eles acabaram em desastre, porque nenhum de nós pode negar quem e o que somos. Você sabe disso.

— Eu a amo, Mo. Amo como se nunca tivesse amado ninguém. Eu a amo mais do que a mim mesmo e é por isso que deixei o estilo de vida por ela. Ainda acredito que é a coisa certa a se fazer por ela.

— Mas é a coisa certa para *você*? *Você* é importante nesse relacionamento também.

— Ela é mais.

— Flynn... por favor.

— Tenho que ir. — De repente, não posso mais ficar aqui e continuar andando. Me sinto como um tigre reprimido que precisa se soltar e rugir da raiva e do medo que o dominaram.

Marlowe me segue.

— Não vá. Você não deveria ficar sozinho agora.

— Não posso ficar quieto. Tenho que fazer alguma coisa.

— Por favor, não faça nada de que possa se arrepender.

— O que poderia ser pior do que mentir para minha esposa e afastá-la?

— Um monte de coisas. — Ela aponta para a Ducati que está estacionada na frente da casa. — Como bater em um poste ou capotar na Pacific Coast Highway.

Beijo sua testa.

— Não vou fazer nada dessas coisas. Prometo. Obrigado por me ouvir.

— Me ligue mais tarde e me avise como você está.

— Pode deixar. — Pego a estrada, determinado a manter minha promessa de ser cuidadoso, mas me sinto tentado a apontar para um dos penhascos íngremes que margeiam a Pacific Coast Highway. Se eu perder Natalie para sempre, prefiro estar morto do que ser forçado a viver sem ela.

~

Natalie

Depois de chorar por todo o caminho até o LAX, entro no avião que deveria nos levar para nossa lua de mel no México. Os rapazes da segurança não deram a mínima quando avisei que pegaria um voo comercial, o que é bom, já que meu cartão de crédito está quase no limite.

Dois dos seguranças de Flynn, Josh e Seth, insistem em me acompanhar, apesar de eu ter dito que não era necessário. Os rapazes dizem que receberam ordens e que isso não depende de mim.

Ótimo. Como, aparentemente, estou presa a eles, decido ignorar a presença dos dois enquanto nos preparamos para a decolagem. Tento manter o foco no fato de que vou ver minha irmã, Candace, pela primeira vez em oito anos. Se pensar em Candace — e apenas nela — posso respirar. Se me permito pensar em Flynn e na cena desta manhã, meu peito começa a doer e tudo que quero fazer é chorar.

Me afastei dele há apenas algumas horas e já sinto sua falta como se não o visse há um ano. Ainda assim, fiz a coisa certa. Eu me recuso a ficar em um casamento baseado em mentiras. Ele mentiu para mim por semanas. Se casou comigo sem me dizer que é um dominador sexual. A parte difícil é que entendo e até gosto do motivo pelo qual ele fez isso.

Flynn estava pensando no meu passado doloroso como vítima de violência sexual. Ele foi profundamente afetado pelo episódio na nossa noite de núpcias, quando segurou minhas mãos enquanto fazíamos amor, provocando um *flashback* do ataque. Gritei e chorei, mas ele se manteve ao meu lado o tempo todo. Eu o amo por isso. Adoro cada minuto que passei com ele, até os mais difíceis.

Mas não posso suportar o fato de que ele me olhou nos olhos esta manhã e mentiu para mim depois que eu já havia descoberto a verdade sobre seus desejos sexuais, graças a uma ligação da sua ex-esposa rancorosa. Estou mais confusa do que nunca. Meu coração está clamando por ele, mas a razão me diz que preciso dessa pausa para descobrir como lidar com o que descobri sobre o meu marido sem sua presença esmagadora influenciando os meus pensamentos.

Lágrimas deslizam pelo meu rosto e eu, imediatamente, as enxugo. Embora confie na equipe de segurança que Flynn contratou, agora desconfio do que até os melhores profissionais possam fazer por um trocado. Não posso me dar ao luxo de ser vista chorando tão pouco tempo depois que me casei com Flynn. Não posso fazer isso com ele, então luto para manter a compostura.

Tento não pensar na última vez que estive em um avião com meu marido e em como fizemos amor no quarto do jatinho particular. Desta vez, estou sentada sozinha, só com Fluff no colo para me fazer companhia.

O voo para o Colorado é turbulento e a comissária de bordo não pode se levantar para nos servir. Não posso deixar de pensar nas vezes em que Flynn segurou minhas mãos nos voos turbulentos de Teterboro e do LAX, sua proximidade acalmando minha ansiedade. Não tenho tanto conforto agora, então, além de estar com o coração partido, também estou petrificada.

Quando chegamos ao aeroporto de Fort Collins-Loveland, duas horas e meia depois, me sinto um verdadeiro desastre e absolutamente sem condições de visitar minha irmã. Mas nada vai me afastar dela agora que estamos, finalmente, no mesmo lugar ao mesmo tempo.

Josh e Seth se posicionam, um na minha frente o outro atrás de mim, o que faz com que eu me sinta ridícula. Ninguém vai me reconhecer no aeroporto, porque ninguém está me esperando aqui. Por que estariam? A minha vida com Flynn é em Nova York e Los Angeles, não no Colorado.

Estou enjoada do voo tenso e do fato de não ter comido nada desde a noite passada, não que eu pudesse, mesmo se tentasse. Pensar em comer me faz sentir pior.

Fluff está louca de entusiasmo quando saímos do avião e faz xixi na pista.

Subimos um lance de escadas e entramos no aeroporto tranquilo. Meu coração bate mais rápido a cada passo. A qualquer momento, verei Candace, que prometeu estar me esperando no aeroporto quando eu chegasse. Essa coisa toda foi organizada em uma troca de mensagens enquanto eu soluçava a caminho do aeroporto depois de deixar Flynn.

Pretendo voltar a Nova York amanhã para colocar minha vida de volta em andamento, mas não posso esperar mais para ver minha irmã, por isso a parada no Colorado. Minha bagagem é disponibilizada em uma esteira rolante e, finalmente, lá está ela. Minha irmãzinha está linda e crescida aos 19 anos. Me esqueço da tristeza e da confusão que o meu casamento se tornou e corro para ela.

Candace envolve meu corpo com os braços e nos abraçamos por bastante tempo, as duas chorando. Meu primeiro pensamento é que ela ainda usa o mesmo perfume que costumava usar aos 11 anos e o cheiro familiar enriquece esse momento, há muito esperado. No momento em que nos separamos, o rosto dela está manchado de lágrimas e vermelho. Só posso imaginar como deve estar o meu depois de chorar por horas. Seus olhos são cor de avelã e seus longos cabelos ruivos, da mesma cor que os meus costumavam ser antes de eu mudar a aparência. As bochechas rechonchudas que ela tinha da última vez que a vi desapareceram e foram substituídas pelas maçãs do rosto bem definidas de uma mulher adulta. Ela é impressionante e nunca fiquei tão feliz em ver alguém.

Fluff está enlouquecida, exigindo minha atenção. Eu a pego para que ela possa ver sua tia Candace, de quem ela parece se lembrar.

— Espero que seu apartamento permita cães.

— Não, mas vamos contrabandeá-la.

— Hum. — O estrondo de uma voz profunda me lembra que não estou sozinha. — Você não irá para o apartamento dela — Seth avisa. — Temos reservas em um Marriott na cidade.

— Vou ficar com a minha irmã.

— Não vai, não.

Quero retrucar que ele não pode me dizer o que fazer, mas o homem só está fazendo o seu trabalho. Minha raiva precisa ficar concentrada em Flynn e não no seu mensageiro. Para Candace, pergunto:

— O que acha de uma noite no Marriot?

— Parece ótimo! Vamos lá.

Candace não tem carro e pegou um táxi para me encontrar, então ela vem comigo enquanto os seguranças nos levam a em direção a um SUV preto. Devem encomendá-los em massa, pois parecem estar em todos os lugares em que estou ultimamente.

— O que é tudo isso? — Candace sussurra, apontando para os seguranças e o carro.

— Meu marido. Ele é paranoico com relação a segurança.

— Eu meio que esperava que ele viesse com você — ela fala com um sorriso bobo que me permite saber que ela é fã do trabalho dele. Quem não é?

— Ele não conseguiu vir desta vez. — Não tenho intenção de arruinar meu encontro com Candace ao revelar meus problemas conjugais.

— Droga. Mal posso esperar para conhecê-lo.

Como não tenho certeza se isso irá acontecer, não falo nada. O pensamento de nunca mais vê-lo faz todo o meu corpo doer.

— O que há de errado, April? — Candace pergunta quando nos instalamos na parte de trás do SUV e nos dirigimos para o hotel.

Forço um sorriso.

— Não há nada de errado. Estou muito feliz em te ver.

— Mesmo que não nos vejamos há muito tempo, você ainda é minha irmã. Assim que dei uma olhada em você, soube que algo está muito errado. — Ela segura minha mão. — Me deixe te ajudar.

— Minha irmãzinha não é mais um bebê, não é? — Estou triste por ter perdido tantos anos com ela e Livvy.

— Deixei de ser quando um monstro atacou minha irmã mais velha e arruinou nossas vidas.

Nunca, em todos os anos desde a última vez que as vi, me ocorreu que o que aconteceu comigo também pudesse ter arruinado a vida delas.

— Imaginei que vocês tivessem seguido em frente como se nada
tivesse acontecido.

— Não foi assim. Ficamos de coração partido. Nada nunca foi o
mesmo sem você. — Ela cobre nossas mãos unidas com a outra mão.
— Só queria estar perto de você de novo.

— Era o que eu também queria. Mais do que você pode imaginar.

— Fale comigo, Ap... quero dizer, Natalie. Fale comigo, Natalie.

— Pode me chamar de April. Não tem problema.

— Você criou uma nova vida como Natalie. É quem você é agora e
quero respeitar isso. A Livvy também.

— Ela também está tão crescida. Não posso acreditar que suas
notas são tão altas e nas opções de faculdades dela.

— Natalie...

Suspiro, percebendo que não posso esconder meu tormento da
minha irmã.

— Flynn e eu estamos dando um tempo. — Mantenho a voz baixa
para que só ela possa me ouvir.

— Você acabou de se casar!

— Acredite em mim, eu sei.

— O que poderia ter dado errado tão rápido?

— Ele me escondeu algo. Uma coisa importante. E então, quando
descobri e o confrontei, ele mentiu para mim.

— Ah, droga. Poxa. Vocês pareciam tão felizes na TV. Assisti a cada
segundo do *SAG Awards*. Mal podia acreditar que era minha *irmã* em
rede nacional!

— Foi uma noite muito emocionante. — Me lembrar que Flynn
ganhou dois prêmios, que fizemos amor na limusine a caminho de casa
e depois comemos hambúrgueres e batatas fritas na sala de Hayden me
faz chorar novamente. As semanas que passei com Flynn foram as
mais doces da minha vida e não tenho ideia do que fazer sem ele.

— Então acabou mesmo? — Candace pergunta com timidez.

— Não sei. — Não sei de nada além de que ele mentiu para mim e
tive que me afastar para conseguir alguma perspectiva.

— Bem — ela fala depois de uma longa pausa — se ele está te

fazendo ficar em um hotel, suponho que ele esteja pagando, então podemos também aproveitar ao *máximo*. Tenho que trabalhar amanhã, mas não me importo. Podemos ficar acordadas a noite toda assistindo filmes, conversando e pedir serviço de quarto.

A alegria e a personalidade otimista de Candace são um bálsamo para minha alma ferida. Seu plano parece celestial e é exatamente o que preciso.

Comprar Vitória

OUTROS LIVROS DE MARIE FORCE

Série Quantum

Livro 1: Virtude (Flynn & Natalie, parte 1)
Livro 2: Valentia (Flynn & Natalie, parte 2)
Livro 3: Vitória (Flynn & Natalie, parte 3)
Livro 4: Arrebatador (Hayden & Addie)
Livro 5: Voraz (Jasper & Ellie)
Livro 6: Delirante (Kristian & Aileen)
Livro 7: Escandaloso (Emmett & Leah)
Livro 8: Fama (Marlowe)

SOBRE A AUTORA

Marie Force é a autora de romances contemporâneos best-seller do New York Times, incluindo a Serie Gansett Island e Série Fatal da Harlequin Books. Além disso, ela é autora de Butler, da Série Vermont, da Série Green Mountain e da série de romance erótico Quantum. Duchess By Deception é o seu primeiro novo romance histórico da Gilded Series, que continuará com Deceived By Desire em setembro de 2019.

Seus livros já venderam mais de 8,5 milhões de cópias em todo o mundo, foram traduzidos para mais de uma dúzia de idiomas e apareceram na lista de best-sellers do New York Times 30 vezes. Ela também é best-seller do USA Today e do Wall Street Journal, best-seller da Speigel, na Alemanha, palestrante freqüente e apresentadora de workshops de publicação, bem como editora na Jack's House Publishing. Ela foi três vezes indicada para o prêmio RITA® - Romance Writers of America na categoria romance de ficção.

Seus objetivos na vida são simples: terminar de criar dois jovens adultos felizes, saudáveis e produtivos, continuar escrevendo livros pelo maior tempo possível e nunca estar em um voo que apareça nos jornais.

Junte-se à lista de discussão de Marie para receber notícias sobre novos livros e eventos futuros em sua região. Siga-a no Facebook e no Instagram. Junte-se a um dos muitos grupos de leitores de Marie. Entre em contato com Marie em marie@marieforce.com.